당신이,
 없었다,
당신

**ANATA GA INAKATTA ANATA**
by HIRANO Keiichiro

Copyright ⓒ 2007 HIRANO Keiichiro
All rights reserved.
Originally published in Japan by SHINCHOSHA Co., Tokyo.
Korean translation rights arranged with SHINCHOSHA Co., Japan
through THE SAKAI AGENCY and ERIC YANG AGENCY.

Korean translation copyright ⓒ 2008 by Munhakdongne Publishing Corp.

이 책의 한국어판 저작권은 THE SAKAI AGENCY와 ERIC YANG AGENCY를 통해
SHINCHOSHA와 독점 계약한 (주)문학동네에 있습니다.
저작권법에 의해 한국 내에서 보호를 받는 저작물이므로
무단 전재와 무단 복제를 금합니다.

이 도서의 국립중앙도서관 출판시도서목록(CIP)은
e-CIP홈페이지(http://www.nl.go.kr/cip.php)에서 이용하실 수 있습니다.
(CIP제어번호 : CIP2008002793)

# 당신이, 없었다, 당신

히라노 게이치로 소설
신은주·홍순애 옮김

문학동네

이윽고 광원이 없는 맑은 난반사의 표면에서…… /
『TSUNAMI』를 위한 32점의 그림 없는 삽화 • 7

거울 • 41

「페캉에서」 • 45

여자의 방 • 147

한 수 위 • 163

크로니클 • 169

의족 • 209

어머니와 아들 • 217

이방인 #7-9 • 263

모노크롬 거리와 네 명의 여자 • 279

자선 • 293

이윽고 광원이 없는
맑은 난반사의 표면에서……/
『TSUNAMI』를 위한
32점의 그림 없는 삽화

지하철 구내를 빠져나가는 바람은 오늘도 역시나 시체처럼 무력해서, 차량을 들이받고 어둠 속을 빠져나온 후에는 오히려 공간의 넓이보다는 밝음을 감당하지 못해 갈 곳을 잃어버린 듯 보였다.

맞은편 플랫폼에 내가 탄 전철보다 삼십 초 정도 늦게 전철이 들어왔다. 부연 은색 차체에 나란히 정연하게 붙어 있는 문들이 일제히 열리자 사람들이 봇물 터지듯 쏟아져나왔다. 승객의 물결은 푸른색의 굵은 원통기둥에 부딪쳐 갈라졌다 모였다 하면서 에스컬레이터 입구로 밀어닥친다. 좌우에서 합류한 사람들의 물결이 복잡하게 뒤얽힌 채, 앞쪽부터 차례로 한 줄기로 엮여갔다.

서로 엇갈려 지나간 열차 두 대가 남긴 굉음의 여운이 텅 빈 선로에 울린다. 홈 가장자리에서 보면 거울처럼 반들반들해진 레일의 표면이 조금 엿보인다.

바람은 출근 행렬 뒤에 남겨진 엄청난 양의 모래를 휘감아올린 채 사람들의 등과 머리를 타고 넘어 에스컬레이터로 빨려올라갔다. 모두들 넘어지지 않으려 발밑을 주의하면서, 그러다가 더이상 참지 못하고 눈을 아래위로 잡아당기듯 계속 깜박거리고 있다. 다행히 나는 콘택트렌즈를 끼지 않았기 때문에 이럴 때는 눈물을 조금 머금는 정도로 눈의 아픔을 견뎌낼 수 있다. 하지만 딱딱한 이 물질이 눈을 자극할 때마다 딱히 뭐라고 표현할 길 없는 슬픔을 느끼게 된다.

*1. 「소년은 J. G. 발라드의 『물에 빠진 거인』을 읽다가 맹그로브 숲 그늘에서 깊은 잠에 빠져 있었다/검은 선글라스를 쓴 젊은 부모가 그를 사이에 두고 맥없는 대화를 나누고 있다」*

이미 아득히 뒤로 멀어진 홈에서는 요즘 들어 또 지나치다 싶을 정도로 공손한 말투인 역내 안내방송을 통해 "열차 발착 전후에 **모래먼지** 등이 날아올 수 있으니 주의해주십시오" 하고 굳이 안 해도 될 주의가 흘러나오고 있다. 나는 매일같이 듣는 이 기계적인 말 속에 어떤 신사적인 음률이 담겨 있다는 것을 처음으로 알아차렸고, 특히 그 '모래먼지 등'이라는 완곡한 표현에 불현듯 발목을 잡히고 말았다.

지하철 오에도大江戸 선 이야기가 나올 때마다 친구들은 거기서 불이라도 나면 모두 개죽음을 당할 거라고들 한다. 그 우울하고 깊숙한 밑바닥에서 간신히 지상으로 올라온 나는 개찰구를 지나 사람들의 흐름에 섞여 역의 남쪽 출구로 향했다. 실은 동쪽 출구로 나가고 싶었는데. 신주쿠新宿 역에서는 언제나 이렇다.

밖으로 나오자 7월 초순 오전 열시 반의 햇볕이 온몸에 쏟아졌다. 보통 때라면 이런 햇볕은 회사 창문으로 엿보는 게 고작이다. 누군가와 만날 약속이 있는지 사람들은 모두 휴대전화 화면을 들여다보고 있다. 길을 지나는 사람들은 바람이 불 때마다 모래가 흩날리는 것을 두려워하며 손으로 가리거나 얼굴을 돌리거나 한다. 그래도 그제까지 내린 비에 다소 쓸려갔는지 아스팔트 위에는 생각했던 만큼 모래가 많이 쌓이지는 않았다.

장마가 끝나려면 아직 멀었으니 지금은 중간 휴지기일 터다. 그

*2. 「바캉스를 즐기러 온 손님들로 북적거리기 시작한 아침의 해변······」*

러고 보니 비가 내리는 날에는 습기 때문인지 모래가 오늘처럼 심하게 날아오르지 않았다. 아까, 모래가 유독 더 신경 쓰였던 건 그 때문인지도 모른다. 누구의 것인지 알 수 없는 그 숱한 모래 중 몇 알, 몇십 알은 분명히 내 것이었을 것이다. 그 때문에 기나긴 에스컬레이터 속에서는 내가 모르는 누군가가 남몰래 눈물을 흘리고 있었을지도 모른다. 아니면 그저 한때 잠시 공중을 날아다니다가 아무렇지도 않게 어딘가로 흩어져버렸으려나―

내가 이런 일을 궁금해하게 된 것은, 요컨대 나도 드디어 그런 나이가 되었기 때문이었다. 삼 개월쯤 전, 회사에서 돌아와 컴퓨터로 친구에게 메일을 쓰다가, 틀어놓은 욕조 물이 어떻게 되었는지 보려고 자리에서 일어난 순간, 문득 앉아 있던 의자 위에 하얀 가루 같은 것이 떨어져 있는 것을 보았다.

그 순간, 정말 기묘한 느낌이 들었다. 나도 이미 그럴 나이가 됐으니, 몸에서 언제 모래가 떨어진다 해도 이상하지 않을 텐데, 그걸 보았을 때는 순간 평소에 먹지도 않는 과자 가루 같은 것이려니 했던 것이다. 물론 그때도 이미 반쯤은 알아차리고 있었지만. 나는 몸을 구부리고 먼지를 신중히 손가락 끝으로 확인해보고 나서야 비로소 무슨 일이 일어났는지를 인정할 수 있었다.

생각해보면 초등학생 때, 아침에 화장실에 갔다가 음부에 털이

3. 「드러누워 새롱거리는 젊은 연인들······/밀짚모자를 쓴 바닷가 노인······」

난 것을 처음 알아차렸을 때도 비슷한 반응을 보였던 것 같다. 본 것만으로는 뭔가 착각한 같고, 그래서 만져보고 나서야 겨우 그 현실을 받아들일 수 있었던 것이다.

손가락 끝으로 집어든 모래 몇 알을 나는 잠시 꼼짝도 않고 바라보았다.

상상했던 것보다는 훨씬 알이 잘았고, 크기가 고르지는 않지만 대체로 분말에 가까운 느낌이었다. 천 위에 묻은 모래를 손끝으로 닦아내듯이 털었는데, 손끝에 묻은 것이 지문의 홈에 걸릴 정도로 미세했다. 형광등 빛에 비추어보니 정말 명사鳴砂처럼 반투명하고 고왔다.

어렸을 때 나는 그것이 왜 사람의 피부와 같은 색이 아닌지 계속 의문이었다. 한번 학교 선생님께 여쭤보았더니, 바다도 멀리서 보면 파랗지만 손으로 떠내면 투명하잖아, 그것과 마찬가지야, 라는 대답이 돌아왔다. 어린 마음에도 그건 단순히 수사법—물론 그런 단어는 몰랐지만—에 의거한 대답이 아니냐고 반발하는 마음이 있었지만, 그래도 그럭저럭 납득했는데, 지금은 그 설명도 그다지 나쁘지는 않았다는 생각이 든다. 옛날 초등학교 교사들은 그 정도로 충분했다.

모래를 처음 본 순간부터 내 심장은 줄곧, 티셔츠의 로고까지 울릴 정도로 크게 고동치고 있었다. 어떤 의미에서 나의 인식은

4. 「토플리스인 세 금발여자와 그 발밑의 죽은 게들……」

그것에 먼저 이끌렸고, 불안은 오히려 나중에 가서 상황에 맞춰 뒤늦게 생겨난 게 아니었을까. 나는 다시 숨을 죽였다. 보면 볼수록 그 모래가 내 몸에서 떨어진 것이라는 사실이 믿기지 않았다. 생각을 바꿔 어딘가 밖에서 묻혀온 남의 모래라고 여길 수도 있었을 텐데—그럴 가능성도 분명 있으니까—, 그렇게 생각하지 않았던 것은 아마도 고동치는 심장에 압도당했기 때문일 것이다.

내 눈앞에 제시된 것은, 나의 '젊음'이 육체적으로 작별을 고하고 '늙음'이 이미 그것과 자리바꿈했다는 명백한 증거였다. 그것은 과연 사춘기 초기에 느낀 놀라움과도 비슷해서 어딘가 부끄럽기도 하고 당황스럽기도 한 느낌이었지만, 그보다 아무래도 외롭다고나 할까, 굳이 표현한다면 슬픈 기분이 더 강했다. 나의 육체는 삼십여 년이나 걸려 이렇게 어마어마해졌다가—나는 키가 178센티에, 몸무게는 72킬로그램이나 나간다—, 이제는 또 그것을 천천히 원래처럼 무無의 상태로 되돌리려는 것이다. 게다가 그 준비는 완전히 비밀리에 진행되고 있었다. 겨우 그 몸에 익숙해진 나에게는 한마디 상의도 없이.

나는 컴퓨터 프린터에서 A4 사이즈 종이 한 장을 뽑아, 그 위에 모래를 떨어뜨리고 흘리지 않도록 몇 번이나 정성껏 접었다. 그 최초의 모래를 소중히 보관해놓으려는 생각이었는데, 그후로 내가 흘린 모래를 매일 진절머리가 날 만큼 보게 되니 점점 대수롭지 않

5. 「바다, 태양, 푸른 하늘,……」

게 느껴졌고, 종국에는 알아차린 건 그때가 처음이지만 실은 훨씬 전부터 나오고 있었을지도 모른다, 그렇다면 굳이 이걸 특별하게 보관해봤자 아무 의미도 없지 않겠냐고 생각하게 되었다.

처음 깨달았을 때의 상황이 이랬기 때문에 이 모래는 본의 아니게 당분간 나만의 비밀이 되었다. 딱히 감출 생각은 없었지만, 다른 사람들이 아직 모르기 때문에 비밀인 셈이었다. 예컨대 부모님은 아직 이 사실을 모른다. 조만간 어떤 계기로 그쪽에서 먼저 알아차릴지도 모르지만, 내 쪽에서 일부러 보고하려고는 하지 않았다. 그래도 너무 오랫동안 내버려두면 정말로 비밀이 되어 계속 감춰야 할 것 같아서, 나는 조금씩 내 생활 속에 모래가 존재할 자리를 마련해놓기로 했다. 처음에는, 모래가 떨어지기 전의 나를 모르는 생판 남 앞에서 아무렇지 않은 얼굴로 그것을 치우는 연습을 한다. 그러다가 아는 사람이 모래를 보았을 때는 나이브하게 동요하지 않고 아주 당연한 듯, 오히려 상대가 아직도 그걸 몰랐던 게 뜻밖이라는 듯한 표정으로 능숙하게 처리한다. ─사실 안타까운 변화 때문에 내 일상생활에 어쩔 수 없는 새로운 습관이 생겨나긴 했지만, 그 일을 마지못해 해내는 사이 나는 현실에 대한 그런 '처신'이라는 것을 통해, 반쯤은 체념하면서도 조금은 스스로 어른스러워진 느낌이 들었다. 지금은 길을 지나는 사람들 앞

6. 「소년의 꿈(I) 멀고먼 낯선 땅/산 저쪽에서 궁색한 차림의 엄청나게 큰 거인이 굶주린 배를 움켜쥐고 비트적거리며 마을로 다가온다」

에서도, 회사 동료들 앞에서도, 내가 떨어뜨린 모래를 실로 능숙하게 처리하는 기술을 몸에 익힌 상태다.

물론 처음에는 다른 사람들이 자기 모래를 어떻게 다루는지 늘 관찰했다. 이미 알고 있다고 생각하다가, 나와 관련된 일이라 생각하고 새삼스럽게 주의를 기울이고 살펴보니, 사람마다 각자 나름의 방식을 가지고 있다는 사실에 큰 감동을 받았다. 옛날 사람들은 모래를 다루는 걸 보면 그 사람의 인성이 드러난다고 했는데, 정말 맞는 말인 것 같다.

나는 요즘 돌아가신 지 십오 년도 지난 할아버지와 할머니에 대해 자주 생각한다. 그분들 세대의 모래 다루는 법이 무척 좋았다.

그리운 할머니는 원래 몸이 약하고 다소 내향적이시라 평소에는 외출하기를 꺼리셨는데, 가끔 가족이 다같이 외식이라도 하러 나갈 때는 그리 대단한 장소가 아니더라도 꼭 기모노로 갈아입곤 하셨다. 만년에는—기껏해야 일흔넷에 돌아가셨으니, 만년이라는 표현을 쓰기도 뭣하다—역시 몸이 꽤 작아지셨지만, 옷매무시에 대해 아무것도 모르는 어린아이인 내 눈에도 기모노를 입은 할머니의 모습은 지극히 참하고 단정했다.

할머니는, 이를테면 레스토랑 같은 데서 자리에서 일어날 때는

7. 「소년의 꿈(Ⅱ) 아연실색하여 쳐다보는 마을 사람들/소년은 그 가운데서, 부모의 엉덩이 뒤에 숨어 거인이 다가오는 것을 뚫어지게 바라보고 있다」

반드시 기모노 옷깃에서 다도 때 쓰는 전통종이를 두 장 꺼내 고개를 살포시 숙이고 남의 시선을 피하면서, 한 장으로는 당신의 몸에서 떨어진 모래를 긁어모으고 나머지 한 장으로 조심스레 받아낸 후에 그것을 법절에 따라 정성들여 접고, 종이접기처럼 예쁜 모양으로 접힌 것을 살그머니 소매에 넣으셨다. 다른 사람이 모래를 처리하는 모습을 쳐다보는 것은 실례라고 항상 어머니에게 주의를 들었지만, 일련의 동작이 시작되면 나는 그만 시선을 빼앗기고 말았다. 할머니는 어린 나의 호기심에 찬 시선과 마주치면 부끄러운 듯, 그래도 뭐라 표현할 수 없는 다정한 표정으로 미소를 지으셨다. 그러면 멋쩍어진 나는 시선을 떨어뜨리고 입을 다물어버렸다.

그런데 딱 한 번 이런 일이 있었다. 할머니는 외출했다 돌아오면 항상 안방 맹장지문을 꼭 닫은 뒤, 다다미 바닥에 신문지를 펴놓고 그 위에서 기모노를 벗으셨는데, 나는 그럴 때마다 희미하게 들려오는 옷 스치는 소리가 재미있어서, 어느 날 할머니가 띠를 풀어 주반 차림이 되었을 때쯤을 가늠해 느닷없이 왁! 소리를 지르면서 안방으로 뛰쳐들어갔다. 단지 장난일 뿐이었는데 늘 웃으시던 할머니가 그때는 웃지 않으셨다. 처음에는 놀란 듯이 몸을 뒤로 젖히더니, 곧 마치 나보다 나이가 훨씬 많은 낯선 남자가 침입하기라도 한 듯 주반 앞섶을 두 손으로 여미면서 경멸하는 듯한 엄한 눈빛으로 내 얼굴을 쳐다보셨다. 띠가 풀어지면서 기모노 안

*8. 「물결에 떠도는 빨간 물방울무늬 튜브가······」*

에 쌓여 있던 모래가 주반 자락에서 신문지 위로 훨훨 떨어지는 것을 목격한 것은 바로 그 순간이었다. 나는 죄송하다는 말 한마디 못 한 채 얼른 맹장지문을 닫고 그 자리에서 뛰쳐나갔다. ⋯⋯ 할머니는 그때 그 일을 내 부모님에게는 이야기하지 않았던 것 같다. 역시 다정하셔서 그랬던 건지, 혹은 생각건대 알게 되면 지금의 내가 오히려 더 괴로워질 만한 그런 심정에서였는지. 이 일로 혼나지 않았기 때문인지 내 마음속에는 계속 죄책감이 남았다. 암으로 일흔넷에 돌아가실 때까지 할머니와 나는 쭉 사이가 좋았는데, 이 일에 대해서는 그후 한 번도 언급하지 않으셨다. 그 일을 사과하지 못한 게 지금까지도 마음 한구석에 아쉬움으로 남아 있다. 나는 정말이지 무슨 일에든 호기심이 많은 아이였기 때문에, 가끔 느닷없이 괴상한 일을 저질러놓고는 그에 대한 사람들의 반응을 살피려는 못된 버릇이 있었다. 그 때문에 여태까지 꽤 많은 사람들에게 상처를 입혔을 것이다. 나 자신이 추하고 어리석은 인간으로 느껴지는 것은, 대개 그런 일들을 떠올려볼 때다.

할아버지는 정반대였다. 그 시대 남자들은 대체로 그런 것을 실보무라지처럼 가볍게 여기는 것이 남자답고 훌륭한 태도라고 생각해서 — 전쟁터에까지 나갔다가 살아 돌아온 양반이었다 —, 할머니가 그렇게 종이를 접는 것을 거들떠보지도 않았고, 늘 귀찮은 듯 손으로 모래를 두서너 번 툭툭 털고는 뒤도 돌아보지 않았다.

9. 「소년의 꿈(Ⅲ) 『앗」/⋯⋯산을 넘으려다 꼭대기에 발이 걸려 넘어진 거인⋯⋯/쓰러지는 거대한 몸집의 사내를 보고 마을 사람들은 소리를 지르며 도망치기 시작했다」

무슨 뜻이 있었던 건지, 아니면 그냥 그러는 건지는 모르겠지만, 할아버지는 방귀를 뀌면서도 위엄을 존중하는 구석이 있었다. 나는 어렸기 때문에 할아버지가 방바닥이 울릴 정도의 큰 소리로 위엄 있게 방귀를 뀔 때마다 기막혀 하는 다른 가족들 곁에서 배꼽을 잡고 웃으면서 재미있어했다. 그런가 하면 이상한 데 신경이 예민해서, 가령 빠진 흰머리를 그대로 두면 남에게 머리를 짓밟히는 것 같아 싫다면서 꼭 재떨이에 넣어 태우곤 했다. 어느 쪽이 진짜 모습이었는가 하면 아마 후자일 것이다. 지금 생각해보면 다소 소심한 데가 있었던 것 같기도 하지만, 어쨌든 그 역시 나름의 스타일이었을 것이다. 할아버지는 할머니가 돌아가시고 이 년 후에 일흔여덟의 나이로 돌아가셨다. 역시 암이었다. 두 분 다 지방의 뼈대 있는 집안 출신이었기에 조금 특별한 구석이 있었는지도 모르지만, 그런 세대는 앞으로 다시는 나오지 않을 것이다.

이런 격식은 이제는 한물 간 게 분명하다. 지금도 교토京都 같은 곳에서는 젊은 여자도 기모노를 입고 종이로 모래를 싼다는 이야기를 듣곤 하지만, 얼마 전에 교토에서 온 친구에게 정말이냐고 물어보았더니 그런 건 니시진西陣처럼 오래된 고장의 극히 일부 사람들뿐이고, 그외는 어른이 된 후 유행으로 익힌 예의범절일 거라고 했다. 요즘 삼십대 전후의 제법 많은 여자들이 기모노 입는 법을 배우러 다니는 것과 비슷한 건지도 모르겠다.

*10. 「소년의 꿈(IV) 충격과 함께 대지가 흔들리고 사방에 균열이 생긴다!/ 엎드려 쓰러진 거인은 흙먼지에 휩싸여 산처럼 우뚝 솟은 어깨만 보일 뿐이다」*

우리 부모님을 보고 있으면 대체로 그 세대부터 완전히 달라진 것 같다는 생각이 든다. 바깥에서도, 중년이 넘은 남자가 앉아 있던 장소는 왠지 번지르르한 느낌의 모래가 많이 남아 있어 금방 알 수 있는데, 우리 아버지도 꼭 그렇다. 할아버지의 영향을 받아 그렇게 자란 건지는 모르지만, 아버지는 특히나 무신경한 인상이다. 무슨 생각이 있어서가 아니라 단순히 칠칠치 못하다. 모래가 너무 심하게 눈에 띌 때는 어머니가 손수건이나 휴지로 탁자 위를 닦아낼 정도다. 그에 비하면 우리 같은 젊은 세대들은 좀 병적인 면이 있는지도 모르겠다. 이건 흔히 말하듯, 컴퓨터의 영향인 것 같다. 예전에는 다들 물티슈 정도나 휴대하는 게 고작이었지만, 요 십여 년 사이 탁상클리너며 휴대용 브러시 등 실로 많은 종류의 관련상품이 쏟아져나온 걸 보면 그렇다. 요즘은 회사에서도 먼지가 일어나지 않도록 브러시보다 전동클리너를 권장한다. 실제로는 다들 귀찮아서 그냥 브러시를 사용하지만. 생각해보면, 원래 인간 몸의 일부였던 모래가 떨어져나가서 기계 깊숙이 침투해 작동을 방해하다니, 이것 또한 의미심장한 이야기다. 물론 커버를 씌워놓긴 해도 회사마다 컴퓨터의 평균수명이 꽤 차이가 나는 걸 보면, 용도에 따라서야 당연히 그럴 수 있다 쳐도, 위생면의 영향 역시 꽤 큰 게 아닐까?

우리가 모래를 확실히 처리해야 한다고 생각하게 된 것도 의외

*11. 「……엄지를 낀 채로 덮어놓은 책 곁에는 바닷가에서 주워모은 가지각색의 조가비 열일곱 개가 놓여 있다」*

로 이런 이유인지도 모르겠다. 그리고 상품들이 우리의 그런 의식을 좇는 걸로 생각했는데, 오히려 우리가 그런 상품들을 좇는 면도 있는 것 같다.

가령 브러시의 디자인도 얼마 전까지만 해도 기껏해야 칫솔 정도였는데, 최근에는 예컨대 톰 포드 시대의 구치만큼은 아니어도 모드브랜드가 문구류 같은 걸 함께 내놓기도 하고, 게오르그 옌센이 헤닝 코펠의 은제 브러시를 복각한 것과 같은 움직임이 디자인업계에서 일어나 상당한 붐이다. 터부 자체가 사라져간다고 해야 할까. 베네통이 다채로운 보청기를 발매해 화제가 된 것처럼, 당연한 듯 짐짓 점잔을 빼고 논해야만 했던 물건들에 패션이 접근하게 된 것이다. 예언하자면, 머지않아 의수나 의족도 사이보그처럼 멋들어진 디자인의 제품이 출현하게 될 것이다. 물론 한편으로는 여전히 편의점이나 백엔숍에서 파는 싸구려 브러시와 롤러형 점착테이프 등이 남아서 그것 나름으로 유용하게 쓰이겠지만.

나도 실은 최근에 알레시에서 나온 반투명한 코치닐레드 브러시를 샀다. 조반노니가 디자인한, 과연 고개가 끄덕여질 만큼 팝적인 감각이 살아 있는 물건인데—캐릭터상품은 아니지만—, 브러시 부분에는 돼지털을 사용했다. 이걸로 결정할 때까지 약 한 달 동안, 나는 거의 매일 틈만 나면 인터넷이나 잡지에서 광고며 카탈로그를 살폈다. 덕분에 지금은 그 방면에 모르는 상품이 없을 정도로 도

*12.* 「소년의 꿈(V) ······길가에 쓰러져 죽은 거인······/그 주위로 수백 미터에 걸쳐 흘러나온 피는 쓰러진 거인의 것인지, 밑에 깔린 마을 사람들의 것인지, 분간할 수 없었다」

사가 되었다. 전동클리너도 사볼까 했지만, 이미 사본 동료가 모터 소리가 너무 커서 사람들의 눈길을 끄는 바람에 지금은 전혀 안 쓴다는 말을 듣고 그도 그렇겠다 싶어 브러시 쪽으로 마음을 굳혔다.

사고 난 후 얼마 동안은 마치 최신기종 휴대전화라도 손에 넣은 기분으로 일부러 거리에서 써보기도 했는데, 지금은 회사 서랍 속에 계속 넣어둔 상태다. 그것을 쓰면서 나는 몇 번이나 할아버지를 생각했다. 이런 식으로 모래를 모으는 내 모습을 보면 할아버지는 대체 뭐라고 하실까? 중학교 입학 때처럼 나의 **성장**을 기뻐하시며 손목시계라도 사주실 수도 있지만, 그보다는 아마도 **계집애같이** 모래를 모으는 모습에 실망하고, 사녀녀석이 대체 뭘 하는 거냐며 얼굴을 찡그리실 게 뻔하다. 나는 그러면 뭐라고 대답할까. 나도 이제 어른이니까, 그저 애매하게 쓴웃음을 짓고 아무 말 없이 넘어갈지도 모른다. 죽은 사람들이 문득 떠오르는 건 의외로 평상시보다는 어떤 계기가 생겼을 때다. 무슨 일이 생겼을 때, 혹시 그 사람이 살아 있다면 어떤 반응을 보였을까 하고 생각하면 정말로 외로운 느낌이다. 여태까지도 줄곧 그랬다.

나는 지금, 그렇게도 좋아했던 조부모의 모래를 단 한 알도 보존하고 있지 않은 게 정말로 유감스럽다. 손톱이나 머리카락도 마찬가지인데, 그런 걸 남겨둔다는 발상을 하지 못했거니와, 워낙

---

13. 「……커터의 날처럼, 하늘에 잇달아 매끄러운 칼질을 해대는 바닷새들……」

어렸기 때문에 내가 사랑하는 사람이 죽어 없어진다는 게 어떤 건지 실감이 안 났는지도 모르겠다. 그리고 가령 그런 생각을 했다 쳐도, 그걸 언제 어떤 기회에 두 분께 말씀드릴 수 있었을까. 아무리 타이밍을 신중히 택한다 해도, 틀림없이 당돌하고 어색한 부탁이 되고 말았을 것이다.

바로 일주일 전이었던가. 나는 텔레비전 아침 정보 프로그램에서 자기 모래를 몇 년에 걸쳐 보존해온 사람을 보았다. 남자는 라벨을 벗긴 일 리터들이 페트병에 자기 모래를 가득 채우고 검정 매직으로 날짜를 적어놓았는데, 그것이 벌써 몇 병이나 된다는 것이었다. 나는 그 영상을 본 순간 진심으로 오싹했고, 이윽고 증오에 가까운 혐오감을 느꼈다. 내용물은 완전히 변색되어 썩은 듯 보였고, 투명한 병 안쪽은 희미하게 물방울이 맺혀 뿌예진 상태였다. 그것이 촬영용 조명 빛을 받아 반들반들 빛나고 있었다. 남자는 카메라 앞에서 평소 방에 떨어져 있는 모래를 어떻게 긁어모으는지 실연을 해 보였다. 아마, 살인사건의 범인도 저런 식으로 납작하게 엎드려 현장에 떨어진 자신의 모래를 주워모으지 않을까. 의기양양하게 인터뷰에 대답하는 남자는 마흔 안팎 정도로 보였는데, 외모는 역시 그런 일을 고안해내는 괴짜답게 긴 곱슬머리를 뒤로 난잡하게 묶고, 온몸에 군살이 덕지덕지 붙어 있고, 일주일은 넘게 입었음직한 영자신문을 인쇄한 가짜 갈리아노 셔츠에 복

*14. 「……바다 저쪽 수평선이 떠들썩해졌다」*

사뼈가 보일 정도로 짧은 흰 면바지 차림이었다.

 나도 처음 발견한 모래를 보관하려 했었다. 하지만 그건 겨우 한 줌 정도다. 양이 적으면 상관없는 거냐고 한다면 대답하기 곤란하지만, 실제로 그렇지 않은가. 양이란 사물 그 자체와 함께 그것이 지닌 의미까지도 확대시켜버린다. 한 알의 모래와 페트병에 가득 든 모래는 전혀 다른 것이다. 양이 적다는 것은, 반대로 그 참뜻을 덮어 가려버릴 것이다.

 대학 시절 나는 음악을 좋아하는 친구의 집에서, 도니 해서웨이가 서른세 살에 투신자살했을 때 주위에 흩날린 모래라는 것을 본 적이 있다. 코르크마개로 닫아둔 새끼손가락 끝만 한 작은 유리병 속에 꾀죄죄하고 꺼무스름한 모래가 2, 3그램 정도 들어 있었다. 자못 의심스러워서 믿지 않았지만, 아무리 거짓말이라 해도 이런 끔찍한 장사를 하는 놈이 있다니, 기분이 나빠졌다. 아마 인터넷으로 검색해보면 이런 놈들이 줄줄이 나올 것이다. 리 모건이 클럽에서 삼십대 정부가 쏜 총에 맞아 죽었을 때의 모래, 샘 쿡이 모텔의 여지배원에게 사살당했을 때의 모래, 클리퍼드 브라운이 자동차사고로 즉사했을 때의 모래. —그는 스물다섯에 죽었는데, 그렇게나 완벽했던 브라우니가 스무 살 때부터 이미 연주중에 눈에 보일 정도로 많은 양의 모래를 흘렸다는 게 정말일까?

 요즘 자주 오는 예의 '유명한 여자배우 MN의 모래, 관계자를

*15. 「물가의 피서객들은 한 사람 또 한 사람…… 이변을 깨닫기 시작했다/ "저게 뭐지?"」*

통해 특별입수! 틀림없는 진짜! 50,000엔당 10그램. 자세한 내용은 이쪽으로→http://www.~' 같은 휴대전화 광고 메일도 마찬가지다. 정말로 그런 말을 믿고 살 놈은 없겠지만, 빈번히 오는 걸 보면 간혹 거기에 걸려드는 바보 같은 놈도 있기는 한 거겠지. 실제로 마음만 먹으면 생각보다 쉽게 입수할 수 있을지도 모르는데. 텔레비전 방송국 대기실 같은 곳에는 얼마든지 많이 떨어져 있지 않을까.……

……이런 생각을 하면서 나는 그럭저럭 한 시간 넘게 거리를 돌아다녔다. 아직도 여전히 공사중인 남쪽출구 앞을 지나 동남쪽 출구로 나와서 동쪽출구의 신주쿠 거리에 이른 것은 기억이 난다. 원래는 오늘, 얼마 전 이세탄 백화점에서 앤드류 매켄지 청바지를 사서 기장을 줄여달라고 수선을 맡겨놨던 걸 찾으러 갈 생각이었다. 아무 생각 없이 무심코 입고 나오느라 몰랐는데 지금 입고 있는 듀아테의 셔츠도 그때 같이 산 것이었다. 나는 속으로 별 쓸데없는 데 신경을 쓰는구나 싶으면서도, 산 지 얼마 안 되는 옷을 입고 그 가게엘 또 가는 게 좀 우스워 보일 거라는 생각이 들었다. 꼭 그래서는 아니었지만, 나는 이세탄을 그냥 지나쳐 신주쿠 고초메 五丁目까지 걸어갔다가, 왼쪽으로 돌아 구청 거리 쪽으로 향했고 그후에는 목적도 없이 가끔 이 가게 저 가게를 들어가보면서 여기

*16.「……바닷가로 산책을 나온 초로의 부부는 비디오카메라를 돌리면서 파도의 모양에 대해 이야기를 나눴다/맹그로브 숲이 조용히 흔들리며……」*

저기 정처없이 돌아다녔다.

　평일 오전인데도 거리에는 사람이 많았다. 사립대학은 이미 여름방학에 들어갔는지도 모른다. 나로 말하자면 연차 유급휴가를 삼 일간 받았는데, 오늘이 그 첫날이었다. 물론 올해 들어 처음 쓰는 휴가다. 이 휴가를 받기 위해 한 달도 훨씬 전부터 열심히 사전 교섭을 하고 상사에게서 싫은 소리까지 들어가면서 겨우 허가를 받아냈지만, 실은 아무 계획도 없었다. 뭔가 할 생각이었지만 결국 뾰족한 생각이 나지 않았다. 아마 이렇게 멍하니 사색에 몰두하고 싶었을 거다. 그런데 그러기에는 사흘이라는 시간은 좀 길다는 느낌이 들기도 한다. —아니, 너무 짧은 걸까. ……

　군가 〈동기의 벚꽃〉을 튼 우익 단체의 가두 선전차 두 대가 구청 앞 거리를 잇달아 지나갔다. 음악 소리가 너무 커서 무슨 말인지 알아듣지 못했지만, 교통 정체가 심해 차들이 잠시 서 있는 동안, 북방영토 반환을 호소하고 있다는 것까지는 알아들었다. 나는 그보다 한국과 문제가 되고 있는 뭐라는 섬이 더 뜨거운 화제일 텐데 저들의 관심사는 어디까지나 북방영토로구나, 하고 멍하니 생각하면서 귀에 들려오는 대로 연설을 듣고 있었다. 정치에는 도통 관심이 없지만, 그런 나도 가끔 국가란 대체 뭘까 생각할 때가 있다. 내가 태어나 자란 고향의 흙에는 틀림없이 할아버지나 할머니의 모래가 섞여 있다. 두 분이 걸어온 모든 곳에 두 분의 모래가 떨어져 있는

*17. 「하얀 물방울은 하늘 높이 날아오르고, 점차……」*

것이다. 물론 아버지나 어머니도 마찬가지지만 두 분 다 아직 살아 계시니까, 이제는 오로지 흙 속에만 남아 있는 두 분과는 좀 다른 것 같다. 그리고 할아버지와 할머니의 부모님이나 친척들도 모두 그 땅에서 한 줌의 흙이 되었다. 내가 고향에 애착을 느낀다면 이유는 그것뿐일 것이다. 그 감각을 국가라는 규모까지 확대시킬 수 있는지 어떤지는 알 수 없다. 그러고 보니, 할아버지와 할머니는 육십대 후반에 딱 한 번 부부동반 패키지투어로 하와이 여행을 가신 적이 있다. 딱히 생각해본 적은 없지만, 그 두 분의 모래가 떨어져 있다면 나는 와이키키 해변에서도 똑같은 친밀감을 느낄 수 있을 것이다. 산인山陰 지방에는 봄 황사에 섞여 동쪽 해안에 사는 몇억 명이나 되는 중국 인민의 모래가 날아온다는 말을 들은 적 있는데, 그게 정말일까. 아니, 황사란 요컨대 그래서 노란색인 걸까.……

대학교 2학년 때 나는 한 학기 동안 비교종교학 수업을 들었는데, 그 수업이 일반교양과목 중에서는 가장 재미있었다. 전 세계의 신화에서 이 모래의 기원에 대해 어떻게 설명하고 있는가가 그해의 주제였다. 자세한 부분은 잊어버렸지만, 이를테면 이런 것들이었다. '옛날에 인간은 돌이었다. 그래서 움직이지도 못하고 그저 가만히 있을 뿐이었다. 어느 날 그는 신에게 자유롭게 돌아다닐 수 있는 몸으로 만들어달라고 부탁했다. 그래서 신은 모래와

*18.「멀리 여기저기서 들려오는 비명 소리를 듣고 나서야 어머니는 뒤돌아 바다를 보았다/ "저것 봐. ……저게 뭐지?"」*

바닷물로 몸을 새로 만들어주었다. 그 덕분에 인간은 유연해지고 수가 늘어났지만, 동시에 죽음을 피할 수 없는 존재가 되었다.' — 비슷한 얘기로 이런 것도 있었다. '인간은 원래 몸을 가지고 있지 않았다. 신은 카멜레온(도마뱀이던가?)에게 명령해서 인간들을 건져올리기 위해 항아리를 굽게 했는데 실패해서 두 조각으로 깨지고 말았다. 그 때문에 인간은 남자와 여자로 갈라져 그 몸에서 영원히 영락하게 되었다.' 아마 이건 아프리카 쪽의 이야기였던 것 같다. —또 이런 것도 있다. '마을에 바나나나무가 한 그루 있었다. 어느 날 나무에 잘못해서 불결한 물을 붓는 바람에 다음번에 수확한 열매의 껍질을 벗기자 알맹이가 다 진흙으로 변해 있었다. 그후로 인간은 늙을 수밖에 없는 몸이 되었다.' 이것은 인도네시아 얘기였던 것 같다. —그리고 이런 것도 있었다. '신은 인간의 운명을 결정짓기 위해 앵무새한테는 "너희는 불사不死다"라는 말을 전하고, 까마귀한테는 "너희는 사死다"라는 말을 전하게 했다. 먼저 앵무새가 인간에게 도착했다. 그 모습이 너무나 아름다웠기 때문에 인간은 앵무새가 말을 하기도 전에 화살로 쏘아 잡아먹었다. 그 다음에 까마귀가 왔는데 이미 밤이었기 때문에 아무도 알아차리지 못했다. 그래서 인간은 까마귀가 전하는 말을 듣게 되었다.' ……이밖에도 여러 가지 있었을 텐데 생각이 잘 안 난다. 그런데 나는 지금, 이런 얘기들을 수업에서 배웠을 때보다 몇 배

---

19. 「……눈에 보이지 않는 거대한 동물의 떼가 맹렬하게 돌진해오듯, 하얀 파도는 도처에서 격심하게 부서지면서 점차 커져가는 소리와 함께 높이 치솟아 간다」

나 더 잘 이해할 수 있게 되었다. 인간이 죽어야 한다는 사실은 대체 무엇일까? 어떻게 생각해봐도 제대로 설명이 될 리가 없다. 그렇다면 실소가 나올 정도로 황당무계한 이유로 그 무의미함을 메워보는 수밖에 없지 않은가.

내 몸의 피와 살에 내려진 싱싱한 축복은 이미 끝났고, 이제는 메마른 해변의 모래산처럼 바람이 불 때마다 조금씩 윤곽이 무너지고 있다. 물론 나뿐만이 아니다. 내 앞을 걸어가는 중년 남녀도, 그 두 사람을 앞지르려다 지금 막 그 곁에 나란히 서게 된 유흥업계 쪽으로 보이는 남자도. 바로 조금 전 한눈을 팔다가 내 어깨에 부딪힌 남자는 왜 그 자리에서 무너져내리지 않은 걸까? ―아니, 아니다. 무너져내린다면 **양쪽** 다, 즉 나도 함께 그렇게 되어야 마땅한 게 아닐까. 그렇게 마치 SF영화 같은 것에서처럼 양복 속에서 서로 무너져내려, 땅바닥에는 어딘가 바닷가의 사진을 콜라주 한 듯 모래 속으로 막 파묻혀 사라진 두 사람의 텅 빈 옷만 덩그러니 남겨진다. 왜 그렇게 되지 않았을까? 아니면, 돌아보지 않았던 내 등뒤에서 남자 혼자만 지금 그렇게 되어가고 있는 것일까? 그리고 또다시 바람이 그 모래를 주위에 흩날리며 우연히 그곳을 지나던 사람들에게 끈질기게 눈물을 졸라대는 것일까?

오늘 아침 개찰구를 빠져나와 에스컬레이터에 탔을 때, 나는 고백하건대 앞서 가는 한 여고생의 다리를 보고 있었다. 시간이 시

---

20. 「"도망쳐, 도망쳐, 도망쳐!"」

간인지라 교복 차림이 특별히 눈에 띄었고, 손으로 엉덩이께를 누르고는 있었지만 바람 한 번 불면 팬티고 뭐고 죄다 보일 정도로 짧은 치마였기에 자연스러운 자세로 얼굴을 들면 당연히 하얀 다리가 눈에 들어왔다. 나는 추잡한 마음으로 그 다리를 본 것이 아니다. 뭐 전혀 그렇지 않다고 단언하지는 못하겠지만. 그런 것보다 내가 계속해서 생각했던 것은, 그저 이 다리는 아직이라는 것이었다. 이 다리는 시간의 흐름에 빠져 그 차가운 침식을 견디어내면서도 여전히 충분히 신선하다. 아직도 천진난만한 충실함으로 가득 차 있고, 나무랄 데 없는 매끄러운 광택으로 촉촉하다. ─그것이 나는 몹시 부러웠다.

……실은 오래전부터 불안했다. 이러는 동안에도 내 몸은 착실히 무너져가고 있다. 들판에 내버려진 시체처럼 시시각각 흙으로 돌아가고 있다. 이런저런 옛날 일을 떠올리고 부질없는 생각에 골몰하는 것도 결국은 그 흐름에 역행하려는 마음 때문이다. 현재의 나는 한쪽에서 다른 쪽으로 모든 모래를 다 떨어뜨리고, 이번에는 바닥이 없는 광대한 어떤 곳을 향해 아래위를 거꾸로 뒤집어놓은 모래시계처럼, 겨우 제대로 형태를 이룬 '나'라는 시간의 퇴적을 또다시 이름 없는 시간의 흐름 속으로 되돌리려 하고 있다. 얼마 전까지 나는 하나의 미숙한, 더해져가는 시간이었다. 그리고 알고 보니 나는 나에게 허락된 그 자그마한 소유를 단념하라는 명령을

*21.「아버지는 그제야 몸을 일으키더니 선글라스를 벗고 뚫어지게 바라보았다」*

받은 것이다. 나는 그것을 아쉬워하는 게 아닐까? 그게 아니라면 무엇일까? 상실되어가는 나의 육체가 모래가 될 때마다, 스스로 과거에 생성되었을 때의 기억을 떠올리려 하는 것일까? ……

6월 초 회사에서 잔업을 할 때였다. 나는 완전히 녹초가 되어 컴퓨터 앞에 십오 분 정도 엎드려 있었다. 새벽 한시가 넘었을 때였다. 나는 어패럴 관련 회사의 상품관리부에서 일하는데, 당시 백화점 여름대목을 노리는 전략 준비로 근 이 주일 동안 길어봤자 네 시간, 짧을 때는 두 시간 정도밖에 자지 못했다.

자다가 흘린 땀에 불쾌해진 나는 잠이 깨어 얼굴을 들었다. 마치 물속을 보는 듯한 침침한 눈으로 왼쪽 팔목에 찬 시계를 바라본 순간 엉겁결에 숨을 죽였다. 시야에 점차 초점이 맞춰지자, 책상 위에 여태 본 적 없는 엄청난 양의 모래가 떨어져 얇게 쌓여 있는 게 보였다. 나는 순간적으로 몸을 일으키려다가 셔츠 소매 속의 모래가 떨어질까봐 움직이지도 못하고 그 상태로 가만히 있었다.

막 일어난 직후라 머리가 잘 돌아가지 않았다. 잠이 든 사이 누가 장난을 친 게 아닌가 싶어 언뜻 주위를 둘러보았지만, 그 시간까지 회사에 남아 그런 쓸데없는 짓을 하는 사람이 있을 리 없었다. 사무실 바닥에는 감지기로 장애물을 피하면서 모래를 긁어모으는 원반형 청소기 두 대가 램프를 깜박이며 익살스럽게 우왕좌

*22. 「보디보드를 타던 청년들이 잇달아 나뭇잎처럼 파도 속으로 사라져간다」*

왕 돌아다니고 있었다.

나는 최근 뉴스에 나왔던, 인터넷 상에 떠돌고 있지만 일본 국내에서는 아직 인가가 나지 않은 미제 다이어트 약품—인위적으로 모래가 떨어지게 함으로써 체중을 줄이는 미국인다운 발상의 약이었다—이 생각나, 그런 걸 먹으면 아마 이런 느낌일 거라고 남의 일처럼 생각했다. 잠시 그 모래더미를 바라보다가 소매 속의 모래를 조용히 책상 위에 털고는 몸을 일으켜 두 손으로 얼굴을 문지르고 손바닥을 들여다보았다. 세수를 한 번 하는 게 좋을 것 같았다. 셔츠 아래에도 꽤 많이 떨어져 있었다. 나는 평소에는 땀을 그다지 많이 흘리지 않는 편이고, 마찬가지로 다른 사람과 비교해도 모래 양이 그리 많지 않았는데, 이번 일은 그만큼 몸이 피곤하다는 증거일 터였다. 어쨌든 이런 일은 처음이었다.

나는 오른쪽 캐비닛 맨 위 서랍에서 브러시를 꺼내면서 발로 책상 밑의 쓰레기통을 끌어당기다가 그만 그걸 쓰러뜨리고 말았다. 결국 주저앉아 쏟아진 쓰레기까지 치워야 했다. 나는 과장 섞인 한숨을 토했다. 그리고 지긋지긋한 기분으로 의자에 다시 앉는데, 때마침 저쪽에서 누군가 내 자리로 다가오고 있었다. 나와 친분이 있는 세 살 위의 여자 동료였다.

나는 엉겁결에 책상 위의 모래를 숨기려 했지만 이미 늦었다. 뺨이 붉게 달아오르고 이마에 땀이 배는 게 느껴졌다.

23. 「비명을 지르며 빠져나갈 길을 찾아 허둥대는 사람들의 등뒤에서 파도가 막 붕괴하려는 요새처럼……」

"어때? 일 끝나가?"

그러면서 다가온 그녀는 컴퓨터 화면으로 시선을 돌리다가 책상 위의 상태를 알아차린 듯했다. 피라도 본 양 "어머!" 하고 놀라더니, "……피곤한가보네?" 하며 나를 돌아보았다. 그러고는 억지로 미소를 지으면서 "……괜찮아?" 하고 고개를 갸우뚱했다.

나는 갑자기 몸의 중심을 잃은 듯 의자 등받이에 몸을 맡기고 "어, ……괜찮아" 하고 웃으며 자조적으로 대답했다.

나는 고개를 숙이고 시선을 애매하게 돌린 채, 초점이 흐린 눈을 하고 기계적으로 책상 위를 치우기 시작했다. 쓰레기통을 책상 가장자리에 갖다대고 모래가 흩날리지 않도록 천천히 브러시를 움직였다. 그런데도 쓰레기통 위쪽으로 희미하게 하얀 먼지가 흩날렸다. 꽤나 마음에 들어했던 그 브러시의 밝고 팝적인 디자인이 그때는 어쩐지 원망스러웠다. 브러시를 서랍에 넣고 물티슈로 한 번 닦았는데, 드문드문 젖은 진회색 책상 위에 또다시 모래가 두서너 알 떨어졌다. 나는 슬슬 짜증이 나기 시작했다. 그것을 또다시 꾹 누르다시피 난폭하게 닦아내면서, 도대체 왜 아무 말도 없이 계속 곁에 서 있는 걸까 하는 의아함이 담긴 시선으로 그녀의 얼굴을 보았다.

내 표정이 생각 이상으로 비난하는 듯 보였던 모양이었다. 그녀는 순간 당황스러운 표정을 짓더니, 자기가 마시려고 사 온 캔커피를 책상 위에 놓고, "언제 끝나?" 하고 물었다.

*24.「"일어나! 도망쳐! 빨리, 빨리!"」*

나는 그 작은 검은색 캔과 그 옆에 있는 그녀의 흰 손을 보았다. 가늘고 긴 손가락은 여전했지만, 역시나 조금 나이가 느껴졌다.

"글쎄, 내일 아침까지는."

나는 굳은 표정을 풀고 다시 한번 그녀를 쳐다보았다. 그녀 역시 "그래? 힘들겠네. ……나도 아직 멀었어" 하며 아까보다 부드러운 표정으로 웃어 보였다.

시간이 시간인지라 그녀의 얼굴도 푸석푸석했다. 화장은 반 정도는 지워졌고, 모래인지 펄인지 분간이 가지 않는 것이 광대뼈 부근에 빛나고 있었다.

사 년 전 나는 그녀와 몇 번 육체관계를 가졌다. 언젠가 그녀 집에 자러 갔을 때, 목욕을 하고 나오다가 '모래 정지 효과'를 세일즈 포인트 삼아 빈번히 광고하던 화장수가 세면대 선반에 나란히 놓인 걸 보고 놀란 적이 있다. 그 무렵 나는 모래가 떨어진다는 것을 지금처럼 심각하게 생각하지 않았고 딱히 그녀의 나이를 강조할 생각도 없었기에 그냥 가볍게 농담을 섞어 언급했다. 그녀 역시 그 말에 그다지 화내지 않았고, "지금은 유액 같은 것도 다 그렇게 나온다구!" 하며 웃기만 했다.

그로부터 얼마 뒤, 그녀는 자기보다 스물한 살이나 많은 환경비즈니스 관련 회사의 사장과 결혼했다가, 불과 삼 년 만인 작년에 아이도 없이 이혼했다. 직접 물어본 적은 없지만 그녀가 일을 계

---

25. 「소년은 발라드의 단편집에 엄지를 끼운 채로 눈을 떴다/어머니의 가슴에 안긴 순간 하늘을 쳐다보자, 하늘이 파열한 것처럼 바닷물이 떨어져서……」

속하고 싶어한 것이 이유라는 소문이 있었다.

그때, 이런저런 일들이 내 기억의 수면에서 떴다 가라앉았다 했던 것은 확실하다. 굳이 기억한다고 말할 만큼 대수로운 것은 아니었지만. 그리고 아마 그녀 역시 나와의 과거에 대해 그 정도로 생각했을 것이다.

그주 주말, 우리는 사 년 만에 단 둘이 만나 그날 밤 우리 집에서 옛날처럼 섹스를 했다. 희미한 스탠드 빛 밑에서 우리는 아무 말도 없이 서로의 몸을 지나간 시간의 흐름을 느꼈다. 만약 안 그랬더라면 깊은 상처를 입었을 것이다. 결국 둘을 이어준 심정 가운데 일종의 비굴함이 없었다고는 말할 수 없으니까. 나는 그녀의 가슴이 약간 작아지고 젖꼭지가 딱딱하고 둥그스름해진 것을 느꼈다. 그리고 아마도 이상한 착각이겠지만, 배꼽에서 음모까지의 거리가 좀 길어진 것 같았다. 물론 그녀 또한 느슨해진 배의 둘레며 탄력을 잃고 처진 턱 등, 틀림없이 내 몸에서 볼품없는 구석을 발견했을 것이다.

이튿날 오전까지 세 번이나 하는 바람에, 침대 시트는 두 사람의 몸에서 떨어진 모래로 넘쳐났다. 전에는 그녀의 것뿐이었지만, 이제는 두 사람분이고, 게다가 내가 더 많이 움직였으니 나한테서 더 많은 모래가 떨어졌으리라. 땀을 흘려 모래투성이가 된 몸으로 우리는 끝날 때마다 잠시 시체처럼 드러누워 있었다. 모래가 나오

26. 「······파도는······바닷가에 있던 모든 것을 다 삼키고 말았다······(*I*)」

기 시작한 이후 처음으로 섹스한 거라고 고백하자, 그녀도 그 말에 끌린 듯 결혼 후에 두서너 번 했을 뿐, 쭉 섹스리스였다고 털어놓았다. 상대방은 빨리 아이를 갖고 싶어했지만 그녀는 그것을 계속 거부했다고 했다. 아마 그것도 이혼 사유 중 하나였을 것이다.

그뒤로 우리는 벌써 몇 번이나 그런 관계를 거듭하고 있다. 어젯밤에도 그녀가 자러 와서 아침에 우리집에서 출근했다. 마치 사귄 지 얼마 안 된 스무 살 안팎의 연인들처럼, 우리는 무엇보다도 육체적으로 결합되는 것을 기뻐했다. 나는 옛날에 신문의 건강상담란에서 뇌하수체에 생긴 종양 때문에 갑자기 성욕이 강해진 남자의 이야기를 읽은 적이 있는데, 우리는 꼭 그런 식으로 어딘가 망가진 듯 서로의 육체를 탐했다.

끝나고 나면 두 사람의 몸무게와 진동 때문에 침대 가운데에 항상 모래가 모여 있었다. 나는 잠자리 대화 사이사이에 그 모래알을 곧잘 쳐다보았다. 조금 전까지만 해도 내 몸의 일부였을 텐데, 이제 그것은 마치 원래부터 이물질이었던 양, 어색하게 피부에 붙어 있다. 나는 그 초등학교 선생님의 말을 몇 번이나 머리에 떠올렸다. 내가 좀더 영리한 아이였더라면 그때 이렇게 반론했을 것이다. 하지만 선생님, 바닷물은 제자리에 도로 쏟아부으면 파래지지만, 한 번 떨어진 모래는 다시는 사람의 몸 색깔로 되돌아가지 않습니다, 라고.

27. 「······파도는······바닷가에 있던 모든 것을 다 삼키고 말았다······ (Ⅱ)」

그녀는 아침 출근 전에 샤워를 하고, 회사를 안 가도 되니 정말 좋겠다며 내 유급휴가를 부러워하면서도 무슨 일 때문에 휴가를 얻었는지는 결국 끝까지 자세히 물어보지 않았다. 우리는 옛날부터 그랬다. 단, 오늘은 경우가 좀 달랐는지도 모르지만, 어쨌든 나는 아무 말도 듣고 싶지 않았다. 나는 남이 나를 동정하거나 걱정하는 것이 싫다. 그렇다고 강한 척만 하는 건 아니다. 그럴 때는 대개 내 쪽에서 상대가 그렇게 해주도록 유도하게 된다. 그런 자신이 나는 너무 싫었다.

그녀가 집에서 나간 후, 나는 침대 커버를 세탁기에 넣어서 돌리고, 타월담요를 베란다에서 두드리면서 계속 〈Songs In The Key of Life〉의 두번째 디스크를 들었다. 어젯밤에는 퇴근길에 함께 다이닝바에 들렀다가, 앨리시아 키즈와 레니 크래비츠가 스티비 원더를 초대해 〈Higher Ground〉를 세션하는 영상을 보았다. 장소는 알 수 없었지만 아마 MTV 시상식 비슷한 것이었던 것 같다. 요즘 많이 눈에 띄는 대형 벽걸이 텔레비전이 걸려 있었는데, 딱히 부탁했던 건 아니었지만 아마도 우리 자리에서 화면이 가장 잘 보였을 것이다. 이야기를 나누는 도중에 이따금 홀긋거리기만 했는데 연주가 꽤 좋았다. 그래서 오랜만에 〈Innervisions〉를 들으려고 선반을 뒤지다가 마음이 바뀌어 결국 이 앨범을 택한 것이다.

아래층 베란다에서 요를 두드리는 소리가 났다. 짧은 허밍으로

*28. 「……뒤이어 밀려오는 파도를 이어받아 한층 더 기세가 높아진 탁류가 거리를 파괴해간다/물에 잠긴 버스 지붕에 남겨진 남자가 손을 뻗다가……」*

여섯번째 곡 〈AS〉가 시작되자 나는 담요를 안은 채 무의식적으로 리듬에 맞추어 몸을 움직이기 시작했다. 나는 이 곡을 아주 좋아했다. 맞은편 창문에서 보면 완전히 도취상태로 보였을 것이다. 허비와 로즈의 극히 감정을 억누른 간주 후에 랩 비슷한 것이 흐르고, 마지막 코러스에 다다랐을 때 나는 알 수 없는 기묘한 느낌에 습격 당했다. 스피커로부터는 여느 때와 같이 'Loving you until~' 하는 리프레인을 절박한 듯 열광적으로 부르는 소리가 들려온다. 나는 점점 견딜 수 없는 감정에 휩싸여갔다. 방에 들어가서 담요를 내던지고 곡이 끝나지 않았는데도 시디를 난폭하게 끈 뒤, 흰 소파에 엎드린 채 삼십 분 가까이나 꼼짝도 않고 가만히 있었다.

잠시 잠이 들었을까. 일어나서 보니 그녀에게서 메일이 와 있었다. 왠지 보고 싶지 않아 창가 선반에 엷게 쌓인 하얀 먼지로 눈을 돌렸다. 진드기가 태어났다 죽을 때까지의 시간은 나의 모래 한 알이 살며시 피부 표면에 싹 텄다가 얼마 안 있어 빗방울처럼 갑자기 그 무게를 견디지 못하고 떨어지는 시간과 그리 큰 차이가 없을지도 모른다. 나는 먼지를 무심코 집게손가락으로 만지다가 살짝 내 쪽으로 끌어 당겨보았다. 그것은 여름 오전의 햇살을 받아 조용히 빛나고 있었다. 선반에는 내 손가락 흔적이 남았고, 손가락은 무수한 시간의 사해死骸로 더럽혀졌다. 나는 휴대전화를 쥐고 별 생각 없이 선반에 남은 손가락의 흔적을 사진에 담았다.

29. 「……잇달아 물에 삼켜지고……/……여자들은, ……호텔 발코니에서 울부짖으며……」

새 기종이라서인지 역시 화질이 깨끗했다. 메일은 제목도 없이 그냥 '뭐 해?'라고만 씌어 있었다. 나는 마땅한 대답이 떠오르지 않아 답장 대신 그 사진을 보내줄까 했지만, 그런 변죽 울리는 행위가 곧 어리석게 여겨져 생각을 바꿔 결국 '지금 막 나가려던 참'이라고 무난한 내용의 답장을 보냈다. 실제로 나는 얼마 뒤 샤워를 하고, 널어둔 침대커버를 잊지 않고 들여다놓고 집을 나섰다.

……아까부터 나는 빌딩에 걸린 간판의 빨간색이 눈에 들어와 아무 의미 없이 그것을 세어보다가 어디까지였는지도 모른 채 중간에 그만두고 다시 처음부터 그것을 되풀이하고 있었다.

그제까지 계속 비가 내렸기 때문에 차들은 죄다 사람들의 모래로 더러워져 있었다. 배기가스 때문인지 진흙 같은 회색이다. 그러고 보니 며칠 전 택시를 탔는데, 내 또래의 운전기사가 하는 말이, 도쿄에도 비포장도로가 여전히 남아 있고 기와지붕을 어디서나 흔히 볼 수 있던 시절에는 모래가 이렇게 많이 휘날리지 않았다고 했다. 착지할 장소가 있었기 때문이라는 것이었다. 그럴지도 모르겠다.

구청 앞 거리는 갑자기 사람들로 붐비기 시작했다. 점심시간이 되어 식사하러 나온 여사무원이나 샐러리맨들이, 웃는 건지 그저 눈부셔서 얼굴을 찡그린 건지, 미간에 부자연스럽게 힘을 주면서 동료와 나란히 걸어가고 있다. 나도 평소에는 저렇겠지. 사흘 뒤에

30. 「며칠후, ……진흙에 파묻힌 대량의 부패한 시체가……/내리쬐는 태양……/파내어……땅바닥에 늘어놓은 시체……/……침묵한 채……」

는 별로 먹고 싶은 생각은 없지만, 그냥 바로 들어갈 수 있을 만한 두세 군데의 식당을 머릿속에 떠올리며 회사 근처를 걷고 있겠지.

나는 문득, 도니 해서웨이가 빌딩에서 뛰어내린 게 밤이었을까 낮이었을까 하는 생각을 했다. 계절은 분명히 겨울이었을 텐데. 아무 근거도 없지만, 낮이었을 거란 느낌이 들었다. 가령 이미 해가 저물었더라도 그 순간은 틀림없이 대낮이었을 거다. 그것도 눈부실 정도로 강렬한 햇볕이 내리쬐는. ─그토록 대단한 음악적 재능이 땅바닥에 부딪혀 깨질 때는 대체 어떤 소리가 날까? 피아노를 빌딩 위에서 떨어뜨렸을 때처럼 단 한 번, 어찌할 수 없을 정도의 화음이 무섭도록 강렬하게 울릴까? 그때, 실로 격렬하게 모래가 주위에 튀었을까? ……

만약에 이 한 알의 모래에 통증을 느끼는 감각이 있고, 그것이 착지할 때의 소리가 금속성처럼 딱딱한 소리라면, 나는 그 소리를 사흘도 견디지 못할 것이다. 그렇지만 실은 이 무감각, 이 침묵이야말로 나를 더욱 불안하게 만드는 게 아닐까. 내가 오늘, 이 복잡한 인파 속에 기대한 것은 무엇이었을까. 이렇게 어디를 걸어다녔는지 기억조차 없는 거리 여기저기에 먼지처럼 자신을 잃어가면서, 나는 무언가를 찾아다니고 있었던 걸까. 나는 지금 알 수 없는 고요함 속에 잠겨 있다. 빌딩으로 둘러싸인 거대한 소음의 우리 속에서 나를 붙들고 놓아주지 않는 이 고요함. 나는 귀울음 같은

31. 「……정신없이 울어대는 사람들……/……몰려온 텔레비전 카메라들이 햇빛을 반사하여……」

무음無音에 시달리고, 그 무통無痛에 허덕이고 있다. 지금 이 순간에도 내 손가락 끝에서 부서져 떨어지는 모래. 그 공극空隙은 이미 매춘부 같은 경망스러움으로 새로운 허무를 불러낸다. 그것을 채우려고 해도 말言은 숙명적으로 부족하게 마련이다.

나는 끊임없이 계속 나를 내어준다. 군중 속에는 그리하여 한 장소가 입을 벌리고 있다. 우리는 그 대낮의 밝음 속에서 고독한 그림자놀이를 한다. 그 여운이 이윽고 광원이 없는 맑은 난반사의 표면에서 완전히 사라질 때쯤에는, 우리는 이미 그것을 알 수 없는 것이다. ……

음악 같은 돌풍에 티끌이 펄럭이며 하늘 높이 날아오른다. 나는 눈의 통증을 참으며 정신없이 그 행방을 좇았다. 거리에는 그리하여 이름이 지워진 시간의 티끌이 조용히 내려앉는다. 부재의 박동을 무한히 다양하게 나타내는 그것은, 게다가 어느 것이나 모두 미완성이었다. 이마의 땀을 닦자 희미하게 모래 감촉이 느껴졌다. 나는 걸음을 멈추고 천천히 주위를 보았다. 때마침 신호등이 바뀌었다. 이마에 붙어 있던 모래가 내 손등에서 막 떨어지려던 그때, 교차점 한복판에 맥없이 쌓아올린 침묵의 탑은 한낮의 햇볕을 가득 받으며, 이윽고 무너져 사라질 예조豫兆의 결실에 작은 진동을 되풀이하고 있었다.

*32.「바닷가에는 타이어를 하늘을 향하고 누운 자동차······/······조가비/······/······이제는 온화하게 밀어닥치는 파도······」*

거울

내가 없는 동안에도, 내가 부재하는 방을 계속 열심히 비춰주고 있을까?

「페캉에서」

2004년 8월 9일 월요일, 소설가 오노大野는 일주일 치 짐으로 가득 찬 검은색 가방을 들고 생라자르 역 23번 홈에서 12시 40분 발 르아브르 행 특급열차를 기다리고 있었다.

오노는 현재 프랑스 파리에서 생활하고 있다. 작년에 문화청에서 새로 시작한 문화교류사업의 첫번째 파견으로, 올해 2월 말에 도불하여 일 년 동안 체재하고 내년 2월 말에 귀국하기로 되어 있다.

현재 사는 곳은 오데옹이라는 동네의 한복판이다. 그는 그곳에 60평방미터에 방 두 개짜리 아파트를 얻어 혼자 살고 있다.

프랑스에서의 활동은, 일본문학과가 있는 파리 제7대학에서의 부정기적인 강의, 대사관과 영사관이 주최하는 스트라스부르나 엑상프로방스 같은 지방도시에서의 역시나 부정기적인 강연이 중심이며, 남은 시간은 사람을 만나거나 연극을 보거나 하면서 자유로이 지낼 수 있다. 달마다 의무적으로 보고를 해야 하지만 그런 것에 대해서는 꼼꼼한 편이라 정해진 서식에 따라 월초에 꼬박꼬박 메일로 제출한다. 원래 기한에 신경을 잘 쓰는 성격이어서 원고 청탁을 받을 때도 마감일을 지키지 못한 적은 한 번도 없다. 일단 일을 맡으면 그후에 일절 연락을 취하지 않기 때문에, 불안해진 편집자가 메일로 진척 상황을 물어오면 답장 대신 원고를 보내는 식이다. 대체로 마감일 하루나 이틀 전이다. 때로는 신중한 편집자가 원래 마감일보다 이 주나 앞당겨 마감 기한을 타진해올 경우도 있다. 그런 경우에도 역시 우직하게 원래보다 이 주일이나 이른 마감일에서 하루나 이틀 더 일찍 원고를 보낸다. 하긴 그는 대학교 재학할 때부터 이 일을 시작했으니, 지금도 마감이라는 것은 학생 때의 리포트 제출기한처럼 지키지 않으면 큰일 나는 것이라고 무의식중에 생각하고 있다. 그래서 어쩌다가 마감일을 소홀히 여기는 다른 작가들의 이야기를 들으면 놀라서 눈을 둥그렇게 뜨곤 한다.

그런 자신의 공무원 같은 성격을 오노는 평소 자조해왔다. 하지만 그렇기 때문에 무리한 일은 아예 처음부터 거절한다.

그런 이유로 프랑스에서의 나날은 일본에 있을 때만큼 바쁘지는 않았지만, 6월 말에 단편집을 한 권 냈기 때문에 그 앞뒤로는 아무래도 분주했다. 귀국 전에는 초교와 재교의 교정과, 언제나처럼 소소한 성격의 두 편의 자작해제 집필, 프로모션에 관한 사무적인 연락, 거기에 더해 '교토 신문'과 '아카하타 신문'에서 각각 청탁받은 짧은 에세이와 연재중인 건축전문지 『X-Knowledge HOME』의 이사무 노구치\*에 대한 에세이 집필, 귀국 후 릿교立敎대학에서 열릴 호르헤 루이스 보르헤스에 관한 강연 준비 등, 여러 가지 일들이 마치 접시에 담긴 과자를 앞에 둔 아이들처럼 처음에는 망설이다가 나중에는 서로 빼앗듯이 파리에서의 그의 시간을 가져가버렸다. 마지막 일주일은, 따로 덜어둔 것까지 내어다가 아이들의 다툼을 수습하려는 어머니처럼, 마지못해 파리에서의 일정을 몇 개 취소하고 일본에서 가져온 일에 시간을 할애해야 했다.

삼 주 간 체재하고 파리에 돌아와보니, 이번에는 일본에서 하고 온 인터뷰며 대담, 강연 등의 교정쇄 교정과, 책 간행 후 필요한 일련의 사무처리, 그 사이에 일본에서 놀러온 친구의 한가로운 관광 안내도 끼어들었고, 『X-Knowledge HOME』에 실릴 바우하우스와 칸딘스키에 관한 에세이, 이탈리아의 『CASA VOGUE』에서 의뢰받은 제아미世阿弥와 '꽃'에 관한 에세이, 도쿄 후지 미술관에서 열릴 '빅토르 위고와 로망파전'의 카탈로그용 에세이, 그리고 『신초新潮』 12호에 게재 예정인 백오십 매 정도 분량의 소설 준비

---
\* 조각가이자 프로덕트 디자이너.

등으로 여전히 이래저래 바빴다.

8월로 접어들자 스웨덴의 스톡홀름 시가 주최하는 'Tokyo Style'이라는 대규모 일본문화 소개 이벤트에 참가하여, 하이쿠를 테마로 한 심포지엄의 특별기획으로 현대 일본문화에 대해 약 한 시간 정도 강연을 했다. 심포지엄의 기획자이자 그의 첫번째와 두번째 소설을 번역한 사람이 초청한 행사였다.

스톡홀름에서 사흘을 묵고, 하루 반나절 정도 시내관광을 즐긴 후에 파리에 돌아온 것이 그제였다. 어제는 집을 비우는 동안 쌓인 일을 해치우는 데 꼬박 하루를 소비했다. 그리고 그날 밤, 퐁피두센터 삼층의 칸딘스키 도서관에서 진행할 촬영의 사전협의를 위해 루브르박물관 근처에 있는 초밥집에서 평소 친분이 있던 카메라맨과 식사를 하고 이차로 술을 마셨는데, 뜻밖에 과음을 한 탓에 오늘 아침 허둥지둥 침대를 빠져나온 차였다.

그는 코코아브라운색 반소매 컷소어에 청바지를 입은 가벼운 차림이다. 그 탓인지 오늘도 발권창구에서 할인대상인 26세 미만인지 확인을 받았다. 프랑스에서 오노는 늘 학생 취급을 당했다. 표를 왼손에 쥔 채 가방을 어깨에 고쳐 메고, 그는 막 도착한 기차의 이등차량을 찾아 걸어들어갔다.

여름여행답게 짐이 많지 않아서 여느 때처럼 지하철 4호선을 타고 오데옹 역에서 샤틀레 역까지 가서 다시 14호선으로 갈아타고 생라자르 역까지 왔다. 8월의 파리는 의외로 조용하고 좋다는 말을 여기 온 이후 몇 번 들었는데, 거리나 지하철이나 사람이 없어 한산했고 그 때문인지 유난히 영어가 많이 들려왔다. 날씨도 쾌적했다. 작년 여름이 '살인적인' 더위였던지라 올해는 파리에서도 초봄부터, 이번 여름도 혹서일 것 같다느니, 올해는 그렇지 않을 것 같다느니, 7~8월은 괜찮아도 6월이 더울 거라느니 갖가지 소문이 나돌았지만, 결국 뚜껑을 열어보니 대체로 예년과 비슷한 정도인 것 같았다. 작년에는 선풍기가 재고까지 전부 다 품절이라 못 샀는데, 늑장을 부리다가는 올해도 그럴지 모른다고 위협하는 사람들의 말에, 기온이 올라가기 시작했다는 말이 나오기 시작한 6월 중순의 더운 대낮에 시청사 근처에 있는 BHV에서 얼마 안 되는 것들 중 좀 크다 싶은 선풍기 한 대를 구입해 땀을 뻘뻘 흘리며 집까지 들고 왔다. 하지만 지금까지 그것이 도움이 된 적은 거의 없었다.

차량은 중간쯤에서 칸막이로 나눠져 있는데, 자유석은 그 앞쪽이다. 승객은 생각보다 많았지만 일부러 기다렸다 탄 덕분에 빈자리는 아직 꽤 많이 남아 있었다. 딱히 앉고 싶은 데를 정하지 않고 그중 아무데나 들어가 가방을 선반에 올려놓은 뒤 이인용 좌석 창가 쪽에 앉았다. 어깨에서 허리까지 비스듬히 메고 있던 숄더백을 옆에 내려놓고 나서야 겨우 한숨을 돌렸다.

그가 향하는 곳은 노르망디 북서부의 대서양에 면한 페캉이라는 작은 항구도시다. 파리에서 루앙과 이브토를 경유해 브레오테뵈즈빌 역까지 특급열차로 가서 직통 단선으로 갈아탄다. 특급의 종점인 르아브르는 이 브레오테뵈즈빌 다음 역이다. 페캉과 르아브르의 꼭 중간쯤에, 페캉까지 이어지는 깎아지른 듯한 거대한 절벽으로 유명한 에트레타가 있다. 디에프는 페캉보다도 훨씬 더 북쪽이다.

오노는 당초 이 일주일을 매년 코르시카 섬에서 열리는 일불교류센터에서 주최하는 행사에 출석할 예정으로 비워두었다. 그를 강연자로 초빙한 것은 기획을 맡은 프랑스 여성작가였다. 그는 그녀에게서 가끔 프랑스어 개인지도를 받고 있었다. 소개해준 것은 이곳 친구인데, 들은 이야기에 따르면 일본에 칠 년이나 살았고 그 사이 대학교 이곳저곳에서 프랑스어를 가르쳤기 때문에 서로 겹치는 친구도 몇 사람 있었다. 그녀는 프랑스어로 번역된 오노의 소설 두 편을 읽고 그 내용에 관심을 가졌다. 그래서 가능하다면 자신의 기획에 참가해주었으면 한다고 의사를 타진해온 것이다.

오노는 이를 수락했다. 그는 강연을 싫어한다. 일본에서는 비슷한 의뢰가 들어오면 특별한 사정이 없는 한 거절했다. 첫째로 강연이 서투르기 때문이었다. 그는 보통 상대방을 보고 화제를 고르고 어조를 정하기 때문에, 많은 사람들 앞에서는 이야기의 초점을 어디에 두어야 할지 판단하기 어려워진다. 그 결과 대개 독도 약도 안 되는 시시한 이야기를 하게 된다. 그의 강연록이 그런대로 읽을 만한 내용인 것은 나중에 부지런히 가필을 하기 때문이다.

또다른 이유 중 하나는 자신의 나이가 마음에 걸려서였다. 아직 서른도 되지 않은 자신이 남녀노소 각양각색의 청중을 모아놓고 단상에서 입을 놀리는 모습을 상상하면 뭐라 말할 수 없이 우스꽝스러운 기분이다. 그렇다면 소설도 마찬가지 아니냐고 할지도 모른다. 아마 마찬가지일 것이다. 그러나 소설을 쓸 때 그는 훨씬 자유롭다. 그래서 소설을 완성해 세상에 내놓는 기분은 상쾌하다. 강연을 끝낸 후의 기분은 불쾌하다. 차이라면 단지 그뿐이다. 그러나 그 차이가 작지 않기에, 그는 소설은 쓰고 강연은 하지 않는 것이다.

오노가 프랑스에서 강연을 많이 하는 것은 매월 문화청에 제출하는 보고서 내용이 너무 빈약하면 체면이 서지 않기 때문이다. 그리고 일을 핑계로 처음 가는 지역에 가볼 수 있기 때문이기도 했다.

결국 코르시카 섬에서의 기획은 실현되지 못했다. 초대받은 이는 그를 포함해 열 사람이었는데, 그중 특별 초대손님인 일본인 음악가 그룹이 갑자기 출연을 취소했기 때문이었다. 이유는 분명하지 않다. 센터 쪽에서는 직전까지 대리가 될 만한 사람을 찾았던 모양인데, 최종적으로 기획 자체를 중지한다는 판단을 내렸다.

오노는 조금 유감스럽긴 했지만 그 앞뒤 일정이 빡빡했기 때문에 오히려 잘된 일이라는 생각도 했다. 하지만 사람들도 없는 한여름의 파리에서 일주일 내내 일만 하는 것도 그다지 달갑지 않았다. 그때 마침 전부터 한 번 놀러오라고 권하던 르아브르의 친구가 떠올랐다. 십대 시절 한때 보들레르에 경도된 적이 있던 오노에게 이 고장의 이름은 특별한 것이었다. 특히 『악의 꽃』에 수록된 르아브르의 바다를 노래한 몇 편의 시들은 보들레르를 어디까지나 도시의 시인으로만 평가하려 했던 벤야민 같은 사람은 거들떠보지도 않았던 아름다운 작품이기에 더욱더 편애하고 있었다.

연락하자 그녀는 꼭 놀러 오라고 했다. 그녀와는 교토에서 알게 된 후 약 일 년 만에 만나는 셈이다. 일을 그만두고 지금은 르아브르에 있는 무슨 학교에 다니는 것 같은데, 자세한 사정까지는 알지 못했다. 여기서는 흔한 일이지만, 꼭 옛날 일본의 하숙집처럼 프랑스 가정집에 방을 얻어 살고 있다고 한다. 목소리가 생각보다 밝았기 때문에 오노는 창가에서 전화를 걸다가 조금 복잡한 표정을 지었다. 통화를 끝낸 후에도 잠시 소파에 앉아 멍하니 생각에 잠겼다. 탁자에 놓았던 전화기를 손에 들었다가 다시 탁자 위에 되돌려놓았다. 그리고 그것에 대해서는 더 깊이 생각하지 않기로 했다.

르아브르에 일주일 내내 머무를 생각은 없었다. 만약 그녀를 만나러 가게 된다면 그 길에 페캉에 들르고 싶다는 생각은 프랑스에 오기 전부터 하고 있었다. 페캉에서 이포르, 에트레타를 경유해 르아브르까지는 급행버스로 겨우 한 시간 정도다. 정확한 시각은 몰랐지만 아무튼 버스가 다닌다는 것만은 지난번에 페캉을 방문했을 때 확인해두었다.

오노가 페캉을 찾는 것은 이번이 두번째다. 첫번째는 꼭 오 년 전, 그가 『장의葬儀』라는 세번째 장편소설을 준비할 때였다. 이 작품은 2월혁명 전후의 파리를 무대로, 음악가 프리드리크 쇼팽과 화가 외젠 들라크루아라는 두 예술가와 그 주변 인물들을 주로 정신사에 역점을 두어 그린 것으로, 원고지 이천오백 매가 넘는 방대한 분량으로 완성되었다. 그가 쓴 소설 중 가장 긴 것이었다. 집필하면서 사실을 존중하려 했고 부족한 부분은 추측으로 보충했다. 그러나 모리 오가이森鷗外가 『오시오 히라하치로大塩平八郎』의 '부록'에 쓴 바와 마찬가지로 '너무 폭력적으로 지어내거나 사람을 우습게 여기는 날조는 하지 않았다'. 그러기 위해 오노는 유럽 각지를 꽤 신중하게 돌아다니면서 취재를 했다.

페캉은 들라크루아와 연이 있는 고장이다. 근교에 있는 바르몽이라는 작은 마을에 아버지 쪽 친척인 포르노 가의 영지가 있었기 때문에, 그는 생전에 이곳을 몇 번이나 방문했다. 소설의 무대인 1846년부터 1849년 사이에는 단 한 번 찾아왔었다. 실로 십이 년 만이었는데, 이 시기는 그가 구 년이라는 세월을 쏟아부어가며 하원도서실 천장화를 완성시키는 한편, 만년의 태반을 소비했던 생쉴피스 교회의 벽화를 구상한 시기이기도 하다. 실제로 2월혁명이라는 사회 변동이 일어나, 이를 전후로 몇 년간은 본인이 원했든 말든 그의 생애에 큰 의미를 지니게 되었는데, 아마도 이 시기는 만년의 화풍으로 변하는 하나의 기로가 되었을 터이다. 그리고 소설의 또다른 주인공인 쇼팽의 부보를 접하는 것도 그가 마침 이 땅을 방문했을 때의 일이었다.

바르몽은 전철도 다니지 않는 아주 외진 시골 동네여서, 취재를 위해 찾아갔을 때 오노는 계속 페캉에 머물렀다. 그는 그때 이곳 언덕을 올랐다가, 안벽岸壁에서 보았던 절경에 강하게 매료되었다. 이번 여행을 떠난 것도 기회가 있으면 이곳에 다시 찾아와야겠다고 생각했기 때문이기도 했다. 하지만 주된 이유는 따로 있었다.

오노는 『장의』를 쓰기 위해 취재차 이곳에 왔을 때, 그것의 부산물인 양, 다른 소설의 착상을 얻었다. 임시로 「페캉에서」라는 제목을 붙인 이 단편은 그곳을 찾은 한 일본인 청년이 저녁에 안벽에서 몸을 던져 죽는다는 극히 단순한 줄거리인데, 구성도 완성했고 문체 이미지도 정했거니와 장면 장면의 상황이며 등장인물들이 나누는 대화 내용, 세부적인 배경에 이르기까지 마음만 먹으면 금방이라도 완성할 수 있을 정도로 준비를 해놓았으면서도 결국 착수하지 않아 먼지를 뒤집어쓴 꼴로 그의 머릿속 한구석에 방치되어 있었다.

그런 일은 드물지 않았다. 구상중에 쓸모없을 것 같아 단념하는 경우도 있고, 쓸 기회를 놓쳐 주제 자체에 흥미를 잃는 경우도 있다. 독립된 작품으로 다루는 것보다 장편 속 에피소드로 쓰는 편이 낫겠다고 판단하는 경우도 있다. 그는 그렇게 유산된 작품에 오래 집착하지 않는다. 싫증을 잘 내는 성격 탓이다. 가끔 생각난 듯이 노트를 펼쳐 아이디어를 훑어봐도 마음이 움직이는 일은 거의 없다. 그렇게 생각하면 「페캉에서」는 예외였다. 착상한 지 오 년이나 지났는데 아직 마음속에 남아 있다. 오히려 그 단순함 때문일지도 모른다. 그러나 그보다 더 큰 이유는 아마 그 불가해함 때문일 것이다.

　오노는 이 작품을 처음에 구상한 대로 완성하는 데는 역시나 흥미를 느끼지 못했다. 그러나 주인공의 죽음을 둘러싼 수수께끼를 중심으로 구성을 고치다보면 쓸 만한 작품이 될지 모르겠다고 생각했다. 작품 속에 나타난 그의 환경이나 성장과정, 성격이나 심리분석을 통해 자살의 동기를 밝히는 것 따위를 의미하는 것은 아니다. 왜 그가 죽어야만 했는지, 그 필연을 작가로서 생각하는 것이다. 작가인 오노 자신이 그때 왜 한 청년의 죽음을 필요로 했는지. 그는 작품에 자기 자신인 듯한 주인공을 등장시켜, 전에 그가 착상을 얻었던 여정을 더듬게 함으로써 그것을 밝혀내는 방식을 생각해냈다. 말하자면 이번 페캉 여행도 그 취재를 위한 것이다. 그는 원래 그런 종류의 소설은 전혀 읽지 않지만, 잘되면 이것이 일종의 추리소설이 되리라 예감했다. 작품에 등장하는 죽음의 원인을 작가로서 해명하는 일종의 추리소설이다. 범인은 작가다. 그리고 지금 바로 그 작가가 과거의 자신이 지녔던 동기를 수사하는 것이다.

　문이 닫히자 구내의 소음이 갑자기 멀어지면서, 오노는 차량 내부가 이미 파리에서 잘려나간 듯한 느낌이 들었다. 스피커에서 흘러나오는 차장의 웅얼거리는 쉰 목소리가 과부족 없이 공간을 채우고 있다. 출발 전 한동안, 구내의 모든 열차가 그렇게 제각기 행선을 알리는 일련의 공기 진동이 되어 기다리고 있는 것이다.

이윽고 허를 찌르듯 조용하게 열차가 움직이기 시작하자, 각별히 불안을 느꼈던 것도 아니면서 그는 조금 안심한 표정을 지었다. 뚜렷한 이유도 없이 옆에 놓인 숄더백에 손을 대보고 다시 마음을 놓듯 등받이에 고개를 기댔다. 어깨에서 등에 걸쳐 몸이 한층 더 깊이 시트에 파묻히는 게 느껴졌다. 그러나 지금은 그 편안함이 오히려 부담스럽게 느껴져, 다시 약간 몸을 일으키고 창가에 한쪽 팔꿈치를 짚었다.

미미하게, 알아보지 못할 정도로 흐릿하게 비친 유리창 속의 자신에게 시선을 둔 채로, 그는 혼자 하는 여행의 편안함을 느꼈다. 코를 빠져나가는 숨소리가 조용했다. 그는 희미한 열기처럼 닿는 감촉만으로 그것을 느꼈다. 맑은 타액이 목구멍을 넘어가는 소리가 이따금 고막 안의 정적을 깨뜨린다.

역 출구에는 엄청난 빛이 운집해 있다. 열차가 선두차량부터 그 소용돌이 속으로 돌진해가자 차량은 잇달아 한낮의 밝음에 감싸였다.

오노는 문득 뭔가를 알아차린 듯이 고개를 들었다. 그리고 그것을 확인하려는 듯 두세 번 작게 코를 킁킁거리다가 시선을 돌렸다. 통로 건너편 왼쪽의 앞좌석에서 한 줄기 연기가 천천히 피어오르고 있었다. 그는 시야의 초점을 계속 유지하며 차량 끝까지 죽 훑어보았다. 문 곁에 불붙은 담배가 그려진 스티커가 붙어 있었다. 그는 "아" 하고, 소리라고 할 수 없을 정도의 낮은 목소리를 흘렸다. 충분히 시간 여유가 있었는데 왜 아무 생각이 없었던가 싶었다. 일등칸인지 이등칸인지만 신경을 쓰느라 끽연차량 표지를 그만 보지 못한 것이다.

담배 연기는 나뭇가지를 타고 오르는 뱀처럼 자못 유유히 공중을 떠돌다가, 그대로 나뭇잎 속으로 숨어들듯 머리끝부터 모습을 감추어간다. 오노는 그것을 멍하니 쳐다보다가 머리 위 선반으로 눈을 돌렸다. 어떻게 할까 잠시 고민했지만 이제 와서 가방까지 내려가며 이동하는 번거로움과, 그러다 결국 빈자리가 없을 경우의 고생을 생각해 차량을 바꾸지 않기로 했다. 어차피 한 시간 사십 분 정도밖에 안 되는 짧은 시간이다.

파리를 빠져나가기 전까지는 철길을 따라 프랑스 국유철도 관련시설이 늘어서 있다. 간헐적으로 나타났다 사라지는 콘크리트 벽에는 꼭 요란한 낙서가 적혀 있다. 이유는 모르겠지만 프랑스의 낙서는 그림은 별로 없고 거의 다 뜻을 알 수 없는 암호 같은 글자들이다. 글자들의 모양은 둥글고 뚱뚱해서 금방이라도 터져나갈 것 같다. 색깔은 흰색과 검정, 파랑, 노랑, 분홍 등 다양하다.

오노는 어느 나라에서나 볼 수 있는, 독특한 글씨체의 거리 낙서를 새삼 흥미롭게 바라보았다. 이런 곳에 한밤중에 낙서를 하러 오는 이들은 꽤 한가한 축일 것이다. 그러나 그것은 아마도 빈곤한 시간이리라. 그들의 표현욕은 나름대로 절실했겠지만, 그들은 언어를 낭비하기보다는 글자 자체를 비대화하여 그것을 강조하고 있다. 그들은 이해받기를 명백히 거부하고 있다. 그들에게 그런 시간을 강요하는 사회에 흡수되기보다는, 오히려 그곳에 '출현' 하는 것을 초조하게 갈망하고 있는 것이다.

교외로 나오자 눈앞의 경치는 푸른 수목들로 뒤덮였고, 창에 비치는 그의 모습도 짙어졌다. 그는 우연히 자신의 눈과 마주쳤다. 그것은 마치, 그가 알아차리기 오래전부터 그렇게 그를 주시하고 있었던 듯했다.

오노는 기억 속에 흔적이 간신히 남아 있는 그때의 차창 풍경에 오 년 전 자신의 모습을 맞춰보았다. 취재 때는 늘 그랬듯, 그때도 동행자는 없었다. 당시 그는 스물네 살이었다. 성실하게 일 년을 더 다닌 대학을 그해 봄에 졸업하고, 딱히 이렇다 할 직함이 없던 시기였다. 지금도 그는 자신을 '소설가' 라 부르는 데에 뭐라 표현할 수 없는 어색함을 느낀다. 그러다가 '자유업' 이란 말이 있다는 것을 알고 직업란에 그렇게 써왔는데, 이것도 별로 도움이 되진 않았다. 보통 그것을 본 상대방이 때로는 의무감에서, 또 때로는 호기심에서 구체적으로 어떤 일이냐고 다시 묻기 때문이다. 고객 명단용 앙케트 조사를 하는 옷가게의 젊은 점원 중에는 이것을

'자유인' 처럼 마음대로 만들어낸 말이라고 착각하는 사람도 있었다. 그럴 때 오노는 늘 얼굴을 붉히며 곁에서 봐도 안쓰러울 정도로 요령부득한 설명을 한다. 지금도 그러니 당시는 차마 보기 민망한 모습이었을 것이다. 그런 당혹감이 쓸데없는 자의식 때문이라는 걸 잘 알고 있었던 그는 더더욱 불쾌했다.

그때는 일본에서 미리 구입해온 유스 유레일패스를 이용했다. 날짜를 찍어주는 곳을 몰라서 역 구내를 우왕좌왕했던 것을 기억한다. 발권창구 앞에 길게 늘어선 줄에 서서 오랫동안 기다린 끝에 차례가 돌아왔는데, 여기가 아니라며 퉁명스럽게 거절당했다. 구내 안내소 남자에게 물어보았더니, 거기서 바로 찍어주었다. 그때 어깨에 메고 있었던 것이 오늘 들고 온 것과 똑같은 검은색 나일론 여행가방이다. 그 여행 직전에 교토 백화점을 우왕좌왕하다가 구입한 것이었다.

열차를 타고도 어쩐지 기분이 계속 나빠서, 그는 그 감정을 노르망디로 떠날 때의 들라크루아의 그것과 동일화하려고 노력했다. 1849년 10월 4일 오전 7시발 열차로 루앙으로 향하기로 했던 들라크루아는, 당일 역에서 아무 설명 없이 출발이 한 시간이나 늦춰진 것을 분개하면서 일기장에 써놓았다. 프랑스 사람들의 그런 면은 예나 지금이나 다름없다. 그리고 그런 일에 화를 내는 것도 그들 자신이다. 오노도 쓸데없이 기분이 상한 건 달갑지 않았지만, 그것이 창작에 도움이 될 것이라고 생각하면 불쾌감이 가라

않는 듯 느껴졌다. 앞으로 이런 감정이 어떻게 나아지는지만 신중히 관찰하면 된다.

『장의』에서 오노는 곳곳에 사실史實을 보충했지만 굳이 그것을 왜곡하지는 않았다. 10월 4일 들라크루아가 파리를 떠났다는 기록이 남아 있는데도, 줄거리를 맞추느라 날짜를 2일이나 7일로 바꾸는 그런 일은 하지 않았다. 그러나 구상 단계에서는 한 번 그럴까 하는 생각을 해본 적이 있다. 쇼팽이 죽은 10월 17일 전후, 들라크루아의 거처에 관해서였다.

노르망디로 향한 들라크루아의 여행 일정은 그의 『일기Journal d'Eugène Delacroix』와 『서간전집Correspondance générale d'Eugène Delacroix』를 쌍방 대조하면 확인할 수 있다. 그가 쇼팽의 임종을 지키지 못한 것은 명백하다. 하지만 오노는 지킨 걸로 해야 마땅하다고 생각했다.

첫번째는 구성상의 문제였다. 『장의』는 대칭이 뚜렷한 고전주의 회화와 비슷한 구조를 이루고 있다. 상권 첫 부분에 씌어 있는 쇼팽의 장례식 장면은 하권 첫 부분에 씌어 있는 쇼팽의 연주회 장면과 반전한 듯 호응한다. 또한 상권 끝부분에서 들라크루아가 자신이 그린 하원도서관의 천정화를 쳐다보는 장면은 하권 끝부분에서 생쉴피스 교회 벽화의 기초를 바라보는 장면과 역시 호응한다. 더욱이 그 상권 끝부분에서 들라크루아의 천정화 묘사와 하권 첫 부분에서 쇼팽의 연주회 묘사는 소설의 중심을 끼고 대칭을 이룬다. 그리고 소설 상의 시간으로 볼 때, 2월혁명으로 상하권이 등분되면서 상권 첫 부분이 하권 끝 부분과 묶여 하나의 커다란 원을 형성한다. 그리하여 엄밀히 배치된 각 장면이 바로크적인 커다란 울림과 함께 상승하면서, 두 주인공의 삶의 궤도가 그것을 가로지른다.

제목에서도 알 수 있듯 쇼팽의 죽음은 당연히 소설의 가장 중요한 국면이다. 그때 또다른 주인공인 들라크루아가 그곳에 부재한다는 게 과연 가능할까. 그 둘의 삶은 반드시 같은 궤적을 그리지는 않는다. 항상 자유롭다. 그 과정에서 몇 번이나 서로 교차하고, 때로는 한 줄의 선이 된다. 그러나 종국에 가서 한쪽이 절정에 이를 때, 다른 한쪽도 그와 같은 높이에서 필히 교차해야 하는 게 아닐까. 악곡이 가장 앙양된 몇 소절에 이를 때, 그것이 단지 피아니스트의 오른손에만 맡겨지고 왼손이 놀고 있는 일이 과연 있을 수 있을까.

그리고 또 하나, 오노는 그 부재의 이유를 알 길이 없었다. 그가 이 두 사람의 교류에 주목하게 된 것은 고등학교 시절 학교 도서관에서 카지미에시 비에진스키의 『쇼팽』이라는 책을 읽고 나서였다. 아르투르 루빈스타인의 서문을 곁들인 이 폴란드 시인이 쓴 전기는, 델핀 포토카 앞으로 쓴 악명 높은 가짜 서간을 대담하게 자료로 썼기 때문에 요새는 평판이 좋지 않지만, 그 점을 참조하고 읽으면 충분히 매력적이었다. 그 책이 무척 마음에 든 그는 졸업 전에 빌린 책을 결국 끝내 반납하지 않았다. 그리고 그 이전에 이 책을 빌린 학생은 십 년 동안 한 사람도 없었다.

오노는 나중에 가서야, 이 책에서 알게 된 두 사람의 친밀함이 이와 같은 저명인사 간의 교류에서 흔히 발견되는 과장된 일화가 아니라는 사실을 알았다. 전술한 들라크루아의 『일기』나 『서간전집』, 또는 쇼팽의 『서간전집 Selected Correspondance of Fryderyk Chopin』과 대조해봐도, 혹은 조르주 상드의 『서간집 Correspondance』과 대조해봐도 두 사람이 친하게 교류하는 모습은 도처에서 확인할 수 있다.

임종을 지키지 못한 것은 필경 어쩔 수 없는 일이었을 것이다. 반드시 이유가 있어야 하는 것은 아니다. 오노가 냉담하게 느낀 것은, 당시 이미 빈사 상태였던 쇼팽을 남겨두고 들라크루아가 딱히 이유랄 것도 없이 훌쩍 노르망디로 여행을 떠나버린 점이다. 오노는 그 여행이 들라크루아에게 얼마나 중요한 것이었는지를 짐작하려 해보았지만, 결국은 보양 정도의 의미밖에 찾아내지 못했다. 그곳에 가서 여러 가지로 느낀 것, 생각한 것은 별개의 문제다. 그것은 말하자면 결과다. 그러나 오노가 찾고 있던 것은 동기였다. 사실 두 사람은 친하게 교류하던 사이였고, 게다가 그때 들라크루아에게 꼭 노르망디에 가야 할 절박한 사정이 없었다면, 쇼팽 임종시에 그가 부재했던 사실은 그의 인간성이라는 맥락 전체를 놓고 이해되어야 한다. 그라는 사람 자체가 바로 그가 거기에 없었던 사실의 이유다. 오노는 그리하여 문제의 핵심에 이르렀다.

애당초 그 자리에 없었던 게 뻔한 인간을 있었던 걸로 만들고 싶어하다니, 참으로 묘한 욕구다. 형식이 그것을 원하는 것은 납득할 수 있지만 그 이상의 이유는 이해하기 어렵다. 과연 누가 쇼팽의 임종을 같이했을까. 이것은 쉬운 문제가 아니었다. 그의 친누나인 루드비카 옝제예비초바처럼 확실히 그 자리에 있었던 사람도 있지만, 자료에 따라 있기도 하고 없기도 한 사람도 있다. 그것은 나중에 기록하거나 그림을 그린 자가 고증을 소홀히 한 탓이다. 아니면 의뢰를 받아 일부러 끼워넣은 얼굴도 있을 것이다. 사실 몇몇의 수기에서는 그 자리에 없었던 인간이 자기 손으로 있었다고 써놓기도 했다. 오노는 그런 심리를 어느 정도 이해할 수 있었다. 볼 기회가 거의 없는 연극을 놓쳤을 때, 자신도 봤다고 말하고 싶은 것과 비슷한 심리다. 그러나 거기서 한 걸음 더 나아가 그 뜻을 더 깊이 이해한다는 것은 불가능하다. 그의 소박한 인간관은, 그런 허증虛証에 거리낌을 느끼지 않는 게 과연 가능한가 하고 불가사의하게 여길 수밖에 없는 것이다. 어쨌든 일어난 사실事實은 현대보다 훨씬 애매하고 불확정적이다. 그곳에서는 증언의 힘이 지금보다 더 강하다고 할 수 있다. 그 '덤불 속'*에 그의 말을 새로운 증언처럼 첨가해, 들라크루아도 그곳에 함께 있었던 걸로 만

---

* 아쿠타가와 류노스케의 단편소설. 당사자들의 얘기가 서로 엇갈려 진상을 알 수 없다는 뜻으로 쓰임.

드는 것도 어쩌면 가능할지 모른다. 하지만 그런 생각에 오래 사로잡혀 있지는 않았다. 한 번 정도 검토해본 것은 사실이었지만.

왜 들라크루아가 친구의 임종을 지키지 않았는지, 그 이유를 알 수 없다는 것은 일종의 기만이다. 그가 더듬어간 사고의 길은 일종의 우회로였다. 오노는 그 이유를 필연으로 만들어버린 들라크루아라는 인물의 조형이 반드시 들라크루아 자신의 인간적인 파탄과 맞부딪치게 될 거라고 처음부터 예감했다. 그 문제는 작품의 가장 큰 국면인 쇼팽의 죽음이 등장하면서, 결국 그 사실이 형식상으로 그 죽음에 맞먹는 중요함을 띠고 밝은 곳으로 드러나게 되리라는 것이었다. 그런데 어쩌면 반대일지도 모른다는 생각도 들었다. 그는 이미 이 소설의 착상을 얻은 시점에서, 그때 표출될 것을 위해, 한편으로 하나의 처절한 죽음을 필요로 했던 게 아니었을까. 그런 괴로움이 있었기에 중도에 펜을 놓지 않고 탈고에 이를 수 있었던 것이 아닐까. ……

차창 밖으로 나무 이파리들이 흘러가면서, 창문에 비친 오노의 모습이 진했다가 흐렸다가 가지각색으로 변해갔다. 팔꿈치에 기댔던 얼굴을 조금 쳐든 그는 눈을 감은 채 손을 이마에 대고 고개를 가볍게 좌우로 흔들면서 천천히 앞으로 숙였다. 머리카락을 쓸어올린 손이 뒤통수에 이르자 관자놀이 주위를 문지르면서 크게 숨을 쉬고 다시 상체를 일으켰다. 눈을 떠보니 창밖은 무척이나 눈부셨다.

『장의』를 완성한 지 벌써 이 년이라는 세월이 흘렀다. 그 사이 그의 관심은 거기서 멀어져갔다. 그럼에도 지금 그때를 사색하는 그의 내면에는 뭔가 생생한 것이 있다. 미간에 싹튼 그늘을 떨치지 못한 채, 그는 다시 창가에 몸을 기댔다. 비스듬히 기운 그의 얼굴 위로 수목들이 어지럽게 햇빛을 뿌리면서 빠져나간다. 오 년 전의 그는 이런 풍경에서 '여과'라는 이미지를 얻었다. 우거진 나뭇잎을 빠져나가면서 육체의 더러움이 사라지고 순화되어간다. 그는 출발할 때의 불쾌감을 점차 잊고 기분이 가라앉아가는 들라크루아를 묘사할 때 그 느낌을 이용하려는 생각에, 더 적절한 말이 없을까 계속 고심했다. 열차의 출발이 지연된 것 자체는 대수롭지 않지만, 그것은 그 당시, 파리에서 급속하게 진전되던 '시간'을 관리한다는 개념과 연관되어 있다. 그를 거기서 도망치게 한 것은 속도다. 그를 그렇게 '시간'으로부터 떼어놓고 정화시킨 것은 오로지 속도뿐이다. 그 과정을 통과의례처럼 겪고 그가 다다른 것이 자연이다. '저절로 그러함'이 마땅한 세계다. 느닷없이 오노의 눈동자가 한 나뭇가지에 머물렀다. 가느다란 그 끝에서 갑자기 그의 윤곽이 얽혔다가 다시 흩어졌다. 흘러넘치는 동시에 갑자기 창백해진 자신의 피부색이 명멸하는 녹색 사이사이로, 마치 뜨거운 모래 위에 부은 물처럼 삼켜졌다. 그것이 너무나 신속했기 때문에, 기억은 단지 애매한 색채의 뒤섞임으로밖에 남지 않았다.
　사고 저변을 흐르는 말이, 단단하게 엉긴 찰나에 닿아, 소리도 없이 단편으로 부서져 그의 뇌리에 흩날렸다. —

　녹색이 일단 끊어지고 여러 개의 화물선로가 보였다. 이층 화물차량 수십 대가 서로 연결되어 있었고, 그 안에 자동차가 빈틈없이 잔뜩 쌓여 있다. 그리고 또다시 드문드문 나무가 나타났다가 사라지는 사이, 두 대의 흰색 캠핑카와 그 사이에서 담소하는 가족들의 모습이 눈에 띄었다. 그들이 시야에서 사라지기 직전, 어린아이가 갑자기 열차 쪽으로 뒤돌아보는 것이 똑똑히 보였다. 주택지에 접어들자, 작은 마당이 붙어 있는 단독주택들과 새로 지은 듯 보이는 빌딩 몇 채 너머로 나지막한 언덕이 이어졌다. 창문가에는 가끔 사람 모습이 비친다. 왼쪽 차창에는 여전히 나무들이 연이어 달리고 있다.

　곁에 놓아둔 가방 속 휴대전화에서 메시지 도착을 알리는 벨소리가 울렸다. 오노는 그 소리를 못 들은 척 가만히 창밖을 바라보고 있다가, 이윽고 하는 수 없다는 듯한 얼굴로 가방을 열고 휴대전화를 꺼내 화면을 확인했다. '1 message reçu(수신 메시지 1건)'이라는 화면이 떠 있다. 오노가 쓰는 것은 '오랑주'라는 '프랑스 텔레콤'의 자회사가 판매하는 노키아 제 선불식 휴대전화다. 안테나가 외부에 노출되어 있지 않은 것이 외관상의 특징이며, 기능은 오 년 전 일본에서 사용하던 것과 비슷한 정도다. 카메라가 없고 벨소리도 단음이다. 유행에 뒤처진 느낌이지만 그 때문에 불편한 것은 없다. 메시지는 오랑주에서 보낸 광고였다. 오노는 무표정하게 그것을 지우고는 다시 가방에 집어넣고 의자 등받이에 몸을 기댔다.

차량 내장은 새것이고 천장과 휘장은 연한 민트그린, 선반과 측면은 오이스터 화이트, 시트는 셸 핑크다. 조명은 흐릿하지만 바깥에서 들어오는 빛으로 차내는 충분히 밝다. 앞좌석에는 흑인 커플이 앉아 있다. 남자는 스킨헤드다. 여자는 적갈색으로 물들인 머리카락을 금색 인조머리카락과 함께 복잡하게 땋아놓았다. 둘은 사투리가 심한 프랑스어로 대화하고 있다. 향수와 뒤섞인 독특한 체취가 났지만, 오노는 클리시 광장에 사는 친구를 만나러 갈 때 자주 지하철 13호선을 타기 때문에 이제는 거기에 익숙해졌다. 통로 건너편에는 초로의 백인 부부가 앉아 있다. 둘이서 미슐랭의 『그린 가이드Le Guide Vert』를 들여다보고 있다. 오노가 이번에 들고 온 것과 똑같은 '노르망디 센 강 유역Normandie Vallée de la Seine 편'이다. 유럽 어디를 가도 프랑스인 관광객은 모두 이 녹색 책을 들고 있기 때문에 곧 알아볼 수 있다. 그 앞에 앉아 있는 사람들의 모습은 보이지 않지만, 아까부터 부부 같은 인상의 중년남녀가 니콜라 사르코지가 대통령이 될 수 있을지 어떨지 토론하는 소리가 들려온다.

오노는 다시, 이번에는 몸은 일으키지 않고 고개만 기울여 창밖을 쳐다보았다. 차량의 진동이 기분 좋게 느껴졌다. 어머니의 태내에서 들은 심장박동을 떠올리게 하기 때문일까.……

오노는 기차 여행을 좋아했다. 목적지가 어디냐와는 상관없이 향수라는 감정 때문이었다. 그는 그것이 어떤 일반적으로 통용되는 감정이라 가정하고는, 이를테면 흘러가는 차창 풍경이 지나간 시간의 단순한 비유가 될 수 있기 때문이라거나, 속도가 사람과 현실과의 관계를 끊고 대신 그만큼 기억과 친밀해지게 하기 때문이라거나 하는 식으로 그 이유를 다양하게 추측해보았지만, 실은 그가 어린 시절에 겪은 개인적인 경험이 가장 큰 영향을 미친 것인지도 모른다. 그는 방금 태내라는 말을 상기하면서 스스로도 그렇게 생각한 참이었다.

새벽녘 이불 속에서 눈을 뜨고 가장 먼저 보는 광경처럼, 기차 여행을 하면 아직 깨어난 지 얼마 안 된 자신의 기억 곳곳에 어렴풋하게 맺힌 단편적 영상이 어른거리며 떠오른다. 곁에는 어머니와 누나의 모습이 있다. 그들이 왕복한 곳은 기타큐슈北九州와 가마고리蒲郡 사이다.

오노가 태어난 곳은 가마고리 시민병원이다. 도카이도東海道 신칸센을 타고 나고야名古屋에서 도요하시豊橋로 가는 도중에 왼쪽 창밖을 쳐다보면, 지금은 신축해서 완전히 모습이 바뀐 병원이 보인다. 아직 교토에 살 때, 일이 있어 상경하던 길에 우연히 그것을 발견했다. 그 이후 그는 몇 번이나 그 병원을 지켜보았다.

오노가 가마고리에서 산 기간은 불과 이 년 반 정도였다. 그가 한 살 반이었던 근로감사의 날 휴일, 그의 아버지는 집에서 가족과 함께 점심을 먹은 뒤 안방 바닥에 드러누웠는데, 가족이 알아차렸을 때는 이미 그 상태로 죽어 있었다. 향년 36세였다.

물론 오노는 그때의 일을 전혀 기억하지 못한다. 그가 아버지의 죽음이라는 현실을 어떻게 깨달았는지 지금으로서는 알 수가 없다. 언제부턴가 불단 앞에서 합장을 하기 시작했고, 그때는 이미 아버지가 돌아가시고 안 계신다는 것을 알고 있었다. 사망진단서에는 '급성심부전'이라고만 적혀 있었는데, 시골 병원이라서 진짜 원인이 뭔지는 알 수 없었다.

오노는 후에, 이것 또한 언제 누가 가르쳐 주었는지 분명하지 않지만, 그렇게 죽는 것을 '폿구리 병'*이라 부른다는 것을 알고는 그 '폿구리(덜컥)'라는 의성음이 무척 우습다고 생각한 것을 기억하고 있다. 그 일이 생각나 그는 애매하게 웃었다. '폿구리 병'이라니, 도대체 누가 언제 만들어낸 말인지 몰라도 참 잘도 지어냈다고 그는 생각했다.

오노의 가족들은 아버지 일주기가 끝날 때까지 가마고리에 머물다가 그후 어머니의 고향인 기타큐슈로 이사를 갔다. 그의 최초의 기억은 그때 것이다. 감색 같기도 하고 보라색 같기도 한 카디건을 입은 할머니가 햇볕이 내리쬐는 툇마루 바닥에 신문을 펼쳐놓고 읽고 있다. 그는 그 앞에서 어딘가에 보관해둔 것을 꺼내온

---

* *ぼっくり病. 심장마비 등으로 주로 자다가 급사하는 병.

건지, 아마도 삼촌이나 이모가 어린 시절 가지고 놀았을 낡은 집 짓기놀이 나무토막을 쌓아올렸다 무너뜨렸다 하고 있었다. 집짓기장난감은 큰 원통 모양의 가루우유통에 들어 있었는데, 겉에 그려진 아기 얼굴이 심하게 긁히고 더러워져 꼭 노인처럼 보였던 것을 기억한다. 오노는 오랫동안 그 그림을 무서워했는데, 어느 날 자세히 들여다보고는 노인이 아니라 아기라는 걸 알고 마음을 놓았다.

그의 아버지는 사망 당시에 이미 단독주택을 소유하고 있었는데, 이 집 뒤쪽에 작은 습지가 있어서 친척 사람들은 모두 '습지집'이라고 불렀다. 이 집은 그후로도 오랫동안 팔지 않고 남겨두어서 법요를 올리러 올 때는 가족끼리 항상 이곳에서 잤다. 빈집 관리는 아버지 쪽 친척이 해주고 있었다.

어릴 때 오노는 차멀미가 심해서 가마고리까지 가는 여행길에 어김없이 구토를 했다. 그 때문에 멀미약을 먹거나 아무것도 먹지 않고 차를 타거나, 차 안에서 잘 수 있도록 전날에 밤을 새는 등 여러 가지를 시도해보았지만 그다지 효과는 없었다. 때로는 신칸센 말고 야간 침대차나 비행기를 타보기도 했지만 역시 마찬가지였다. 그것도 이상하게도 가는 길에만 그랬고 돌아오는 길에는 꽤 괜찮은 걸 보면 체질이 아니라 정신적인 문제 때문이 아니냐고 주변 사람들이 걱정하곤 했다. 그러나 그렇게까지 걱정할 것도 없이, 조금 세월이 지나자 이것 또한 원인을 알지 못한 채, 증상이 사라져버리고 말았다.

　오노는 지금 가마고리까지 가는 기차 안에서의 일들을 생각하고 있다. 그때는 편도만 여섯 시간씩 걸렸다. 여행길 내내 그는 언제 구역질이 날지 몰라 전전긍긍했다. 그런데 지금 돌이켜보니, 그것이 반드시 나쁜 기억만은 아닌 건, 그때마다 어머니와 누나가 다정하게 정성껏 간호해주었기 때문이었다. 부모가 잘 돌봐주지 않는 아이가 흔히 아무 데도 아프지도 않으면서 배가 아프다는 말을 하는 것도 아마 비슷한 이유에서일 것이다. 그리고 그는, 가마고리에 가는 것을 좋아했다. 그에게는 나이차가 많이 나는 누나가 있다. 그리고 외가 쪽 사촌들이 다 여자였기 때문에, 가끔씩 자신보다 나이가 많은 아버지 쪽 남자 사촌들과 노는 게 마냥 즐거웠다. 그럴 때면 그는 그들 뒤를 금붕어 똥처럼 졸졸 따라다녔다. 그리고 큰아버지들에게 돌아가신 아버지 얘기를 해달라고 졸라댔다. 당시는 돌아가신 지 아직 몇 년 되지 않았던 때라 사람들의 기억도 생생했을 것이다. 법요를 올릴 때 독경이 시작되면 다들 많이도 울었다. 그의 아버지는 평범한 남자였지만, 그가 죽은 후 사람들은 아쉬워했다. 그것이 오노에게 깊은 인상을 주었다.

　지금 그는 아버지의 요절을 육체적으로 실감하는 동시에 이해할 수 있다. 죽음이란 하나의 공극空隙이 생겨나는 것과 마찬가지다. 오노의 의식이 싹트기 시작했을 무렵, 그것은 사람들의 기억 속에 아직도 장년의 대장부가 지녔던 늠름한 육체로서 생생하게 남아 있었을 것이다. 지금 여기 몸무게 79킬로그램까지 성장한 정교하고 활발한 세포 결합체가 있다. 그것이 어느 순간 아주 사소한 일부의 기능부전으로 인해 모조리 헛된 것이 되어야 했다는 것. 그리하여 '있다'고 생각했던 존재의 압박이 갑자기 소실되고, 게다가 그것을 메울 길이 없다는 것. 오노가 알게 된 최초의 말이란, 그 공극을 아무리 채우려 해도 완전히는 채울 수 없었던 모든 말들이 아니었을까. ……

다시 가방 속에서 메시지 착신을 알리는 벨소리가 났다. 오노는 이번에도 바로 확인하려 하지 않았지만, 잠시 후 앞쪽부터 표 검사가 시작되자 표를 꺼내는 김에 휴대전화를 열어 화면을 확인했다. 예상한 대로 르아브르의 친구에게 온 것이었다. 글피 몇시에 도착하는지 묻는 내용이었다. 오노는 그녀를 찾아가기 전 페캉에 들를 계획이라는 말을 하지 않았다. 말하면 그녀가 그곳에 올지도 모른다. 그건 취재를 위해 피하고 싶었다. 그렇기도 하고, 동시에 일 년 동안이라는 시간을 어떤 형태로 메워야 할지 아직 결정하지 못했기 때문이기도 하다. 보고 싶다는 단순한 감정은 있었다. 그러나 감정 자체가 워낙 단순했기에, 그는 그 본질을 그다지 흔쾌히 여기지 않았다.

오노는 조금 전과 똑같이 무표정한 얼굴로 휴대전화를 가방에 도로 집어넣었다. 답신은 나중에 보낼 생각이었다.

차장은 무뚝뚝하고 담담하게 표를 확인하고 있다. 긴 머리를 뒤로 묶고 콧수염을 기른 마흔쯤 되어 보이는 남자다. 중간에서 무슨 문제가 생긴 모양인지 잠시 승객과 대화를 하고 있다. 내용은 알 수 없지만 차장은 처음부터 아예 상대를 하지 않으려는 듯했다. 상대방 승객은 남자 둘인 모양이었고, 잠시 끈질기게 버티던 그들이 결국은 단념한 듯 차내는 다시 조용해졌다. 그 뒤로는 순조롭게 진행되어서 차장도 딱히 그 일 때문에 기분 상한 눈치 없이 오노의 차표를 건성으로 보고는 조금 있다 차량을 나갔다. 십 분 정도의 시간 동안 일어난 일이었다.

차표를 가방에 도로 넣으면서, 그는 잠시 눈을 붙일까 생각했다. 자기 전과 일어난 직후에 억지로 일 리터 넘게 물을 마셨기 때문에 숙취는 그다지 심하지 않았지만, 아무래도 피곤했다. 루앙에는 이십 분 더 있으면 도착한다. 그때까지는 깨어 있는 게 좋을까. ―

시야 끝에 오래된 교회와 묘지가 스쳐지나갔다. 순간 첨탑이 심전도의 파동 같은 선을 차창에 그렸다. 나란히 뻗은 화물노선이 보이지 않게 되자, 수목들 너머로 다시 센 강이 어른거리기 시작했다. 암록색 수면 위로 광택을 띤 연한 감색의 하늘이 한 겹 비친다. 가끔씩 물결이 흔들릴 때마다 그 피막이 찢어져 물의 빛깔이 조금 엿보인다. 강 건너 나무들은 녹색 위로 배어난 듯한 감색 그늘의 무게 때문에 초록빛 수면을 깨고 가라앉아 있다. 멀리 색종이를 손으로 찢어낸 것 같은 언덕의 능선이 이어진다. 구름은 흰 광채로 가득하고, 그늘 진 아랫부분은 은빛이다. 앞쪽 나무들은 하나같이 모두 다 **흔들려** 윤곽이 흐릿하다. 신기하게도 반대편에서 달려오는 차량은 보이지 않았다.

하얀 보트가 나무들 사이를 순간 스쳐가며 오노의 눈동자에 뛰어들었다. 잠시 동안 사람의 모습이 기억 속에 간신히 잡혔는데 그 얼굴은 분명하지 않았다. 열차는 터널로 들어갔다가 곧 빠져나와 평원을 지나 소규모 택지 옆을 지나간다. 흰 벽에 콜롱바주\*의 무늬가 선명하게 두드러진 집들은 오렌지색과 엷은 갈색의 예각형 지붕을 잇대고 있다. 발코니에 심긴 주홍색 제라늄이 잎 속에서 작은 얼굴을 내밀고 있다. 어느 집이나 처마에 하얀 원형의 위성방송 안테나를 달고 있다.

센 강에서 잠시 멀어지자 짙은 녹색과 황록색, 연두색과 청록색 등 다양한 그림물감을 잇달아 짜내 바르기라도 한 듯 나무들이 창문을 스쳐지나갔다. 몇 번이나 강을 건너고, 강가의 공장을 곁눈질하면서 터널을 빠져나오자, 프랑스에서도 가장 높다는 노트르담 대성당의 유명한 첨탑이 멀리 보이기 시작했다.

열차가 조금씩 속도를 줄이는 게 느껴진다. 파리를 떠난 지 한 시간 십 분 정도였다.

루앙 우안右岸역에 접어들기 직전, 오른쪽으로 보이는 깎아지를 듯한 낭떠러지의 모습에 오노는 순간 비슷한 다른 역의 풍경이

---

\* 나무로 기둥과 틀을 세운 뒤 그 사이 벽돌을 채우고 진흙을 발라 집을 짓는 것.

떠올랐다. 글래스고인지 맨체스터인지 생각하다가 양쪽 다 아닌 것 같아 한참 고민했지만, 결국 제일 처음 뇌리를 스쳤던 에든버러였을 거라고 생각을 고쳤다. 글래스고면 몰라도 맨체스터처럼 도시 한복판에 있는 역이라고 착각하다니 스스로도 알 수 없는 노릇이었다.

오 년 전 여행 때는 페캉에서 파리로 돌아간 후, 영국으로 건너가서 스코틀랜드까지 열차로 북상했다. 그것은 2월혁명에서 몸을 피한 쇼팽이 마지막까지 자신을 짝사랑했던 제인 스털링이라는 스코틀랜드 귀족 여인과 함께한 여행길이기도 했다. 이듬해 파리에서 죽은 쇼팽은 그때 이미 중증의 결핵에 걸려 있었다. 조르주 상드와는 전년에 이별했고, 혁명으로 인해 파리에서의 생활수단도 잃은 상태였다. 오노는 그 여행중 내내 절망하면서도 자살하지 않는 인간에 대해 생각했다. 그것이 스코틀랜드 특유의 무겁게 짓누르는 듯한 하늘의 인상과 합쳐졌고, 그 때문에 남아 있는 여행의 기억은 특히나 어두웠다.

역 구내는 거의 햇빛이 들어오지 않아 낮에도 검은 선글라스를 통해 보는 듯한 음침한 느낌이었다. 그 우울한 광경이 이곳에 내려섰던 날의 기억을 뚜렷이 되살려주었다. 이미 날도 거의 저문 때였다. 역 앞 로터리에서 택시를 잡아 바로 센 강가의 호텔로 향했다. 그곳에서는 단 하룻밤만 묵었다. 들라크루아 역시 여기서 하루하고 반나절을 지내고서, 미술관에 걸린 자신의 작품 〈트라

야누스 황제의 정의〉를 보러 갔다가 그 길로 시내에 있는 고딕 교회 네 군데를 찾아간 것으로 알려져 있다.

미술관을 찾아갔던 오노는 그곳의 소장품 하나하나에 기시감을 느끼고 고개를 갸웃하다가, 잠시 후, 고등학교 시절 후쿠오카 시립 미술관에서 개최된 '루앙 미술전'을 보러 갔었다는 사실이 기억났다. 평일 방과 후 교복도 갈아입지 않고 편도 한 시간 정도 걸리는 완행열차를 타고 갔었다. 물론 당시에는 수 년 후 현지에서 바로 그 미술관을 찾아가게 될 줄은 꿈에도 몰랐다.

앞좌석에 있던 흑인 둘은 여기서 내렸고, 그 자리에는 아무도 앉지 않았다. 새로 탄 승객들이 자리를 잡아 짐을 막 선반에 올리려는데, 하차했던 젊은 백인 여자가 창백한 얼굴로 되돌아와 "Pardon! Excusez-moi!(실례합니다! 죄송해요!)"라고 외치면서 사람을 비껴가며 통로를 달렸다. 무슨 일인가 하고 모두 뒤를 돌아보았다. 아마 빠뜨린 것이 있나보다. 그녀가 자신이 앉았던 지정석 쪽에 다가가는 동시에 문이 닫히고 열차가 움직이기 시작했고, 승객들 사이에서는 한숨인지 실소인지 분간이 가지 않는 소리가 새어나왔다. 창밖으로 눈을 돌린 오노도 그녀의 모습을 찾을 수 없었다.

그는 뒤늦게 다시 한번 웃음을 참으면서 피식 미소를 지었다. 가방을 되찾은 그녀가 어찌할 바를 모르고 있을 모습을 상상하자, 갑자기 자신이 이 고장의 호텔 바에 아끼던 감색 블루종을 놓고 온 것이 떠올랐기 때문이었다. 이튿날 날씨가 따뜻했기 때문에 그는 페캉에 갈 때까지 그 사실을 몰랐다. 그랬었지, 하며 그는 한쪽 눈을 감고 몇 번이나 고개를 끄덕였다. 그리고 혹시 지금 이 고장을 걸어가다가 우연히 그 블루종을 입은 남자를 마주치기라도 하면 뭐라고 말을 걸지 머릿속에서 프랑스어로 떠올려보았다. 그 다음에는 아까 급히 올라탄 사람이 그때의 바텐더였더라면 어땠을까 상상하며 혼자 재미있어했다. 오노는 평소에는 항상 무뚝뚝한 얼굴이지만 머릿속에 이렇게 부질없는 상상이 활개를 칠 때가 적지 않았다. 그것은 단지 한때의 심심풀이가 될 때도 있고, 어쩌다 소설의 소재가 되기도 했다.

열차가 움직이기 시작하자 오노는 시트 깊이 몸을 묻었다. 그리고 어둠 속에 한층 짙게 떠오르는 자신의 모습을 멍하니 바라보았다. 속도가 빨라지면서 홈에 있는 사람들의 형태가 점차 무너진다. 에스컬레이터도, 기둥도, 간판도, 다 마찬가지다. 역을 빠져나오자 차내는 다시 갑자기 밝아졌다. 유리 속의 그는 무슨 슬픈 사고라도 당한 듯 순식간에 색깔을 잃었다.

시가지를 떠나고 잠시 후 방목되어 있는 소 떼 옆을 지났다. 그 중 가장 가까이 있던 암소 한 마리가 그의 마음을 끌었다. 아이보리색과 적갈색으로 얼룩진 등의 융기가 큼지막했다. 소는 시야에 그리 오래 머무르지 않았다. 그러나 그 단순한 형태의 잔상은 기억의 지표에 무거운 질량으로 내려앉았다.

그는 아까 아버지의 죽음에 대해 한참을 생각한 것과 반대로, 탄생이란 저 한 마리의 커다란 암소가 이 세계에서 바늘구멍보다 작은 점 하나를 얻는 것과 마찬가지라고 생각했다. 그리고 완만한 시간의 흐름 속에서 착실히 안에서부터 외계를 밀어젖히면서, 스스로 존재하는 장소를 부풀려나간다. 여기서 외압을 견뎌내는 장력은, 흐르는 선혈 속에 담긴 매순간을 지속해나가는 힘이다. 그것은 또다시 흔적도 없이 입을 닫을 세계가 잠시 자리를 양보한, 취약하지만 침범하기는 쉽지 않은 생生이라는 현상이다.

이윽고 평원이 펼쳐지며 목초지와 경작지가 차례차례 나타나고, 무리 지은 수목들이 멀리 보이는 크고 작은 섬들처럼 띄엄띄엄 눈에 띄었다.

오노의 시각은 초점을 잃었다. 그는 뭔가 생각할 때는 늘 이렇게 흐릿한 눈을 한다. 그는 지금 예의 「페캉에서」에 대해 진지하게 생각하기 시작한 참이었다.

이 소설의 주요 등장인물은 한 사람이다. 그 외에도 몇 사람이 등장하긴 하지만 그들은 모두 배경에 지나지 않는다. 이름은 이니셜을 따서 KH로 쓸 생각이다. 원래 K는 라틴어권에서는 사용하지 않는 글자다. H는 프랑스어에서 표기는 하되 발음되지 않는 글자다. 오노는 그가 이방인으로서 사람에게 이질감을 주는 장면에서는 K로, 그들의 일상으로부터 배척당하고 무시당하는 장면에서는 H로 구분해서 쓸 생각이었지만, 그게 생각대로 잘 안 될 때는 그냥 어감이 더 좋은 K 쪽으로 통일할 생각이었다. [kei]라고 영어 발음으로 쓸지, [ka]라고 프랑스어 발음으로 쓸지는 아직 결정하지 않았다.

청년은 도쿄에 있는 사립대학의 학생이다. 이 설정에 각별한 의미는 없지만 오노 자신이 교토의 국립대학을 나왔기 때문에 독자가 공연히 작가와 주인공을 혼동하지 않도록 배려하려는 것이었다. 1999년에 그는 대학교 4학년이다. 초여름에 취직활동을 마치고 어떤 — 당시로서는 결코 나쁘지 않은 — 회사에 내정된 후, 우연히 손에 든 잡지에서 8월 11일 유럽에서 서아시아에 걸쳐 개기일식이 관측될 거라는 기사를 보고 혼자 그것을 보러 가기로 마음먹는다.

실제로 그해 여름에는 여러 지역에서 개기일식이 관측되었다. 오노가 페캉을 찾은 것은 8월 말이었는데, 그때까지 선물가게에 팔다 남은 일식 사진이나 그림을 프린트한 티셔츠가 있었다. 주인공이 일식을 보러 가게 만들려는 생각을 한 것은 아마 그때였을 것이다.

원래는 주인공이 마지막 장면에서 페캉의 벼랑에서 뛰어내리면 되는 소설이었고, 그곳을 찾아가는 동기는 나중에 덧붙인 것으로, 그 동기를 일식으로 정한 것은 그의 처녀작과의 관계 때문이었다. 오노가 대학 시절에 쓴 첫 소설의 제목은 『태양과 달의 결혼』이었다. 이것은 '반대의 일치'를 나타내는 연금술 용어다. 연금술의 세계관을 통해 중세 프랑스의 이단심문 문제를 그린 이 작품에서, 주인공 도미니크 회 수사는 마녀로 고발당한 헤르마프로디토스의 화형 장면에서 일식과 조우해 견신見神 체험을 한다. 그 장면과 자살 장면의 대비를 통해 의미를 부여하는 것이 그가 노리는 바였다. 오노는 늘 전작을 발판으로 삼아 신작을 써왔다. 그리고 그것이 다시 다음 작품을 위한 준비가 되는 것이다.

프랑스에 가기로 마음먹게 된 심리에 대해서는 상세히 쓰지 않는다. 그저 갑작스레 가기로 했다고 쓸 뿐이다. 평소의 그는 꼭 그런 곳에 상세한 심리묘사를 곁들이는데, 이 소설에서는 단지 주인공의 행동만 담담하게 쓸 생각이었다. 유럽으로부터 아시아에 걸친 광범위한 지역에서 관측되는 일식을 일부러 프랑스의, 그것도 페캉 같은 시골로 보러 가는 이유는 지극히 간단한 것으로 생각해두고 있다. 그중 하나는 그가 잡지에서 본 일식 사진이 수 년 전에 페캉 안벽 위에서 찍힌 것이었기 때문이다. 더욱 신중을 기하여, 그가 제2외국어로 들은 프랑스어 수업에서 모파상의 『메종 텔리에』를 읽었다는 일화를 넣는 것도 괜찮겠다 싶었다. 실제로 그런 교재를 선택하는 걸 재치 있는 일이라 여긴 교사도 있다. 『메종 텔리에』는 K가 평생 동안 끝까지 읽은 유일한 프랑스 소설이다. 그래서 처음과 마지막에 나오는 지명을 기억하고 있었다. 혹은, 그것이 시험범위였다. ─ 어쨌거나 이런 식으로 앞뒤가 맞기만 하면 되는 정도다.

오노는 이번 여행에 『죄와 벌』 하권을 가지고 왔다. 그는 귀국 후 착수할 작정인 살인을 주제로 한 장편소설 준비로 얼마 전부터 도스토옙스키를 재독하고 있다. 오 년 전 여행 때는 두 권을 가지고 왔다. 한 권은 헨리 제임스의 『데이지 밀러』, 다른 한 권은 알랭 로브그리예의 『엿보는 사람』이었다. 이 두 권을 선택하는 데 특별한 목적이 있었던 것은 아니다. 단지 두 권 다 좀처럼 읽기 힘들 것 같아, 주위에 이 책들 말고 아무것도 없으면 도중에 포기하지 않고 끝까지 읽을 거라 생각했기 때문이었다. 예상대로 책들은 두 권 다 지루했지만 덕분에 여행이 끝날 무렵에는 숙독할 수 있었다. 페캉에서 읽은 것은 후자였다. 오노는 지금 그 일을 떠올리고, 『페캉에서』에서 그가 머릿속에 그려본 살벌한 분위기는 『엿보는 사람』에서 받은 인상의 영향이 컸을 것이다. 이런 생각은 방금 처음 떠올려본 것이었다.

프랑스에 도착한 주인공은, 파리에서 극히 일반적인 관광을 하고 나서 열차를 갈아타며 페캉으로 향한다. 프랑스어는 대학교에서 시험 전 벼락공부를 했던 정도라 전혀 할 줄 모른다. 관광 가이드북 뒤쪽 페이지에 실려 있는 인사말만 복습한 정도다. 단편이므로 구체적인 여행 내용은 몇 가지 에피소드 정도로 대신하기로 했다. 생라자르 역에서 표를 들고 헤맨 일, 한 가게에 윗옷을 깜박 잊고 놓고 나온 일 등, 오노 자신의 경험도 과장하거나 적당히 치장해서 쓸 생각이었다. 유머를 더하기보다는 고독함을 강조하기 위해서다. 유머러스한 이야기는 들어줄 상대가 있어야 유머러스한 것이지, 그렇지 않으면 대개 이도 저도 아닌 것이다.

전체적으로 심리 서술을 생략하는 대신, 그는 주인공의 두 가지 일관된 행동을 통해 그것을 암시하려 했다.

하나는 K가 "Au revoir(안녕히 가세요)"를 정확하게 발음하려고 고심하는 것이다. "Bon-jour(안녕하세요)?"라는 인사말은 제법 잘한다고 생각했다. 그러나 "Au revoir"는 프랑스인들의 발음과 완전히 다르게 느껴진다. 그래서 거리에서든 어디서든 계속 신경을 쓰고 있다가, 어디선가 그 말이 들려올 때마다 혼자서 입 속으로 연습하고, 기회가 있으면 엉뚱한 기세로 그것을 발음하는 것이다. 오노는 이를 표현하기 위해 소설 본문에 프랑스어의 [r] 발음을 특이하게 표기하기로 했다. '오 르브와르'라고 쓰는 것이다. 프랑스어 초보자는 대체로 그 소리를 지나치게 강조하기 때문에, 글자가 주는 딱딱한 느낌도 어울릴 것 같았다. 브레오테뷔즈빌에서 기차를 갈아탈 때 K는 시계를 가지고 있으면서도 일부러 역원에게 가서 영어로 시간을 물어본다. 그리고 헤어질 때 큰맘 먹고 발음한 "오 르브와르"에 젊은 역원이 실소를 자아내자, 그것을 친애의 표정으로 오해하고 연습의 성과에 아주 만족해한다. 그런 일련의 행동을 드러내는 일화가 될 장면이었다.

또하나는 그가 여행중 방대한 양의 사진을 찍는 것이다. 불과 오 년 전의 일이지만 그때는 지금처럼 디지털카메라가 흔히 보급

되어 있지 않았으므로, 그가 가지고 다니는 것은 편의점에서 구입한 일회용 카메라다. 적어도 열 개 정도를 사가지고 가고, 현지에서 더 구입해서 전부 열여섯 개 정도를 지니고 있는 것으로 설정했다.

페캉에는 전날 오후에 도착한다. 8월 11일 프랑스에서 일식이 보인 것은 오전 열시가 지나서였다. 주인공은 일본 여행사를 통해 사전에 예약해둔 호텔에 체크인한 다음 잠시 거리를 관광한다. 네오 고딕 양식과 네오 르네상스 양식을 절충한 사치스러운 베네딕트 궁전, '메종 텔리에' 앞쪽에 있다고 설정한 생테티엔 교회, 동네에서 가장 큰 성삼위일체 교회를 순서대로 구경하고, 그후에는 별로 볼 만한 곳도 없는 평범한 시골 거리를 계속 사진에 담으면서 정처 없이 돌아다닌다. 그후에 드디어 바캉스를 즐기는 가족들로 북적이는 해변으로 향한다. K처럼 일부러 일본에서 찾아온 사람은 드물겠지만, 티셔츠를 파는 노점이 들어섰을 정도니, 그 해에는 페캉을 찾은 관광객이 적지 않았을 것이다. 수영복은 가져오지 않았던 그는 신발을 벗고 상반신만 알몸이 되어 둥근 잔돌이 깔린 해변에 드러누웠다 일어났다 하면서 멍하니 바다를 바라보며 시간을 보낸다. 싫증이 나면 어슬렁어슬렁 걸어가서 발만 담가보다가 물이 너무 차가워 놀라기도 한다. 물론 그러는 사이사이 사진을 찍는 것도 잊지 않는다. 처음으로 토플리스 여자를 보고 엉겁결에 카메라를 들이댔다가 무서운 눈초리 세례를 받거나 한

바탕 잔소리를 듣거나 한다. 그러는 동안, 관심은 시종 왼쪽 항구 저편에 우뚝 솟은 안벽을 향해 있다. 잡지에서 본 사진은 저 위에서 찍은 것이라 짐작하면서. ……

저녁이 되자 K는 낮부터 마음에 둔 브라스리* 앞을 두세 번 왔다 갔다 한다. 그러다 결국 안으로 들어가지 않고 사진만 찍고는, 베리니 부두에 있는 작은 슈퍼에서 빵과 맥주, 과자 등을 사서 호텔 방에서 혼자 먹는다. 물론 계산대에서 "Au revoir"를 잊지 않는다.

다음날 아침 주인공은 일회용 카메라 서너 개를 웨스트파우치에 넣고, 전날 봐둔 안벽 언덕으로 향한다. 차도가 정비되어 있지만 걸어가는 사람들은 다른 험한 지름길을 통해 올라간다. 일식을 보러 온 사람의 행렬이 개미 떼처럼 이어진다. 언덕 위에도 이미 많은 관광객들이 몰려들었다. 이윽고 흥분한 사람들의 웅성거림과 함께 일식이 시작된다. K는 자신이 감동을 느끼는지 어떤지도 모른 채 정신없이 계속 셔터를 눌러댄다. 일회용카메라 특유의 필름 감기는 소리가 끊임없이 나는 바람에 앞에 서 있던 커플이 서로 귓속말을 주고받으며 뒤를 돌아보기도 한다. 일식 자체는 싱겁게 끝나고 사람들도 드문드문 흩어진다. K는 일몰 때까지 계속 그곳에 머문다. 그러면서 전날 해변에서 했듯이 바닥에 드러눕기도

---

* 레스토랑을 겸한 카페.

하고 안벽에서 경치를 바라보기도 하며 시간을 보낸다. 카메라 필름은 도중에 다 써버린다. 딱 한 장만 마지막을 위해 남겨둘까 싶은 생각도 있었다.

해질녘이 되자 바다는 유난히 아름다워 보인다. 그 아름다운 바다에 대해서만 수 페이지에 걸쳐 자세히 묘사함으로써, 이제는 그가 그곳에 있지 않다는 것을 암시한다. 오노는 일본에 있는 것과 비슷한 무당벌레를 파리에서 본 적이 있었고, K의 등 위에 앉아 있던 그것이 홀로 공중을 날아다니는 모습을 그림으로써 그의 추락을 더욱 강렬하게 그려내는 방식도 생각해두고 있었다. 다만 벌레 페캉에서 본 게 아니었기 때문에 생식지역을 확인할 필요는 있었지만.

그리고 황금색으로 빛나는 일몰 속에서, 무리 지은 갈매기들이 먹이를 발견한 것을 서로 알리기나 하듯이 안벽 아래를 울면서 선회하는 모습을 그리며 단락을 끝낸다.

한 줄 비우고, 혹은 '*' 표 등으로 구분을 하고, 며칠 후 페캉 안벽 밑에서 일본인 청년으로 보이는 시체가 발견되었다는 보도를 기술한다. 발견자는 그 주변에서 많이 볼 수 있는 다이버다. 일본과 프랑스 신문, 텔레비전에 보도된 내용을 가능한 한 구체적으로 써서 앞에서는 암시로 그친 전후경과를 보충한다. 그리고 사고의 가능성이 높다고 다들 말하는 것을 결론으로 덧붙인다. 유서는 발견되지 않는다. 단 K와 함께 낙하한 여러 개의 카메라 중 멀쩡하게 남은 두 개와 호텔에 남겨놓은 십여 개의 필름을 전부 현상한 후, 본인이 찍힌 것이 단 한 장도 없는 엄청난 매수의 사진을 본 '경찰이나 가족들은 모두 자살이었을 거라는 인상을 받는다.' — 이것이 소설의 결말이다.

오노는 소설 전체를 다시 한번 머릿속에 상세히 떠올리면서, 결말 부분이 그가 『해와 달의 결혼』 이전에 쓴 미발표 습작의 마지막과 유사하다는 데 생각이 미쳤다. 이건 당시에는 자각하지 못한 일이었다. 그 습작은 한 남자의 출생에서 죽음까지를 삼인칭으로 그린 삼백 매가량의 소설이었는데, 주인공은 대학교 1학년 가을 호쿠리쿠北陸의 어느 작은 어촌을 찾아가서 이번 소설처럼 안벽에서 몸을 던져 목숨을 끊는다. 오노는 그때도 작품의 무대로 삼으려 했던 지역으로 취재 비슷한 여행을 갔었다. 실패작인 게 분명해 그냥 어딘가에 내버려두었기 때문에 아무리 생각해봐도 어디 있는지 기억이 나지 않는다. 아마 교토京都의 집 서가 구석 어딘가에 있을 것이다.

한편으로 그는 이런 구성이 토마스 만의 『베니스에서의 죽음』과도 비슷하다고 느꼈다. 이것 역시 미처 의식하지 못한 일이었다. 두 소설의 주인공은 여행이라는 이동을 통해 죽음으로 직선적인 하강을 해간다. 물론 K는 구스타프 폰 아셴바흐처럼 각고면려하여 예술창작에 몰두해온 인간이 아니다. 미美는 그의 숙명이 아니라 우연한 계기 같은 것이다. 그리고 아셴바흐는 자살에 가까운 병사를 맞지만, 엄밀히 따지자면 자살이 아니다. K는 자살한다. 하지만 그것이 그렇게 큰 차이일까.

루앙을 떠난 후로 차창 밖의 풍경은 단조로웠다. 그 탓인지 졸음을 부르는 듯한 날씨에 승객들의 이야기 소리도 어쩐지 작아진 듯 느껴졌다.

오노는 간신히 문제의 실마리를 잡은 듯한 느낌이 들었다. 그의 시선은 그리하여 의식이 뚜렷해짐과 동시에 순간적으로 창밖의 경치에 빈틈없이 초점을 맞추었다가, 다시 그 사이에 낀, 유리창에 비친 자신의 모습으로 애매하게 향했다.

오노는 여태 단 한 번도 자살을 생각해본 적이 없다. 그는 그런 충동으로부터 실로 멀리 떨어져 있었기에 애초부터 그 거리를 잴 필요도 없었거니와, 그와 자살 사이에는 처음부터 연결점 자체가 없었다. 무엇보다도 오노는 죽음을 두려워했다. 개나 고양이같이 동물적인 본능으로 그것을 피하려는 한편, 그의 상상력은 그것을 과대하게 포장하곤 했다. 죽음이라는 찰나 자체는 그리 두렵게 느껴지지 않는다. 방법에 따라서는 꽤 고통스러우리라 생각하지만, 그 고통이 공포의 정체는 아니다. 그가 두려워하는 것은 그후, 영원히 죽어 있어야 하는 시간의 무한성이다. 그는 그런 불안을 이미 몇 번이나 작품에 쓴 적이 있다. 그리고 사람들로부터, 죽으면 아무것도 느끼지 않으니까 그런 불안은 무의미하다는 투의 당연한 반론을 들었다. 그러나 그것만으로는 납득할 수 없었다. 그에게는 아무것도 느끼지 않는다는 것 자체가 공포다. 오감의 활동이 모두 정지한 채, 부재 상태로 영원히 끝나지 않는 시간을 참아내야 한다. 언젠가 인류가 멸망하고 지구가 태양에 삼켜지고 우주에 어떤 상상조차 못 할 이변이 일어난다 해도, 그것이 그의 죽음을 중단시킬 수는 없다. 부족한 물리학 지식으로나마, 아무리 상상의 날개를 펴보아도 그 단순한 시간 개념의 종점을 찾아낼 수 없었다. 그것은 바로 그가 영원히 죽어 있어야 하는 시간의 길이다. 그런 생각을 하면 그는 속으로부터 진공이 부풀어오르는 듯, 금속처럼 날카로운 공포의 감촉을 느낀다. 그는 그것에 대해 완전히 무력하다. 그래서 요즘은 그것에 대해 전혀 생각하지 않으려 한다.

한편 그런 망상적인 공포와는 별도로, 그는 죽음에 의해 자신의 활동이 모조리 중지되는 것은 억울하다고 생각했다. 그는 비록 발음을 위해 맞춘 글자라 해도, '노동'을 상기시키는 '모시는 것'이라는 뜻의 '仕事*'라는 한자 표기를 좋아하지 않는다. 차라리 모리 오가이가 고집했던 것처럼 '爲事'라고 쓰고 싶다. 이는 글자 그대로 '하는 것'이다. 그런 뜻으로 해석할 때, 평생에 걸친 그의 활동을 대표하는 것이 바로 창작이다. 그는 태어나서 죽을 때까지 모든 일을 행한다. 그리고 그중에서도 무엇보다 많은 시간을 소비하여 글 쓰는 일을 하는 것이다. 그러기 위해 그는 많은 미연의 계

---

\* '일'이라는 뜻의 일본어.

획을 갖고 있다. 아마 그것들이 채 이루어지기도 전에 끝나버릴 것이라는 상상 때문에, 그는 죽음을 증오하지 않을 수 없다.

그에 더해, 그는 사람이 죽는 것이 슬펐기 때문에 자신이 죽음으로써 남들을 슬프게 하는 것도 싫었다. 그럴 만한 사람을 그는 아직까지 몇 명 정도는 떠올릴 수 있다. 이것은 앞선 두 가지에 못지않게 큰 이유였다.

죽음에 대한 이런 불안에는 물론 아버지의 죽음도 관련되어 있다. 오노는 미신을 믿지 않지만 마음속 어딘가에 아버지가 죽은 서른여섯이라는 나이에 자신도 죽지 않을까 하는 이상한 두려움을 안고 있다. 혹은 아버지와 비슷하게 갑작스러운 죽음을 맞을지도 모른다고 걱정하며 두려워한다. 없애려 해도 순리로는 어찌할 수 없는 불합리한 불안이다. 그는 속필은 아니지만 무언가에 쫓기다시피 매일 꾸준히 소설을 쓰고 있다. 쓰지 않고 가만히 있으면 불안해진다. 몹시 초조한 기분이 드는 것이다.

그는 이렇게 죽음을 두려워하는 자신을 잘 이해할 수 있었다. 그것은 소심하지만 나름대로 납득이 가는 모습이다. 그러나 동시에, 자신의 임종을 떠올릴 때면, 그것이 자살 이외의 다른 어떤 것이 되리라고는 도저히 믿을 수 없었다. 미쳐서 그렇게 될지, 제정신으로 그렇게 될지는 알 수 없지만, 어쨌든 자살에 대한 두려움은 그의 가슴에서 떠나지 않는다. 그러나 그가 지금 굳이 의아해하는 것은 그 불안 탓으로 애매하게 퍼진 정신의 혼탁함 때문인지도 모른다. 나는 정말로 자살하는 나 자신의 모습을 미래에 두고 응시하고 있는 걸까.

그는 십대 때 가끔 상상 속에서 행했던 잔인한 자기처벌에 대해 생각한다. 그는 작년에 발표한 『소수난도집 小受難圖集』이라는 산문시 풍의 작품집에서 그것을 처음으로 다루었는데, 거기 모은 다섯 편의 묘사가 하나같이 너무나 잔인했기 때문에, 평소의 온화한 그를 아는 사람들은 당황하면서도 그것을 오히려 지적인 구축물로 이해하고 납득했다. 그 또한 그런 반응을 받아들이면서도 절반은 남의 일인 양 개의치 않았다. 사실 지금의 그는 그런 습관을 완전히 잃었다. 그것은 모르는 사이에 치유된 병처럼 그 종말이 명확치 않았다. 그는 마침 그 무렵부터 뜻도 모르고 소설을 쓰기 시작해 현재에 이르렀다. 그 양자 사이에 과연 관련이 있다고 해야 할지, 그는 생각해본다. K라는 인물은, 일찍이 그런 극심한 고통 속에서 잘못 써내려간 말들을 모조리 재빠르게 덧칠하려는 듯 몇 번이나 잘게 자르고 있었던 자기 자신인 것일까.

오노가 자기처벌을 필요로 했던 것은 항상 어떤 구체적인 사건이 일어났을 때였다. 그 예는 다양했고, 반드시 이론적인 근거가 있는 것도 아니었지만, 어쨌든 사회와 자신 사이에 생긴 차질을 형가刑架로 삼아 처벌이 집행되었던 것은 분명했다. 거기에는 어떤 일탈이 있었다. 그리고 벌을 받고 고통을 떠안는 그는 일탈한 그이며, 처벌하는 그는 그 고통에 의해 용서받고 사회에 머무르는 그인 것이다.

그의 생각은 다시 『베니스에서의 죽음』으로 돌아갔다. 주인공인 아셴바흐의 죽음을 그와 같이 작가의 자기처벌로 이해할 수 있을까? 아셴바흐의 경우에는 전락이 있었다. 그는 베니스에서 타치오를 발견하기 전부터 이미 감정과 이성의 균형을 잃은 상태였다. 엄격한 이성의 통제하에 놓인 그의 작품세계는, 그 기량이 거의 거장의 단계에 이르렀다가 보수적인 형식성으로 떨어지는 중이었다. 그 내적 충실의 결락으로 감정의 둑이 터져 단숨에 범람한다. 현실의 토마스 만은 평생 그처럼, 그리고 자살한 그의 여동생이나 아들처럼, 생의 균형을 잃은 적이 없었다. 그것은 그가 그렇게 일탈하려는 자신을 **타자로서** 처벌할 수 있었기 때문일 것이다.

오노는 얼굴을 찡그리며 고개를 갸웃했다. 그가 중세의 책형도에 등장하는 피 묻은 잔인함을 이해하게 된 것은 그런 몽상을 통해서였다. 가톨릭 신자는 육신이라는 죄의 상징을 통해 신의 아들과 이어진다. 그들은 '원죄'라 불리는 그들의 **일탈**을 유발하는 과잉한 욕망의 근원을, 바로 그것이 깃든—토마스 아퀴나스는 부정하고 있지만—육신의 고통을 통해 속죄받고 위안한다. 그때 그 육신을 받아들이고 고통을 떠맡는 이가 신이라는 것은 대체 무슨 뜻일까. 신이란 무엇인가. 그것은 인간의 피안彼岸이다. 절대의 타자다. 가톨릭 신자는 책형당한 그리스도에 의해, 즉 타자에 의해 스스로를 처벌한다. 그들 내부에는 분열이 없다. 게다가 처벌받는 그들은 성스러운 존재로서 언제나 거룩하게 현현한다. 그렇다면 이단심문은 어떤가?『해와 달의 결혼』을 썼을 때 이 문제는 그에게 중요한 주제였다. 그 시대, 신의 창조세계에서 악은 비존재非存在였다. 그것은 엄격하게 선성善性의 결여로 이해되었다. 이단이라는 관념은 그러한 세계관 아래에서의 존재에 대한 비존재의 강박이다. 그들은 지겨운 줄도 모르고 잇달아 이단자를 날조해냈는데, 그것은 그들의 일탈에 육신을 부여하고 **타자로서** 현현시키기 위한 것이었다. 이단심문은 그 **존재**를 확인하고 다시 명확히 부정하는 절차 이외에 아무것도 아니리라.

오노가 살육으로 가득 찬 들라크루아의 그림에서 알게 된 것은 그런 이단심문 정신의 머나먼 메아리였다. 캔버스 앞을 떠나면 그는 극히 세련된 사교인이었다. 그토록 친절하고 상냥한 사람이 왜 그런 섬뜩한 그림을 그리는 걸까? 언젠가 어떤 귀족 여자가 했다는 그 말을 오노는 농담 이상의 것으로 여기고 마음에 담아두었다. 당시의 사람들은 중세의 민중과는 또다른 방식으로 세계의 선성에 신뢰를 두고 있었다. 그들은 신의 창조를 믿지 않았지만, 대신 이성의 빛에 인도된 세계의 점진漸進을 믿었다. 들라크루아는 자신의 일기에서 이런 계몽주의적인 낙관에 대해 얼마나 자주 분개했던가. 그가 항상 예로 든 것은 살인이나 절도 같은 사회문제였다. 사람으로 하여금 그런 만행을 저지르게 하는 인간의 불합리

함은 결코 사라지지 않는다. 그는 그렇게 확신했다. 그러나 그가 단언할 수 있었던 것은, 그 자신이 바로 그런 불합리함의 저주를 받은 인간이기 때문 아닐까? 그가 철학자들의 인간관을 용서하지 못한 것은, 그것이 그라는 인간의 많은 부분을 비존재로 쫓아버리기 때문이었다. 왕정복고기, 7월왕정기, 제2공화제기, 제2제정기로 계속 격변해간 당시 사회가 제각기 기대한 인간상을, 그는 완벽하게 떠맡아 보여주었다. 하지만 동시에 그는 끊임없이 자신을 이단자로 재판하는 이단심문관이었다. 캔버스 속에서 악으로 깎아내려지던 그는 늘 선명하게 출현하면서, 거기다가 처참한 괴로움의 색채를 흩뿌렸다. 그것은 존재에 다다르려는 비존재자의 목소리다. 그때 예술은 그에게 타자였을까? 그것은 영속을 약속받은, 처벌받는 성성聖性이었을까?

오노는 크게 숨을 내뱉었다. 그리고 마음을 진정시키려는 듯 양손으로 얼굴을 문지르고 눈을 감았다.

창작은 과연 오노에게도 하나의 출현일 수 있었다. 그는 다시, 마음속에서 몰래 스스로의 육체에 칼질을 해댄 소년 시절의 자신을 생각했다. 그러나 거기서 처벌을 내리고 사회에 머무르도록 용서받은 그는 대체 무엇이었을까. 그는 그 당시부터 '나는 상처이자 칼'이라는 보들레르의 시구를 알고 있었다. 그 글이 있다는 것이 그의 고독을 위로해주었다. 언어는 확실히 고뇌를 사회화한다. 그것은 언어라는, 인간을 표현하는 마지막 공유물의 규칙에 미리 상정되어 있는 것을 가르쳐준다. 그가 이해하는 근대인이란 그렇게 혼자서 '희생물'과 '형리'를 겸한 인간이다. 자기 자신에 대해 늘 타자인 어떤 자이다. 그리하여 모든 일탈하는 자기를 토막냄으로써 겨우 유지해간 그라는 자는 대체 어떤 자였을까. 나는 지금 옛날에 비해 더 선하게 살고 있는 걸까, 하고 그는 의심해본다. 상처 쪽에 악이 있고 칼 쪽에 선이 있다면 적어도 그래야 한다. 그는 확실히 관대하며 온후하다. 그러나 그것을 가능케 하는 것은 그의 심각한 니힐리즘이다. 평소에 다른 사람들은 그를 라즈미힌 같은 단순한 호한으로 보지만, 사실 그는 자신이 스비드리가일로프처럼 무위하고 음탕한 니힐리스트라 여기고 있다. 영원이라는 관념을, 거미밖에 없는 어두컴컴한 다락방이라 생각하는 그 남자. 그 사람도 또한 작가에 의해 죽음을 당해야 했던 작가 자신인 것일까. ……

여기까지 생각하다가 오노는 안색을 바꾸었다. 눈을 뜨고는 방금 전까지 머리에 떠올린 자신의 말을 응시하듯 조금 험한 표정을 지었다. 그러고는 갑자기 다시 냉담한 표정으로 바뀌었다가 고개를 약간 갸웃하더니, 초점을 두기에 마땅한 곳이 없는지 눈앞 여기저기로 시선을 돌렸다.

시계를 보니 두시 오 분 전이었다. 이브토까지는 앞으로 십오 분쯤, 브레오테뵈즈빌에는 삼십 분 정도면 도착할 것이다.

그는 천천히 가방 안에서 휴대전화를 꺼내 아까의 메시지를 다시 한번 읽어보았다. 그리고 결국 도착시간만 써서 보냈다. 답신은 바로 왔다. 역에 도착하는 거냐고 묻는다. 오노는 대답에 궁했지만, 하는 수 없이 그렇다고 대답했다. 버스로 거기까지 가면 될 일이다. 그녀는 또다시 답신을 보냈다. 마중 나가겠다고, 느낌표까지 붙인 짧은 문장이었다.

휴대전화를 도로 집어넣다가, 손에 닿은 문고판 『죄와 벌』을 꺼낸 그는 그것을 펼치지도 않고 무릎 위에 놓았다. 그리고 잠시 멍하니 책의 표지를 바라보았다.

오노는 다시 『베니스에서의 죽음』을 생각하다가 이번에는 동시에 『베르테르』에 대해, 그리고 『보바리 부인』에 대해 생각했다. 그것들 모두 다 작가가 자신의 몸에서 떼어낸 시체란 말인가? 그는 조금 전 자신이 사색한 바를 회의적으로 다시 생각해보았다. 그러다가 여전한 낭만주의적 느낌에 기분이 조금 우울해졌다.

그는 딱히 읽을 생각도 없이 무릎 위에 올려놓은 책의 페이지를 넘겼다. 등장인물의 고유명사라는 것은 자칫 독자를 착각하게 만들기 쉽다고 그는 생각했다. 그의 눈 속에 다양한 문장이 거의 아무 문맥도 없이 뛰어들어왔다. 만약 어느 때고 이 책을 펼쳤는데 모든 페이지에서 주어가 다 사라져 있다면 어떨지 그는 생각했다. 그곳에 출현하는 것은 무엇일까? 아무 의미도 없이 무리 지어 있는 말들. 거기서는 '배꼽이 빠지게 웃었다'는 말과 '머리를 숙였다'는 말이, '믿는다'는 말과 '죽였다'는 말이, 그리고 '무서웠다', '마음을 얼게 했다', '따라간다', '죽여야 한다', '죄악이다', '얻을 게 아무것도 없다', '입맞춤해요', '체포한다', '생명을 새기고 있다', '잠들었다', '윙크했다', '악몽에 시달렸다', '방아쇠를 당겼다', '울어주는', '거지다', '비겁자다', '감격시켰다', '좋아했던', '손을 내밀었다', '떠올랐다', ……이런 모든 말들이 서로의 경계를 잃고 모순에 가득 찬 거대한 혼돈을 이룬다. 그것은 한 인간의 내부가 언어에 의해, 공개된 사회에 떠오르려 하는 생생한 첫 순간의 광경이다. 그때 그곳에 원초적인 유일한 주어가 있다면, 그 고유명사는 물론 표도르 도스토옙스키다. 그리고 최후의 무수한 주어는 독자의 고유명사다.

등장인물에 이름을 붙이는 행위란 그 혼돈을 정리하는 것이라고 그는 생각했다. '라스콜리니코프'라는 고유명사가 붙은 하나의 주어가 다스리는 일련의 술어 무리가 있다. 그것이 끌어당기고 연결하는 보어와 목적어, 형용사와 부사가 있다. 그리고 그 집합은 말이라는 육신을 통해 출현한 일개의 문제다. 같은 식으로 '스비드리가일로프'라는 주어가 다른 일군의 말들을 이끌고, '소냐'라는 주어가 또다른 말들을 이끈다. 그것은 작가가 가진 다면성의 단순한 분신뿐만이 아니다. 그중 어느 것만 작가의 분신이고 다른 어느 것만 사회 속의 다른 인간인 것도 아니다. 말은 원래부터 그런 준별을 허용하지 않는다. '글을 쓴다'라는 행위는 언어의 선택이다. 그것은 작가가 사회와 관계를 맺는 방법이며, 주체는 그 관계를 복잡하게 횡단한다. 고유명사는 작가의 총체적인 존재에 그어진 한 줄의 윤곽이다. 그때 작중의 죽음은 무엇을 뜻할까. '스비드리가일로프'라는 한 등장인물이 죽는다. 그것은 그 이름에 의해 출현하고 인솔된 말의 무리가 소멸한다는 뜻이다. 혹은 해소라고 해야 마땅할지 모른다. 그것은 그런 형식으로 말이 결합되는 것을 작가가 부정하는 것이다. 그것은 어디까지나 원초적이고 유일한 주어의 문제다. 가령 그것이 '죽인다'라는 술어와 '음탕하다'라는 술어를 경험하고, 게다가 동시에 '소생한다'라는 술어를 원할 때, 필요시되는 하나의 죽음이라는 것은 전자를 회수하여 소멸시키는 것일까? 사실 '자살한다'는 말은 '라스콜리니코프'나 '소냐'에게도 속해 있다. '스비드리가일로프'는 계속 그들을 따라다닌다. 가끔 비판을 받았던 그 남자의 기회주의적인 등장은 그 말을 둘러싼 경쟁이 아니었을까? '스비드리가일로프'는 사라지고, '라스콜리니코프'와 '소냐'는 사라지지 않고 남는다. 거기서 말은 전적으로 정화된다. 그것은 그리스도에 의한 속죄와 부활과 같은 경험일까? 그것이 **일탈**의 처벌이라고 한다면 작가로 하여금 칼을 쥐게 만드는 것은 무엇일까? 신앙은 아니다. 더군다나 일상도 아니다. 이상일까. 당위일까. 그렇다면 그것들을 형성하는 것은 무엇일까. ………

시계를 보고 오노는 이제 곧 브레오테뵈즈빌 역에 도착한다는 것을 알아차렸다. 그리고 선반의 짐을 내리면서, 언제 이브토에 정차했던 거지, 하고 고개를 갸웃했다.

높은 계단을 가볍게 점프하듯 내려오자, 피부에 직접 내리쬐는 따뜻한 햇볕이 그의 마음을 약간이나마 밝게 만들어주었다. 홈에는 캠프용 륙색을 짊어진 보이스카우트 일행이 리더로 보이는 연장자의 점호를 받으며 모여 있다. 모스그레이색 유니폼 위에 두른 선명한 해바라기색 스카프가 그들의 웃는 얼굴을 꽃잎처럼 둘러싸고 있다. 그늘진 곳에 주저앉아 페트병 속의 물을 마시는 몇몇 여자아이에게 젊은 역원이 쾌활한 투로 말을 걸고 있다.

계단을 내려가 지하 통로를 통해 맞은편 홈으로 이동하면서 오노는 변했구나, 하며 혼잣말처럼 애매하게 입을 움직였다. 오 년 전에 왔을 때 이곳은 무인역처럼 한산했다. 그는 역원에게 영어로 열차 발차시각을 물었는데 그 대답은 "I don't……I don't……euh……comment dire?……I don't savoir"였다. 물론 몇시인지 모른다는 뜻이 아니라 영어를 할 줄 모른다는 뜻이다. 오노는 그 인상 좋은 역원의 풍모를 아직 어렴풋이 기억하고 있는데, 아무래도 방금 본 역원은 그 남자가 아닌 것 같았다. 오노도 키가 작은 편은 아닌데 그때 역원은 그런 그가 올려다볼 만큼 키가 큰 남자였다. 서투른 영어로 악전고투하면서 몸을 잔뜩 구부리고 바쁘게 두 손을 움직이던 모습이 인상에 남아 있다. 하는 수 없이 이번에는 오노가 악전고투하면서 서툰 프랑스어로 대화를 했다. 불과 오 년 전의 일인데 그 사이 EU가 통합되고 통화도 유로로 통일되었다. 이번에 체재하면서 예전보다 프랑스인들이 영어를 많이 쓰게 되었다는 것을 실감했는데, 방금 전의 젊은 역원도 어쩌면 영어를 유창하게 구사할지 모르겠다고 그는 생각했다.

눅눅한 계단을 올라 홈으로 나오자, 전철이 떠난 덕에 지붕 하나 없는 역 주변의 전망이 눈에 한층 잘 들어왔다. 살풍경한 분위기는 여전하다. 창고 같은 건물이 두세 채 눈에 띄고, 그밖에는 폐차로 보이는 차 한 대가 서 있을 뿐이다. 보이스카우트를 비롯해 여기서 역을 떠나는 사람들도 많던데, 이 주위에 무슨 볼 만한 것이 있기라도 한 건지 그는 의아스러웠다.

곧 전철이 왔다. 페캉을 단선으로 왕복하는 차량 하나짜리 전철이다. 전에 왔을 때는 브레이크 소리만 들어도 소름이 끼칠 정도로 낡은 차량이었는데, 지금은 도심의 모노레일을 방불케 할 만큼 새것으로 바뀌어 있었다. 차량은 정면에서 지붕까지 스카이블루 색으로 도장되어 있고, 측면은 색조가 다른 다섯 종류의 회색을 다양하게 배열한 디자인이다. 거기에 'ter'라는 글자가 씌어 있었다. 그것이 'train express régional(지방특급)'의 약어라는 것을 알지 못했던 오노는 전자사전을 찾아보고 라틴어로 '3호'라는 설명을 보고는, 잠시 이해했다는 듯한 표정을 지었다가 약간 고개를 갸웃했다.

갈아타는 시간은 팔 분이다. 기지개를 켜고, 혹시나 하는 마음에 승객과 함께 내려온 차장에게 페캉 행이 맞는지를 확인하고 막

올라타려는 차에, 바로 옆에서 슈트케이스와 가방을 들고 쩔쩔 매는 노파를 발견하고 말을 걸었다.

"Pourrais-je vous aider?(도와드릴까요?)"

나이는 팔십쯤 되었을까, 흰 차양이 달린 모자에 얇은 흰 블라우스를 입었다.

그녀는 순간 놀란 표정을 지었다가 "Oui, oui, merci beaucoup, c'est gentil(네, 네, 고마워요. 친절하시기도 하지)" 하고 미소를 지으며, "Vous parlez français?(프랑스어를 할 줄 아세요?)" 하고 물었다.

"Oui, un peu(네, 조금요)."

오노는 들고 있던 가방을 어깨에 메고 대신 그녀의 슈트케이스를 손에 들었다. 가방은 자기가 들 수 있다는 시늉을 하면서 그녀는 "Ah, oui? D'où venez-vous? Vous êtes Japonais?(어머, 그래요? 어디서 오셨어요? 일본 사람이에요?)" 하고 또 흥미로운 듯이 물었다. 오노가 먼저 차량에 올라타고 그녀가 잇달아 올라탔다. 둘이서 좌우를 살피고는 가까운 빈자리를 향해 자연히 걸음을 옮겼다.

"Oui, je suis Japonais(네, 일본 사람입니다)" 뒤돌아보면서 대답한 오노는 "……euh ……là? Ça va?(……저, ……여기 괜찮습니까?)" 하고 슈트케이스를 좌석 옆에 내려놓고 확인했다.

"Oui, bien sûr. Merci beaucoup(네, 그럼요. 정말 고마워

요)."

노파는 고개를 끄덕이고는 오노 쪽으로 얼굴을 돌리고 웃는 얼굴로 다시 인사했다.

오노도 미소를 지으면서 "Je vous en prie(천만에요)"라고 말하고는 자기 가방을 선반에 올려놓고 좌석에 앉았다. 그녀는 큰 가방을 가볍게 들어올리는 그의 모습을 보고 놀란 듯 저도 모르게 눈으로 움직임을 쫓다가 좌석 위치를 확인하고는 자리에 앉았다.

모자를 벗어 무릎 위에 놓고 한숨 돌린 후에 그녀가 물었다.

"Vous êtes en voyage?(여행중이신가요?)"

오노는 "Oui. Mais j'habite maintenant à Paris(네, 그렇습니다. 하지만 지금은 파리에 살아요)"라고 대답하고는, 설명을 피할 셈으로 "Et vous? Vous êtes aussi en voyage?(댁은요? 역시 여행중이세요?)"라고 말을 이었다.

"Oui. Je viens de Charleville. Vous connaissez? C'est en Champagne(네. 나는 샤를빌에서 왔어요. 아세요? 샹파뉴 지방에 있는데요). ……"

"Ah, oui. Arthur Rimbaud y est né, n'est-ce pas?(아, 네, 아르튀르 랭보의 고향이죠?)"

노파는 눈을 동그랗게 뜨고 "Exactement! Vous étudiez la Littérature?(맞아요! 혹시 문학을 공부하세요?)"라고 하며 그의 얼굴을 들여다보았다.

"Euh, ……oui(아, ……네)."

"C'est pour ça que vous êtes à Paris?(그래서 파리에 계시는 거군요?)"

"……Oui, en effet(네, 그렇습니다)."

오노는 또 애매하게 대답했다.

"Oui? Vous avez déjà lu quelques livers de lui?(그래요? 랭보의 책도 많이 읽으셨겠네요?)"

"Oui, 『Une saison en enfer』, 『Les illuminations』, et……(네, 『지옥의 계절』, 『일뤼미나시옹』, 그리고……)"

"Ah, c'est formidable! (어머, 대단하세요!)"

"Mais j'ai lu la plupart d'entre eux en japonais. C'est pas bien, mais, ……(그렇지만, 대부분은 일본어로 읽었는걸요. 안 그러는 게 좋지만, ……)"

"C'est difficile en français?(불어로는 어려우신가요?)"

"Ça dépend, mais, …… oui(작품에 따라 다르지만, ……네)."

오노는 고개를 조금 갸우뚱하고 쓴웃음을 지었다. 노파는 그를 염려하듯 농담조로 "Mais pour moi aussi, ses poèmes sont très difficiles. Ne vous inquietez pas(하기야 그건 나도 마찬가지예요. 랭보의 시는 무척 어려우니까요. 속상해할 필요 없어요)" 라고 위로하듯 말했다.

"Merci. Mais en tout cas, je dois étudier le français

davantage(감사합니다. 어쨌든 프랑스어는 공부를 더 해야겠지만요)."

"Vous parlez bien!(잘하시는데요!)"

"…… Merci(…… 감사합니다)."

"Oui, vraiment formidable! Bravo!(정말이에요. 훌륭해요! 브라보!)"

아마 프랑스 문학을 공부하는 학생이라는 게 마음에 걸린 모양이라고 오노는 눈치를 챘다. 그리고 지나치게 위로받기도 미안한 기분에 다른 재미있는 이야기나 하려고, 문득 서툰 말투로 "Vous connaissez le film qui s'appelle 〈Lost in translation〉?(〈로스트 인 트랜슬레이션〉*이란 영화를 아십니까?)"라고 물었다. 프랑스에 온 후로 사람들은 그에게 몇 번이나, 초봄에 공개되어 호평을 받은 이 영화에 대한 감상을 물었다.

노파의 눈이 빛났다.

"Oui, je l'ai vu. C'était intéressant! Mais pour les Japonais? Comment l'avez-vous trouvé?(네, 보다마다요. 재미있었어요. 하지만 일본 사람에겐 어떨지 모르겠네요. 댁은 어떠셨어요?)"

"Oui, moi aussi, j'ai trouvé ça bien. Certainment, il y a eu quelques scènes qui étaient bizarres pour moi, mais les

---

* 소피아 코폴라 감독의 영화. 국내 개봉 제목은 〈사랑도 통역이 되나요?〉.

images étaient belles(네, 재미있었습니다. 물론 이상한 장면도 있었지만, 영상은 아름다웠어요)."

오노는 틀에 박힌 말처럼 감상을 말했다. 사실 그는 그 영화 내용에 대해 이야기하고 싶은 건 아니었다.

"Oui, c'était franchement magnifique! (그래요, 정말 멋졌어요!)"

그녀는 그렇게 대답하면서 때마침 차내에 들어와 승객에게 뭔가 나눠주던 흑인 청년에게서 종이와 펜을 받아들었다.

"C'est quoi?(이게 뭐지?)"

그녀는 핸드백에서 안경을 꺼내 미간에 주름을 잡으면서 그것을 들여다보았다. 오노 역시 자신이 받은 용지를 보았다. 프랑스 국유철도가 실시하는 앙케트였다. 승차역과 하차역, 역 사이를 오가는 교통수단, 여행 목적, 직업, 주소, 성명, 나이 등에 대한 질문이 앞뒷면을 꽉 채우고 있었다.

"C'est beaucoup!(많네요!)"

오노를 향해 노파는 익살스러운 표정을 지어 보였다.

"Oui, c'est dur(네, 힘들겠어요)."

오노도 웃는 얼굴로 응했다. 그는 조금 전 〈로스트 인 트랜슬레이션〉이라는 영화 제목에 대해, 그것이 아마도 로버트 프로스트의 'The poetry is what gets lost in translation'이라는 말에서 따온 것 같다고 말하고, 그 시와 번역 이야기로 대화를 이어갈 생각이었다. 그러나 이렇게 말할 기회를 놓치고 보니 차라리 잘된 것 같았다. 제대로 말을 할 수 있었을지도 알 수 없었다. 이런 현학적인 화제를 유머러스하고 자연스러운 프랑스어로 말하는 건 아직 어려웠다. 결국 돌연 엉뚱한 화제를 꺼낸 듯한 기분만 남아버렸다.

청년은 나눠준 용지를 회수하기 위해서인지 열차 안에 그대로 남았다. 아마 하루에도 이 구간을 몇 번이나 왕복할 터이다. 문이 닫히고 열차가 서서히 움직이기 시작했다. 사람들이 앙케트를 쓰느라 여념이 없어서 열차 안은 잠시 조용해졌다.

진행방향 쪽 자리를 노파에게 양보했기 때문에, 오노는 역방향에 앉아 있었다. 태양빛을 받아 잎이 반들반들 빛나는 옥수수밭이 멀리 퍼져가면서 가장자리부터 조금씩 시야를 떠나간다. 앞에서 봤을 때보다 경치가 훨씬 더 빨리 스쳐지나갔다. 사람은 의외로 시간이란 것을 이렇게 등 뒤에서 맞는 것인지도 모른다고 오노는 생각했다. 무엇이 찾아올지는 그 순간까지 알 수 없다. 단지 경험을 통해 추측할 수 있을 뿐이다. 그리고 이윽고 찾아온 시간은 단편적으로만 모습을 드러냈다가 그의 시야에서 멀어져간다. 기억이란 그렇게 놓쳐버린 영역이다.

초봄에 오노는 친구의 차로 루아르 지방을 여행했는데, 여행길에 몇 번이나 비슷한 평야를 보았다. 그는 이제야 테오도르 루소가 그린 것과 같은 풍경화를 조금씩 이해할 수 있었다. 오랫동안 그는 그런 그림들을 단지 미술사적인 관심에서만 봐왔다. 그것은 정녕 인상파 이전에, 사람이 부재하는 풍경이라는 것으로 하여금 주제로서의 자격을 갖게 하려는 소박한 시도였다. 그리고 그것은 초기의 칸딘스키가 추상화로 이르는 과정에서 반복했듯이, 필경 색채의 자유로운 전개를 위해 대상을 형해화形骸化하는 첫걸음이었을 것이다. 그런 견해가 반드시 부당하란 법은 없다. 그러나 그는 시선이 닿는 모든 것을 죄다 평면으로 만드는 그 일대를 바라보면서, 그것을 지금, 밀려오는 조수의 예감과 함께 하나의 바다처럼 느낀다. 그런 작품은 그림으로서의 의미를 넘어 그린다는 행위의 흔적이 아닐까. 태양의 광채가 듬뿍 스민 허전한 허공의 광대함에는, 사물을 모조리 그 품안에 거두어들이려는 어떤 신비로운 비밀이 있다. 화가는 그 한복판에서 실종된다. 그런 '바다'는 예를 들면, 독일의 카스파르 다비트 프리드리히가 그린 그림 속에도 있다. 그는 그런 예를 여러 가지로 머릿속에 떠올리면서, 어느 그림이나 다같이 하나의 똑같은 바다로 열린 창이라고 상상해보았다. 그런 작품들은 점점 높아져가는 도시의 기밀성氣密性 속에서, 갖가지로 구멍을 뚫어놓은 창이다.

용지의 각 난에 기계적으로 표시를 해가면서 오노는 막연히 그런 생각을 하고 있었다. 노파는 콧등 깊숙이 안경을 올려놓고 입가를 오물오물 움직이면서 앙케트 항목을 열심히 훑어보고 있다. 흰 파운데이션에 덮인 얼굴의 절반이 창으로 들어오는 빛을 받아,

창백한 혈관이 어렴풋이 떠올랐다. 펜을 든 왼손은 글씨를 쓸 때만 희미하게 떨린다.

마주 보는 앞좌석에는 중년 여자 세 명이 앉아 있다. 그 너머로 혼자서 큰 짐을 안고 있는 청년의 모습이 보인다. 차량 뒷자리에는 중국인으로 보이는 세 사람이 보인다. 좌석이 꽉 차 있진 않지만 각 컴파트먼트에 누구 하나씩은 꼭 앉아 있는 상태다.

페캉까지는 이십 분도 채 걸리지 않는다. 발차 후 얼마 지나지 않아 표 검사가 시작되었는데, 오노 쪽까지 차례가 다가왔을 즈음에는 앙케트를 다 작성한 사람들이 여기저기서 조금씩 대화를 나누기 시작했다. 그리고 차내에 사람 소리가 나기를 기다렸다는 듯, 오노가 앉은 좌석에서 두 좌석 뒤의 컴파트먼트에 있던 아이들이, 처음에는 주뼛주뼛, 이윽고 참다못해 큰 소리로 떠들기 시작하더니, 흥분한 나머지 가끔 차량이 떠내려갈 정도의 기성을 질러댔다. 부모는 넌지시 주의를 주는 모양이지만 야단을 치는 것 같지는 않다. 승객들도 특별히 신경을 곤두세우는 것 같지는 않고, 다만 목소리가 너무 클 때는 몇 사람이 슬며시 그쪽 방향으로 돌아보았다.

이윽고 아이들은 큰 소리로 가위바위보를 시작했다.

"Un, deux, trois, Caillou! (Ciseaux!) (Feuille!)"

남자아이 둘에 여자아이가 하나다. 아직 앙케트를 쓰느라 애를 먹고 있던 오노는 프랑스 아이들도 가위바위보를 하는구나, 하고 좀 의아한 표정을 지었다. 손 모양은 일본과 똑같이 바위caillou, 보feuille, 가위ciseaux였다. 가위바위보의 기원은 분명히 중국일 터이다. 그것이 전해진 걸까, 아니면 최근 들어 일본만화 같은 것의 영향을 받은 걸까. 그런 생각을 하는 바람에 그는 같은 질문을 두세 번이나 되풀이해서 읽어야 했다.

"Un, deux, trois, Ciseaux! (Ciseaux!) (Feuille!) J'ai gagńe! (이겼다!)"

까르르 큰 환성이 터졌다. 남은 것은 남자아이 하나와 여자아이 하나다.

"Un, deux, trois, Ciseaux! (Ciseaux!)

Un, deux, trois, Ciseaux! (Ciseaux!)

Un, deux, trois, Feuille! (Feuille!)

Un, deux, trois, Ciseaux! (Ciseaux!)

Je t'ai eu!(이겼다!)"

네번째에 드디어 결판이 나서 여자아이가 팔짝팔짝 뛰며 좋아하는 모습이 시트 삐걱이는 소리와 바닥을 쿵쿵 구르는 소리를 통해 전해졌다. 승객들의 얼굴에 무심코 미소가 떠올랐다. 뭘 결정하기 위한 것인 듯, 진 남자아이는 다시 승부를 청하고 나머지 두 아이도 그에 응했다.

"Un, deux, trois, Caillou! (Ciseaux!) (Double Caillou!)"

진 아이가 아마 양손을 바위로 만들어 내미는 모양이다. 나머지 두 아이는 이 의표를 찌른 수법에 흥분해서 다시 도전을 요구하고는 곧 둘 다 그것을 흉내냈다.

"Un, deux, trois, Double Caillou! (Double Caillou!) (Double, Double Caillou!)"

그는 지지 않고 주먹을 흔들면서 이번에는 다시 두 배의 바위를 내밀었다. 그러자 다른 아이들은 또다시 흥분했다.

"Double, double, double Caillou!"

"Double, double, double, double Caillou!"

"Double, double, double, double, double Caillou!"

"Double, double, double double, ……"

승부는 어느새 바위의 양으로 바뀌어, 그 수가 늘어날 때마다 셋 다 배꼽을 잡으며 웃어댔다.

"Super double Caillou!"

"Super, super double Caillou!"

승객들은 다시 미소를 지었다. 어떤 애들인가 하고 조금 전과 다른 흥미를 갖고 통로 쪽으로 고개를 내미는 사람도 있다. 간신히 칸을 다 채운 오노도 웃으면서 뭔가 말을 걸어보려고 노파 쪽을 보았다. 그녀는 한참 전부터 애들이 떠드는 소리에 정신이 팔린 모양이었다. 아이들 모습을 가리는 좌석 등받이가 거추장스러운지, 턱을 들고 약간 입을 벌린 채 가끔씩 앞으로 약간 기울인 몸을 좌우로 움직인다. 오노는 그 표정을 보고 곧 다시 앙케트용지로 시선을 떨어뜨렸다. 그 명랑한 눈동자 깊숙한 곳에서 희미한 엄숙함을 보았던 그는 마음이 크게 움직였다. 거기에는 그가 아직 알지 못하는 일종의 체념이 있었다. 그럼에도 그는 그것을 다른 어떤 감정과도 혼동하지 않고, 적절하게 자신의 슬픔과 결합시켰다.

앙케트용지가 회수되고 얼마 지나지 않아 열차는 페캉에 도착했다. 오노는 다시 노파의 짐을 들고 홈까지 나왔는데, 마중 나올 사람이 있으니 이제 괜찮다고 해서 그 자리에서 "Au revoir. Bonne journée!(안녕히 가세요. 좋은 하루 되세요!)"라고 인사하고는 헤어졌다.

호텔은 역에서 보일 정도의 거리였기 때문에 오노는 가방을 어깨에 메고 넓은 주차장을 빠져나와 혼자 걷기 시작했다. 아무것도 변한 것이 없어 보였다. 바르몽으로 취재를 갔을 때는 이 역에서 택시를 불렀다. 그날이 일요일이었던 것을 기억하고 있다. 현지에서 취재를 끝낸 후 아까의 택시 운전사에게 마중 나와달라고 전화할 생각으로 공중전화부스에 들어갔다가, 전화카드가 없는 것을 알고 당황했었다. 어디서 살 수 없을까 싶어 잠시 거리를 어영부영 돌아다니다가 겨우 문을 연 가게를 하나 찾은 것이 작은 정육점이었다. 가게 안에는 어머니로 보이는 여자와 열 살쯤 돼 보이는 남자아이가 있었다. 한눈에 모자인 걸 알 수 있을 만큼 서로 닮았고, 두 사람 다 조금 비만이었다. 단골손님인 듯한 사람을 상대하던 여자가 흘끗 오노에게 시선을 돌렸다. 그 틈을 타서 그는 서툰 프랑스어로 전화를 좀 써도 되느냐고 물었다. 대답이 없었다. 다시 한번 물어보려는데 가게에 발을 들여놓았을 때부터 그를 뚫어지게 응시하던 아이가 뒤를 돌아보고 어머니를 재촉했다. 여자는 마지못해 거기 있는 전화를 쓰라며 끝이 튀어나온 턱으로 고기 사이를 가리켰다. 오노는 고맙다는 인사를 하고 아까 받은 명함의 번호를 눌렀다. 아이는 그의 행동 하나하나에 주의를 기울이고 있었다. 그리고 그가 지역번호를 잘못 누른 것을 보고 즉시 어머니에게 알렸다. 여자는 이번에도 무시하다가 손님에게 고기 봉지를 건네주고는, 일부러 크게 한숨을 내쉬면서 전화가 연결되지 않아 고개를 갸웃하고 있는 오노에게서 명함과 수화기를 빼앗아, 직접 번호를 누르고 아무 말 없이 그에게 건네주었다. 그래서 겨우 연락이 되었다. 전화를 끊은 그는 감사의 뜻으로 오 프랑짜리 동전을 눈앞에 있는 아이에게 내밀었다. 아이는 망설이듯 어머니를 돌아보더니 작게 고개를 끄덕이는 것을 확인하고는, 처음으로 조금 웃는 얼굴을 보이며 작은 목소리로 "Merci(고맙습니다)"라고 하면서 그것을 받았다. 오노도 어색한 웃음으로 응답하고 어머니에게 감사인사를 하고 가게를 떠났다. 그 아이도 이제 고등학생쯤 되었을 것이다. 아마 일본 사람을 본 것이 그때가 처음이었을지도 모른다. 그때 이상한 동양 사람에게서 받은 오 프랑을 그는 아직 기억할까. 그 돈은 어디에 썼을까.

 호텔은 요트가 정박하는 항구에 면해 있는데다 정면에 다양한

깃발이 달려 있어서 금방 찾을 수 있었다. 인터넷에서 검색해 전화로 예약한 곳인데, 와보니 아니나 다를까 지난번에 왔을 때 몇 번이나 지나쳤던 호텔이었다. 오 년 전에는 남쪽 길 좀더 뒤에 있는 작은 호텔에 묵었다. 일본의 여행사가 페캉에는 호텔이 이곳밖에 없다고 해서 그렇게 시골인가 하고 놀라면서 예약했는데, 막상 와보니 여기저기에 호텔 간판이 보였다. 당시에도 인터넷을 이용하긴 했지만 지금만큼 정보가 많지 않았을 것이다.

방은 이곳 식으로 이층이었는데, 가격에 비해 넓고 깨끗했다. 널찍한 욕실에는 머리끝부터 무릎 정도까지 가려지는 나무문이 붙어 있는데, 입구 폭은 일 미터 반 정도로, 과연 휴양지 호텔다운 분위기다. 가방을 놓고 베란다로 다가가면서 오노는 이런 곳에 혼자 묵는 것이 아쉬워 한숨을 쉬었다. 레이스 커튼 너머로 주차장과 주택 몇 채가 보인다. 가격 차이가 많이 나는 것도 아닌데 어차피 혼자니까 싶어서 항구와 반대쪽인 싼 방으로 예약한 것이다. 잠시 후회했지만 방을 바꿔달라고 할 생각까지는 들지 않았다.

욕실에서 손을 씻고 신발을 벗자 그대로 침대 위에 몸을 던졌다. 빳빳하게 풀을 먹여 구김살 하나 없는 흰 시트의 감촉이 좋았다. "아아, ……" 하고 낮게 소리를 냈다. 시계를 보자 막 세시가 지난 참이었다. 대단한 이동은 아니었지만 요즘 계속 바빴던데다 어젯밤의 수면부족 때문인지 꽤 피곤했다.

그는 뭔가를 생각하듯 천장을 응시했다. 조금 몸을 일으킨 그는 휴대전화가 들어 있는 숄더백을 쳐다보았다. 그리고 다시 몸을 눕히고는 햇빛을 피하듯이 고개를 돌리며 눈을 감았다. 삼십 분쯤 그대로 꼼짝 않고 있었다.

몇 분 정도 잠이 들었던 모양이다. 시계를 보고 크게 기지개를 켜고 일어나 텔레비전 전원을 켰다. 냉장고 안에 있는 탄산수를 한 병 따서 병에 입을 대고 단번에 절반 정도 마셨다. 그러고는 가방을 열어 구겨질 만한 옷을 옷걸이에 걸고 세면도구들을 욕실에 갖다놓는 등 대충 정리를 해놓고, 컷소어를 벗고 편한 티셔츠로 갈아입었다. 방 안은 냉방이 잘 되었지만 짐을 들고 걸어온지라 벗어놓은 옷에는 아직 땀의 무게가 느껴졌다.

텔레비전에서는 주가 뉴스가 나왔다. 오노는 잠시 선 채로 보다가 조금 실망한 얼굴로 전원을 껐다. 주가 동향 때문이 아니라 그것을 설명하는 프랑스어를 충분히 알아듣지 못했기 때문이다.

욕실에서 볼일을 보고 해변에 갈 생각으로 얼굴과 팔에 자외선 차단제를 발랐다. 그리고 그것과 지갑, 호텔 열쇠를 휴대전화와 함께 숄더백에 넣고, 남은 탄산수를 마저 마시고 방을 나왔다.

해변까지는 오 분도 채 걸리지 않는다. 호텔을 나서자 항구에 정박한 셀 수 없이 많은 요트가 그의 시야를 채웠다. 돛을 내린 돛대가 서로 경쟁하듯 난립했다. 서쪽에서 내리쬐는 햇볕을 받아 하나하나가 하얗게 반사된 부분과 그늘진 회색 부분으로 정확히 나뉘어 햇살에 물들어 있다. 페캉은 서쪽 바다를 향해 넓게 펼쳐진 지역이라서 아침보다 오후부터 일몰에 걸친 시각이 더 아름답다. 바다 위에 떠 있는 태양이 점점 무게를 더해감에 따라 마을에 존재하는 모든 흰색들이 꿀을 닮은 색으로 익어간다.

거리에는 관광객들의 모습이 많이 보였다. 휴가를 온 가족 일행이 특히 눈에 띄지만, 젊은 남녀의 모습도 보인다. 차도 건너 해변에 이르는 길에 크레프며 아이스크림을 파는 작은 노점상이 들어서 있다. 이것도 오 년 전에 본 광경이다. K가 이곳에서도 뭔가를 사고 "Au revoir"라고 말하는 장면을 쓸 생각이었다.

제방을 오르는 계단 옆에서는 롤러블레이드를 신은 젊은이들이 그늘에 주저앉아 주스를 마시면서 께느른하게 대화를 나누고 있다. 그 앞을 수영복을 입은 남매로 보이는 아이 둘이 달려 지나가고, 검은 선글라스를 쓴 부모가 뒤쫓아갔다. 오노는 그들을 뒤따르듯 계단을 올랐다. 스니커 바닥을 통해 해변의 감촉이 느껴졌다. 한 계단씩 올라갈 때마다 시야에 들어오는 하늘이 넓어졌다. 수평선이 보이고 넓은 바다가 보인다. 짙은 바닷물 냄새가 코를 찌르고 머리 위에서는 바닷새가 끊임없이 지저귀고 있다. ─계단을 다 올라가자 그의 시야는 수평선으로 나뉜 두 가지의 파란색으로 순식간에 빈틈없이 채워졌다. 한순간 그것이 씻어내리듯 몸속으로 스며드는 것이 느껴졌다.

바람은 없고 햇빛도 부드러웠다. 구름은 투명하리만큼 얇고, 가끔 군데군데 끊어지면서 멀리까지 이어진다.

오노는 그 경계를 구분하는 수평선을 응시했다. 거기에는 광기를 유발시키는 무언가가 숨어 있다. 시선 끝자락에는 끊어짐 없는 한 가닥의 선이 확연하게 존재한다. 그러나 그것은 무릇 **도달**과는 동떨어져 있고, 수학에서의 직선개념처럼 어떠한 엄밀함으로도 그 면적을 측정할 수 없다. 거기에 사념이 모여든다. 그때 의식은 한없이 압축되고, 아무 데도 도달하지 못한 채, 단지 주어진 일시적인 좌표에 머무르도록 강요당한다. 그것이 그를 미칠 듯한 기분으로 몰아갔다.

그는 걷기 시작했다. 해변은 둥근 잔돌로 가득 메워져, 힘주어 밟을 때마다 발밑에서 삐걱거리는 소리가 났다. 가끔 갑자기 발이 빠질 때도 있다. 자연스럽게 시선이 가까워졌다. 인파 속을 누비는 정도는 아니지만 생각보다 관광객들이 많다. 도처에 파라솔이 세워져 있고 돗자리가 깔려 있다. 다들 수영복이나 폴로셔츠에 반바지차림이라, 청바지에 스니커 차림인 오노는 주위와 조금 어울리지 않았다.

적당한 장소를 찾아낸 오노는 숄더백을 옆에 놓고 신발과 양말을 벗은 다음 바짓자락을 무릎까지 걷어올려 겨우 어색한 모양새를 벗어났다. 그리고 시계를 보고 세시 사십오분이라는 시각을 확인하고 나서, 다리를 뻗고 두 손을 등뒤로 짚은 채 바다와 마주했다.

엄청난 양의 빛이 끊임없이 명멸하는 바다는 미세한 움직임이 만들어내는 무수한 음영이 뒤섞여 전체가 입자 굵은 사진처럼 보였다. 다크블루빛 농담濃淡에, 풀어진 띠처럼 걸려 있는 청자색 반점. 물은 심도를 잃어가면서 연한 녹색을 띠다가, 밀려오는 파도 끝에서 반드시 하얀 수포로 테두리를 그린다. 자갈이 깔린 해변이라서 밀려가는 파도가 부서지면서 그려내는 흑대리석 같은 아름다운 무늬는 볼 수 없다. 조수는 맥박처럼 계속되면서, 일률적이지 않은 리듬으로 살며시 밀려왔다가 그때마다 물가에 지극히 작은 동요를 가져다준다. 그 경계에 많은 사람들이 있다. 만조가 지나갔는지 조금 전까지 파도에 씻기던 돌이 덜 마른 채 아직 젖은 흔적을 남기고 있다.

해변은 왼쪽으로 크게 펼쳐져 있고, 그 뒤로는 차콜그레이색 부싯돌 층이 몇 겹이나 쌓인 높이 백십 미터의 백아 암벽이, 도중에 이포르에서 한 번 완만하게 낮은 평지로 펼쳐지다가, 험악하게 우뚝 솟아 있다. 낭떠러지의 윗부분은 상록의 초목으로 뒤덮여 있고 아득히 멀리 흐리게 보이는 끝에는 에트레타 하류 안벽이 희미하게 얼굴을 내밀고 있다. 오른쪽에도 항구를 끼고 두 개의 등대 너머로 같은 안벽이 우뚝 솟아 있지만, 해변에서는 한쪽만 조금 보인다.

오 년 전에도 오노는 지금 같은 모습으로 이 해변에 혼자 앉아 있었다. 그는 여기서 쇼팽의 부보를 접하기 직전의 들라크루아를 생각하고 있었다. 일기에서 당일 페캉에 있었다는 것을 기술한 문장은 불과 몇 줄이다. 오노는 그것을 쇼팽의 임종 장면에 맞먹을 정도의 양으로 부풀렸다. 들라크루아는 거기서 마흔두 살에 죽은 스무 살 연상의 사촌 형을 생각하고, 요절한 화가 제리코를 생각하고, 열여섯 살 때 사별한 어머니를 생각한다. 자신보다 먼저 떠난 아버지와 형, 누나와 조카 등 가까운 사람들을 생각한 것이다. 오노는 그런 사색을 통해, 그가 그때까지 삼 년이라는 시간 동안 위태로운 집중력을 지속하며 정성들여 끌어당겨온 한 가닥의 밧줄을 이제 당겨올려버릴 생각이었다.

그가 밝히려 한 것은 외젠 들라크루아라는 19세기 중엽의 전형적인 낭만주의적 인간이 그 잔잔한 바닷가에 묻어놓은 에고이즘이라는 병이었다. 그것은 화가 자신의 병이자 근대라는 시대의 병이기도 하다. 오노가 그때 본 것은 무엇이었을까? 그것이 바다 밑에서 간신히 모습을 나타내어 드디어 수면을 깨뜨리고 그 전모를 드러냈을 때, 그는 그것이 얼마나 깊숙한 곳까지 니힐리즘에 잠식되어 있는지를 직접 눈으로 확인했다. 그는 『장의』를 낭만주의 연구라 여겼는데, 결국은 필경 니힐리즘 연구나 다를 바 없었다. 분명히 깨어진 수면의 동요는 그 자신이 간직하고 있다. 그러나 말이 그것을 현현시킨 순간, 반대로 하나의 은폐가 이루어진 것은 아닐까?

오노는 지금 눈앞에 펼쳐진 바다를 바라보면서 고향 기타큐슈의 바다를 상기했다. 그는 바다를 사랑했다. 그가 바다를 발견한 것은 어느 정도 자란 후 자신의 기억 속에서였다. 여름이 되면 그의 가족은 곧잘 차에다 돗자리를 싣고 근처 해변까지 저녁 바람을 쐬러 나갔다. 거기서 찬합에 챙겨간 음식을 함께 먹으며 일몰까지 시간을 보내는 것이다. 그는 당시의 태평스러웠던 자신을 그리운 마음으로 돌이켜보았다. 돌아가기 전에는 꼭 고무샌들을 신은 채로 물가에서 발을 씻었는데, 아무리 씻어도 고무샌들과 발바닥 사이에 모래가 들어갔다. 몇 번씩 되풀이하면서 요령껏 씻어도 바닷가를 걷다보면 금세 두 발이 온통 모래투성이가 되어버렸다. 그런 일이 그에게는 아주 중요한 관심사였다. 어른들은 해가 진 후에 아이들이 바다 가까이 가는 것을 싫어했기 때문에, 어차피 더러워질 테니 모래만 대충 털어내고 집에 가서 다시 씻으라고 주의를 주었다. 그래도 그가 말을 듣지 않을 때는, 밤바다에는 여러 개의 손이 숨어 있는데, 사람이 발을 들여놓으면 붙잡아서 바닷속으로 끌어들인다는 이야기를 하며 아이들을 위협했다. 오노는 후에 잠자리에서 우연히 자기도 어렸을 때 같은 얘기를 들었다는 여자의 이야기를 들은 적이 있다. 어느 부모나 비슷한 말을 했던 거겠지. 그는 이 불길한 얘기가 정말로 무섭고 겁이 났다. 지금도 밤바다를 보면 물결 밑에서 숨을 죽이고 있는 무수한 손의 기척이 느껴지는 것 같다.

그의 눈앞에는 그렇게 주뼛주뼛 가까이 다가가 뚫어지게 바라보았던 고향의 밤바다가 가로놓여 있다. 빛을 잃으면 소리가 그만큼 자리를 차지하는지, 밀려오는 물결의 울림이 귓가에 뚜렷해진다. 바다와 하늘이 어둠 속으로 완전히 사라지고, 단지 칠흑 같은 어둠의 끝없는 광대함만이, 마치 가슴속에 같은 색을 소유한 듯 직접적으로 느껴진다. 그 밑바닥에 희미하게 한 가닥 흰 선이 나타난다. 넘실거리면서 나타난 바다가 비로소 그 안길을 밝히면서, 날숨을 참으며 계속 들이쉬느라 부풀어오른 폐처럼 천천히 솟아올라온다. 밤이 그 위세를 엄격히 억압한다. 이윽고 고조된 긴장이 바로 그 한계에 도달하려는 찰나, 거의 우연처럼 선택된 한 점에서 갑자기 붕괴하기 시작한다. 파도는 반짝이는 물방울을 튀기면서 선명하게 부서지고, 흙먼지 같은 흰 거품이 좌우로 충격을 넓혀간다. 어둠의 가람伽藍이 무너진 듯 물가를 향해 위기를 담은 흰 소喧騷가 퍼져간다. 불안 때문에 위치가 불확실해진다. 해변에 밀려온 파도는 그 자체가 마치 거대한 손인 듯 그의 발에 날쌔게 다가왔다가 모래를 헤집으며 멀어져간다. 그것이 집요하게 끝없이 되풀이된다. 때로는 뜻밖에 길게 뻗은 파도가 밀려와서 미처 도망치지 못한 그의 발을 잠시 어루만진다. 그 차가움에 소름이 끼쳐 뒷걸음치면서, 그는 구원을 청하듯 가족이 있는 쪽을 돌아본다.

멀리 떨어진 가족들은 이미 어둠에 섞여가고 있다. 그 속에서 "이리로 와!" 하고 부르는 소리가 들려온다. 다정스러운 목소리였지만 어둠 속에서 윤곽이 뚜렷하지 않았다. 램프인지 회중전등 같은 것들이 희미하게 빛을 발하고 있다. 그러나 지금 그중 몇 사람의 그림자는 어둠 속에서 결코 움직이지 않는다. 고인의 진영처럼 꼼짝도 하지 않은 채 어둠에 삼켜져, 모래사장이 파도에 휩쓸리듯 조금씩 사라져간다. 그는 그것을 공포에 떨면서 소리를 내지도 못한 채 계속 바라보고만 있다.

『장의』를 집필하는 동안 오노의 머릿속에는 죽은 두 친척의 모습이 몇 번이나 스쳐지나갔다. 한 사람은 같이 살던 외할아버지고, 또 한 사람은 외삼촌이었다. 외할아버지는 그가 중학교 1학년 때 폐암으로 세상을 떠났다. 작품 속 쇼팽이 토혈하는 장면은 외할아버지의 말기 모습에서 유래했다. 외삼촌은 삼십대에 신장을 앓은 후로 평생 치유하지 못하고, 그가 지난번 여행하던 중에 병으로 세상을 떠났다. 그 사실을 안 것은 귀국한 후였다. 병을 앓던 쇼팽의 묘사에는 역시 그 외삼촌의 모습도 반영되어 있다.

외할아버지는 애연가였다. 병도 아마 그 때문이었겠지만, 폐암의 일반적인 증상에 비하면 전이도 없이 조용한 죽음이었다. 본인도 태연했다. 제2차 세계대전 때 미얀마에 출정했다가 귀환했는데, 병상에서도 자주 그때 이야기를 하면서, 그때 이미 한 번 잃은 목숨이니 새삼스레 아쉬울 것 없다고 온화하게 말했다. 그 때문에 죽음의 실감이 멀어진 것일까. 외할아버지가 세상을 떠난 후 오노는 자신이 자주 병문안을 가지 못했다는 생각에 괴로워했다. 외할아버지도 어렸을 때 아버지를 잃었기 때문에, 오노가 과부가 된 어머니와 외갓집에서 살게 된 후로는 특별히 애지중지 아껴주었다고 한다. 젊었을 때는 곧잘 큰소리를 치는 버릇이 있었다지만, 오노의 기억에 그런 모습을 본 건 두세 번 정도였다.

외할아버지가 입원했던 병원은 오노의 집에서 꽤 멀었다. 막 중학생이 된 그가 자주 문병을 가지 못한 건 그 때문이기도 했다. 사립중학교 입학시험을 앞두고 여러 가지로 마음이 복잡했던 것도 있었다. 그리고 그런 것이 이유가 될 만큼, 결국 그는 죽음이라는 것을 충분히 알지 못했던 것이다. 무의식적으로 죽음을 피했던 건지도 모르지만, 그는 그런 식으로 긍정할 수가 없었다. 어렸을 때부터 죽음과 가까이 지내왔기 때문에 일종의 면역이 생겼다는 생각도 할 수 없다. 어쨌든 그는 외할아버지를 깊이 사랑했다. 십대의 그는 항상 자신의 감수성을 주체하지 못했는데, 그런 자신의 내면에서 아주 지독히도 박정한 무언가를 발견한 것은 그때가 처음이었다.

삼촌의 병세가 악화했을 때 오노는 이미 작가가 되어 있었다. 교토에 살고 있었기 때문에 집에 내려갈 때는 꼭 병원에 병문안을 갔다. 그때마다 외할아버지 일을 떠올린 것도 사실이다. 그렇다고 반드시 그 회오悔悟 때문에 삼촌의 병상을 찾아간 것은 아니다. 삼촌을 사랑했기 때문에 자연히 가게 된 것이다. 삼촌이 세상을 떠났을 때는 당연히 무념함은 느꼈지만 후회스러운 기분은 없었다. 슬픔은 할아버지 때와 다르지 않았지만 회오가 없었으니 그때처럼 괴로워하지는 않았다. 그런 심경은 역시 만족이라기보다 체념이라 불러야 마땅한 것이었다. 그것이 죽음이라는 현실이 강요하는 무력감에서 유래한 것인지, 아니면 그의 생활을 서서히 지배하기 시작한 허무적인 신경에서 온 것인지는 자신도 알 수 없었다.

『장의』의 그 장면에서 들라크루아의 사색에 반영된 것은, 분명 그의 이런 개인적인 경험이었다. 그리고 그것이 들라크루아라는 하나의 등장인물을 총괄하는 장면이라면, 그 인물을 빚어내는 데는 결국 오노 자신의 인격이 크게 영향을 준 셈이었다.

오노는 전철 안에서 생각한 것을 다시 한번 머릿속으로 반추하고 어느 정도 납득했다. 역시 작품 속의 들라크루아라는 인물은 그의 단순한 분신이 아니었다. 작가는 그의 작품을 전적으로 경험한다. 그는 원초의 유일한 주어로서 '쇼팽'이자 '들라크루아'이며, 동시에 다른 모든 등장인물이다. 『장의』라는 한 작품에서조차 그는 그의 모든 작품 사이에 영향을 미치는 일정 부분에 지나지 않는다. 그라는 인간이 어느 정도 반영되었는가 하는 정도차가 있을 뿐이다. 그것이 우연히 '들라크루아'라는 주어에 종속된 말의 무리에 단적으로 나타난 건지도 모른다. 그것은 결국 그라는 인간의 근사치일 뿐이다. 언어란 작가와 타자라는 두 존재를 변수로 그려지는 이차함수의 포물선 같은 것이다. 그것은 한 가닥의 접근선으로서, 그와도, 타자와도 영원히 겹치지 않는다. 개개의 작품은 평면 위의 일정 범위에 지나지 않고, 등장인물 또한 좌표의 한 점에 지나지 않을 것이다. 작가에게 '개성'이란 것이 있다면 기껏해야 그 변수의 차이다. 나머지는 얼마나 능숙하게 그 선을 그려내는가 하는 문제가 아닐까.

오노는 고백에 대해 생각해보았다. 어떤 고백이든 존재가 아니라 행위를 문제로 삼는다. 그때 말로 고백하는 행동이 바로 면죄와 직결된다는 것은 무엇을 의미하는 걸까? 말로 고백한다는 것은 자기 행위의 소유를 포기한다는 것이다. 혹은 행위자를 자신으로부터 떼어내는 것이다. 만일 말이 신의 것이라면, 그는 행위를 신에게 맡길 것이다. 혹시 말이 사회의 것이라면, 그는 행위를 사회에 넘겨줄 것이다. 그리고 행위가 반드시 과거에 속하는 것이라면, 그것은 자기 자신의 절단을 뜻한다. 오노는 오랫동안 처벌하는 자신과 처벌을 당하는 자신을 공시적으로 생각해왔다. 그러나 엄밀히 볼 때, 양자 사이에 시간의 전후가 있다면, 현재의 자신에 의해 과거의 자신이 전적으로 처벌받는 것이 된다. 그때 고통이란 이른바 절단의 속죄인 것일까? 대체 책형도가 없는 고백이란 것이 가능한가? 부활이란, 처벌이 밝혀진 후에야 찾아오는 게 아닌가? 이단자를 화형하려면 반드시 고백이 필요하다. 들라크루아는 그런 고민으로 장식된 작품 곁에서 방대한 양의 일기를 써나갔다. 『장의』는 오노에게 있어서는 바로 고백이었는지도 모른다. 들라크루아가 절단당하는 그를 맡게 된 거라면, 쇼팽의 죽음은 말하자면 그 처벌이다. 그것은 반드시 하나의 무구(無垢)한 죽음이어야 했다. 그렇지 않고서야 어떻게 그것이 타자의 속죄일 수 있었겠는

가? 그는 '쇼팽'이라는 주어로 고민을 떠맡음으로써만 '들라크루아'라는 주어를 살아갈 수 있었다. 「페캉에서」는 결국 그것을 구상할 때 나타난 작은 속죄의 징조였는지도 모른다. 그러기에 그것은 더이상 씌어질 필요가 없었고, 게다가 계속 소유하기 어려워져서 지금 와서 새삼 언어에 내맡겨지려는 건지도 모른다. ―그런 이야기일까? ……

오노는 앞쪽에서 커다란 목욕타월을 깔고 드러누워 있는 네 가족 중 한 아이가 아까부터 자꾸 자기 쪽을 보는 것을 알아차리고 다정스럽게 미소를 보냈다. 노란색 세퍼레이트 수영복을 입은 다섯 살쯤 된 여자아이다. 시선이 마주치자 겁먹은 듯 외면했지만, 금방 다시 자기 쪽을 돌아보았다가 또 다른 데로 시선을 돌렸다. 오노는 아마 자신이 몹시 딱딱한 표정이었으리라 상상하고 뭔가를 털어버리려는 듯 거칠게 머리를 긁었다. 그리고 천천히 티셔츠를 벗고 잠시 그 자리에 드러누웠다. 이러는 편이 더 자연스럽게 보일 거라는 이유 때문이었다. 숄더백이 적당한 높이의 베개가 되어주었지만 돌 바로 위라서 등이 조금 아팠다. 방해가 되는 돌 몇 개를 치웠더니 이번에는 또다른 돌이 등을 누른다. 그래서 대충 골라내고 몸으로 위치를 조절하다가 결국 포기하고 가만히 있었다.

졸린 것 같으면서도 생각보다 잠이 오지 않았다. 문득 샤를빌에서 왔다는 노파 얼굴이 떠올라서 그녀가 왜 혼자 이런 곳에 왔을까 생각했다. 역에서 나가면 차가 와 있을 거라 했는데 이쪽에 아는 사람이라도 있는 걸까? 아니면 가족일까? 그러고 보니 이름도 물어보지 않았다. 하지만 그는 파리에 돌아가서 곧 쓰기 시작할 소설에 그녀를 등장시켜야겠다고 생각했다. 그녀의 등장에는 작가의 의도가 명백히 드러나지 않으므로, 작품에 일종의 리얼리티가 부여될 것이다. 그리고 그는 아이들의 목소리에 귀 기울이던 그녀의 표정을 그려보고 싶었다. 열차 안의 분위기를 연출하려면 가위 바위 보, 하는 아이들의 소리는 프랑스어로 쓰는 게 좋을까? 그러면 노파와의 대화도 프랑스어로 써야 하나? 결국에는 하려다 만 로버트 프로스트 이야기도 경우에 따라서는 덧붙이는 게 좋을지도 모른다.

K도 자살 전 이 바닷가에서 이렇게 맨몸으로 드러누웠을 것이다. 역시 심리묘사는 되도록 삼가고 잠시 누워 있었다는 사실만 쓰기로 했다. 오노는 그 광경을 머릿속에 떠올려보았다. 당연하게도 아까 자신이 보았던 해변의 상황이 배경을 이루었다. 잠시 후 그는 자다가 누가 불러서 깬 사람처럼 두 눈을 크게 떴다. 검붉은 어둠이 밝아지고 하늘의 파란색이 동공으로 단숨에 흘러들어왔다. 순간 눈을 가늘게 뜬 그는 일어나 다시 티셔츠를 입었다. 그리고 약간 머리를 숙여 뭔가 생각하는 듯하다가, 시계를 보고 시간을 확인하고는 가방을 들고 일어섰다. 해변에 온 지 꼭 한 시간이 흘렀다.

떠나기 전에 물을 만져보고 싶어서, 그는 신발을 남겨놓고 맨발로 물가까지 걸어갔다. 십 미터 정도밖에 안 되는데도 울퉁불퉁한 돌 때문에 발바닥이 아파서 물가까지 걸어가기가 퍽 힘들었다. 파도가 아슬아슬하게 닿는 곳까지 가자, 걷어올린 바지를 확인하기도 전에 밀려온 파도에 두 발이 차갑게 젖었다. 앞으로 더 나아가 정강이의 반 정도까지 물에 담그고 주변을 돌아보았다. 일본의 해수욕장과 달리 다른 사람들도 물에 몸만 담그는 정도다. 지난번에 왔을 때도 물이 너무 차가워서 놀랐는데, 이래서야 도저히 수영할 수 없을 것 같았다. 하지만 이삼 분 서 있자 조금 익숙해지기는 했다. 좀더 거센 파도가 밀려와 무릎 위까지 물방울이 튀자, 오노는 뒤를 돌아보고 조금 전에 있던 자리로 돌아가려 했다. 그러자 아까의 소녀가 언제부터인지 그의 바로 뒤까지 다가와, 또 아까처럼 그의 모습을 경계하면서도 가만히 관찰하고 있었다.

오노는 쓴웃음을 짓듯 표정을 풀었다. 소녀는 천천히 입을 열었다.

"L'eau est fraîche?(물, 차가워?)"

"Oui, elle est très fraîche!(응, 아주 차가워!)"

그렇게 대답하자 소녀는 조심스럽게 파도에 시선을 돌리더니, 그에게는 더이상 관심이 없다는 듯 스쳐지나 물에 들어갔다. 그러고는 놀란 듯 소리를 지르며 순간 그를 돌아보았다. 두세 번 들어갔다 나왔다 하다가 머리까지 물을 뒤집어쓰고, 그 자리에서 첨벙첨벙 뛰면서 빨리 오라고 큰 소리로 어머니를 불렀다.

오노는 소녀의 어머니가 다가오는 것을 확인하고 그 자리를 떠났다. 신발은 어디 있지? 시선을 돌리자 가지런히 벗어둔 검은 스니커가 앞쪽을 바다로 향한 채 오도카니 놓여 있었다. 그는 감색 줄무늬 양말이 그 속에서 조금 얼굴을 내민 것을 보고, 옛날부터 투신자살을 하는 사람들은 신발을 벗는다는데, 그러면 양말은 어떨까, 하고 갑자기 이상한 생각을 했다. 양말만 신고 뛰어드는 것도 모양새가 흉하다. 그렇지만 저렇게 남아 있는 것도 보기 싫을 거다. 그리고 막 뛰어들려다 말고 그런 고민을 하는 자살자를 상상하고는 실소를 금치 못했다.

해변을 뒤로하고 걷다가 목이 말라서 브라스리에 들러 테라스쪽 빈자리에 앉았다. 생맥주와 햄치즈 샌드위치를 주문했다. 이것이 오늘의 첫 식사였다. 기다리는 동안 숄더백을 뒤져 디지털카메라를 꺼내서 항구 맞은편의 언덕을 몇 장 찍었다. 좀 있다 올라가 볼 언덕이다. 사진을 확인하는 김에 아까 해변을 떠나면서 몇 장 찍어놓은 사진을 살펴보았다. 보통 오노는 여행지에서 사진을 찍지 않는다. 소설을 쓸 때 혹시 필요하지 않을까 싶어 참고삼아 찍은 것이다.

주문한 음식은 바로 나왔다. 어젯밤에 술을 많이 마셨기 때문에 위가 지쳐 있었지만, 일단 먹기 시작하니 의외로 뭐든 먹을 수 있을 것 같았다. 차라리 이참에 아예 저녁식사를 할 겸 하나 더 시킬까 생각했다. 다섯시가 넘은 시각이 아무래도 어중간했다. 혼자

하는 여행은 마음이 편하지만 혼자 하는 식사는 역시 따분한 기분이다. 샌드위치를 먹고 맥주도 다 마신 후에 "C'est terminé?(다 드셨습니까?)" 하고 접시를 치우러 온 웨이트리스에게 에스프레소를 주문했다. 기다리는데 전화가 울렸다. 발신번호를 보고 망설이다가, 벨소리가 끊어질 때쯤 되자 거의 반사적으로 통화 단추를 눌렀다.

"여보세요?"

"아, 여보세요? 오노 씨?"

"응. 웬일이야?"

"통화해도 괜찮아?"

"어, 괜찮아."

"지금 어디야?"

"응, ……밖이야."

커피가 나오자 "Merci" 하고 작게 말하면서 오노는 애매하게 대답했다.

"그래? 글피 말인데, 숙박할 데는 정했어?"

"아, ……왜?"

"있잖아, 우리 집주인이, 내일부터 식구들이 바캉스 가니까 아직 정하지 않았으면 재워주라고 해서."

"그래? ……" 오노는 커피잔을 들려다가 잠시 손을 갖다대고는 "……그렇구나" 하고 대답했다. 그리고 "일단 호텔을 예약해놓긴 했어" 하고 말을 이었다. 그것은 사실이었다.

"아, 그래? …… 그렇겠지, 바로 글피인데."

여자의 목소리가 순간 무거워졌다. 그리고 마음을 고쳐먹고 억지로 화제를 바꾸듯, "벌써 준비 다 한 거야?" 하고 밝은 목소리로 물었다.

"어, ……" 대답하고 나서 오노는 왠지 거짓말하기 싫어져서 "실은 지금 페캉에 와 있어"라고 말했다.

"뭐? 어디?"

"페캉이야. Fécamp인가?" 프랑스어 식으로 익살맞게 다시 발음하고 말을 이었다. "거기서 좀더 북쪽으로 간 곳이야."

"어머, 그래?"

여자는 놀란 듯 소리를 높였다.

"응."

"왜? 언제부터 거기 있었어?"

"오늘 오후에 막 도착했어. 갑자기 생각이 나서. 전에 『장의』를 쓸 때 취재하러 와본 적 있는데, 마음에 들었거든."

"그랬구나. 깜짝 놀랐어. 내일도 페캉에서 지낼 거야?"

"아니, 내일은 에트레타로 갈까 해."

"그래? 좋겠다. 나도 갈까? 혼자야?"

"응, 혼자인데 …… 실은 다음에 쓸 소설 취재 때문에 가는 거거든."

"아, 그래? 또 페캉을 무대로 쓰는 거야?"

"응……그럴 것 같아. 아마."

"어디에 실려? 『신초』지?"

"응."

"읽어보고 싶네."

"별로 재미없을 거야. 아마."

"본인이 그렇게 말하면 어떡해. 또 어려운 이야기 쓰는 거지?"

"그런가? 내용이 좀 어두워."

"그래?"

"응.……"

"……그래? ……괜찮아?"

여자는 갑자기 소리를 낮춰 물었다. 그 소리가 귀에 닿자 오노는 "어, 괜찮아. 당연하지" 하고 억지로 밝게 대답했다.

"그러면 됐어."

"……그래서, ……내일은 글쎄, 여기저기 구경하고 싶은 데도 있어서."

"그래. 방해하기도 미안하니까."

"일찍 끝날 것 같으면 연락할게. 가깝지?"

"응, 에테르타는 버스로 삼십 분 정도면 될 거야."

"숙소 얘기 고마워. 지금 취소하면 아마 돈도 들 거 같고."

"아냐, 괜찮아."

"응. ……그럼 내일 다시 전화할게."

"응, 그래. 취재 열심히 해."

"고마워. 그럼."

"응. 안녕."

전화를 끊은 오노는 휴대전화를 숄더백 속에 넣고 식어가는 커피를 한 모금 마셨다. 접시에 놓인 초콜릿 포장지를 벗겨 입 안에 넣고, 턱을 괴고서 항구에 정박하고 있는 요트를 잠시 동안 바라보았다. 지나가는 웨이트리스에게 계산을 하고 화장실에 갔다온 후에 "Merci. Au revoir" 하고는 가게를 나왔다.

배를 채우자 체력은 회복되었지만 권태는 오히려 더 심하게 느껴졌다. 태양은 아직 높았지만 하늘이 조금씩 물들기 시작했다.

언덕 기슭에 이르려면 항구를 멀리 돌아가야 한다. 오 년 전에도 오노는 여기 다리라도 놓여 있으면 좋을 텐데, 하고 생각하다가, 하긴 그러면 항구 모양새가 좋지 않겠다고 당연한 자문자답을 했다. K는 거기까지 미처 생각이 이르지 못하고, 왜 다리 하나 없지? 하고 굳이 그 말을 입 밖에 내며 불만을 토한다. 그리고 오랜만에 발음한 그 일본어를 신선하게 느끼는 것이다. 이것이 그가 말하는 마지막 일본어이다.

슈퍼 앞을 지나면서 뭔가 살까 하다가 그냥 지나쳤다. 오노는 K가 먹을것뿐 아니라 다른 물건들을 충동구매하는 장면을 쓸 생각이었다. 일본 것과 손잡이 모양이 다른 가위라든가, 샹들리에 전구라든가, 그밖에 무엇이든 괜찮다. 그것들은 그가 죽은 후에 갑자기 의미를 날조하게 될 것이다. 유족은 그것을 보고 그가 죽을 의지가 없었다는 것을 믿으려 할지도 모른다. 유품이란 그런 것이다. 그것으로부터 어떤 사자死者의 목소리 같은 것이 들려왔다 해도 그것은 착각이다. 오노는 죽음이란 것이 열어 보이는 침묵의 절대성을 의심하지 않았다. 죽음이란 아무리 귀를 기울여도 결코 아무것도 들려오지 않는다는 절망 외의 무엇도 아니다. 그것을 인정하지 않는 모든 낙관을 그는 경멸한다. 그런 고풍스러운 기대를 그는 이제는 믿을 수 없었다.

항구는 크게 넷으로 구분되어 있는데, 바다로 통하는 가장 넓은 구획에 요트 정박지가 있고, 그 뒤쪽에 선창처럼 뻗은 육지로 갈라진 정박지가 또 하나, 그리고 베리니라는 명칭의 부두와, 더 안쪽에는 갑실閘室을 두고 프레시네라는 상업용 부두가 있다. 만안灣岸은 직선으로 군더더기 없이 간결하게 정비되어 있고, 전에 왔을 때는 미처 생각 못 했는데 호안護岸 공사는 그리 오래전에 한 게 아닌 인상이었다. 어항漁港으로서의 역사는 중세까지 거슬러 올라가는 모양이지만. 주변에는 넓은 주차장을 갖춘 어업 관련 건물이 몇 채 늘어서 있고, 군데군데 밧줄이나 낚시찌가 방치되어 있다. 그 주변에서 바닷새가 부지런히 먹이를 찾아 날고 있다. 낚시하는 사람들의 모습도 보인다. 그가 조금 전 지나온, 차 해치에 상반신을 들이밀고 도구를 정리하던 남자도 아마 저 무리 중 한 사람일 것이다.

 그러고 보니 할아버지와 삼촌도 원래 낚시를 좋아했던 게 생각났다. 할아버지와는 몇 번 강이나 바다에 같이 간 적이 있는데, 결국 자신은 낚시를 취미로 삼는 데는 이르지 못했다. 할아버지도 그걸 알아차렸는지 언제부턴가 같이 가자는 말을 하지 않았다. 지금이라면 좀더 같이 즐기는 법을 알 수 있을 텐데. ― 이 일도 그가 아쉬움을 느끼는 것 중 하나였다.

 호텔과 항구를 사이에 둔 건너편에 기 드 모파상 부두가 있다. 곧바로 가다가 나무다리를 건너면 등대가 서 있는 부두 선단으로 갈 수 있다. 먼저 그쪽으로 가볼 생각도 해보았지만 일몰 시간이 마음에 걸려 우선 언덕부터 올라가기로 했다. 등대는 마음이 내키면 내일 아침에라도 산책 삼아 가볼 생각이었다.

 가는 도중에, 분명히 여기쯤이었을 텐데, 하며 오노는 오른쪽을 살피며 걸었다. 지난번에 왔을 때 손님으로 북적이는 레스토랑을 찾아내 들어가려고 했는데 자리가 없다며 거절당한 일이 있었다. 돌아오는 길에 그 레스토랑에 들러도 괜찮겠다 싶었는데, 찾아보니 아무래도 망한 모양이었다. 롤 커튼이 내려진 창문 구석으로 가게 안의 상황을 엿볼 수 있었는데, 영업하는 것 같지가 않다. 테라스도 황폐해질 대로 황폐해져 있다. 맛이 없어서였을지, 아니면 자리가 안 좋아서였을지, 그런 생각을 하면서 그는 섭섭한 마음으로 그 앞을 떠났다.

언덕을 오르는 지름길 입구는 바로 이 앞에 있을 것이다. 아까 브라스리에 앉아 있을 때부터 계속 신경이 쓰였는데, 오 년 전에는 쉴새없이 그 좁은 길을 올라갔다 내려갔다 하던 사람들의 모습이 오늘은 전혀 보이지 않았다. 도착해보니 아니나 다를까 일 미터 정도 올라간 곳에 'PROPRIÉTÉ PRIVÉE:ENTRÉE INTERDITE(사유지: 진입금지)'라는 빨간 팻말이 놓여 있었다. 길은 가시철망으로 막혀 있다.

어떻게 빠져나갈 수 없을까 하고 반 정도 올라가 살펴보았지만, 사유지라니 어쩔 수 없다 싶어 깨끗이 단념하기로 했다. 발밑을 주의하면서 입구까지 되돌아오자 한 남자가 차도에 차를 세우다가 의심스러운 눈으로 오노 쪽을 쳐다보았다. 그와의 거리가 일 미터 정도만 더 가까웠더라면 한마디 말을 걸었을지도 모른다. 그러나 굳이 그 거리를 좁히면서까지 상황을 설명하는 것도 어색하게 느껴져, 그냥 모르는 체하고 왔던 길로 되돌아갔다.

전에는 저런 울타리가 없었는데. 경사가 급하니 추락사고가 일어난 건지도 모른다. 오는 길에 기 드 모파상 부두에서 언덕 꼭대기로 통하는 듯한 포장된 길을 본 기억이 나 거기까지 돌아와보니, 예상한 대로 꼭대기에 있는 예배당으로 이르는 길이 그려진 표지판이 있었다.

사람이 자주 오가지는 않는 모양인지, 이곳 역시 경사가 꽤 급하다. 남향 언덕 사면에는 민가가 늘어서 있고, 어느 집이나 꼭 차고에 차가 두세 대씩 주차되어 있다. 평소에 가죽구두만 신고 다니다 오랜만에 스니커를 신으니 오히려 걷기가 불편했다. 잠시 묵묵히 언덕길을 올라가다가, 길을 따라 곧장 가면 노트르담 드 살뤼 예배당임을 알리는 표지판을 왼쪽으로 돌아 바다가 보이는 쪽으로 발길을 돌렸더니, 어느새 동네 전체가 한눈에 보이는 높이까지 올라와 있었다.

바다와 해변, 항구와 주택가라는, 여태까지 시계視界에서 열을 지어 이어지기만 하던 풍경이 여기서 드디어 하나가 되어 공간적인 배치를 이루었다. 해변에 있는 사람들의 모습은 이제는 점으로만 보인다. 셀 수 없을 만큼 많은 자동차와 요트가 세워져 있는 걸 보니 새삼 이곳을 찾은 사람의 수가 얼마나 많은지 알 수 있었다. 대충 세어봐도 요트는 이백 척 가까이 될 것 같다. 밑에서 볼 때는 몰랐는데 맞은편 안벽 위에 경작지가 펼쳐져 있다. 번화가에서 주택지로 이어지는 곳에는 빌딩도 몇 채 보인다. 오노는 땀을 닦으면서 저게 베네딕트 궁전이고, 저쪽이 성 삼위일체 교회구나, 호텔은 이쪽이고 역은 저쪽, 하고 하나하나 확인하면서 카메라를 꺼내 다시 사진을 몇 장 찍었다.

길은 다시 예배당 방향으로 돌면서 위쪽으로 이어졌다. 그 길을 따라갈 생각으로 걷기 시작한 참에, 오노는 가드레일 너머 잡초가 무성한 곳을 발견하고 반대쪽으로 시선을 돌렸다. 거기에도 아까 본 것처럼 '사유지: 진입금지'라는 빨간 팻말이 서 있다. 여기가 출구인 모양이다. 그러고 보니 그 길이 일단 차도에서 끊어졌다가 가드레일을 넘어 다시 꼭대기까지 이어져 있었던 게 생각났다. 지금 서 있는 데가 아마 그 지점인 모양이다. 그는 가드레일을 타넘어가서 목을 빼고 위쪽을 살펴보았다. 이 길은 지금도 사람들이 다니는 것 같다.

차가 두세 대쯤 지나가는 소리를 등 뒤로 들은 후, 그는 그 길을 올라가기 시작했다. 길은 역시 좋지 않았다. 가끔 왼쪽 안벽 밑으로 바다가 보인다. 1849년에 들라크루아가 쓴 일기에는 여기에 올라왔다는 이야기는 없다. 쉽게 감격하는 성격이니, 왔었다면 틀림없이 안벽에서 보이는 절경에 흥분했을 텐데, 아니면 몰랐던 것일까. 밑에서 올려보기만 해도 여기 올라오면 필시 경치가 좋으리라는 걸 쉽게 상상할 수 있으니까 몰랐다고 생각하기는 쉽지 않지만, 어쨌거나 『장의』에 그가 이곳을 찾았다는 억측을 끼워넣지는 않았다. 「페캉에서」를 쓰려 한 동기 중 하나가 이 안벽에서 보는 아름다운 경치를 묘사하고 싶은 마음 때문이었던 것은 사실이다.

지난번에 왔을 때는 이 길을 올라가다 많은 사람들과 마주쳤었는데, 시간 탓인지 오늘은 아무도 마주치지 않았다. K가 여기서 꼭대기에서 내려오는 커플과 마주쳐, 길을 양보해준 그들에게 감사하다는 인사과 함께 또다시 "Au revoir!"라고 했던 것을 그가 생전에 입에 담은 마지막 말로 할 생각이었는데, 생각해보니 다들 일식을 보러 올라가고 있는데 아래로 내려오는 사람이 있다는 것도 이상하게 느껴졌다. 오노는 제법 세밀하게 구상한 후에 소설을 쓰는 편인데도, 쓰다보면 예상 외로 이런 황당한 모순을 발견할 때가 있다. 그러나 그것보다 자살이라는 결말을 생각한다면, K가 "Au revoir"라는 말을 고집하는 것이 어리석게 느껴졌다. 그런 단락을 남의 소설 속에서 발견한다면 꽤나 질릴 것 같다. 그가 그 말을 선택한 것은 단지 그것이 초보적인 인사말이면서 발음이 어렵기 때문이었다. 뜻은 둘째 문제였다. 전혀 의미가 없는 말을 쓰는 것도 재미없긴 하다. 같은 의미라도 좀더 완곡한 말이 없을지 생각하다가, 결국 아이디어를 찾지 못한 채 내버려둔 것이다. 하긴 막상 쓰다보면 의외로 쉽게 해결될 것 같기도 했었다.

조금 지나 그는 다시 차도로 나왔다. 길가에 높이 사 미터쯤 되는 십자가상이 서 있다. 몸통과 두 팔이 세 개의 삼각추로 구성되어 있고, 소재는 알루미늄이다. 얼굴은 직사각형이며, 눈, 코, 입은 삼각형으로 만들어져 있고, 머리털은 종이테이프처럼 가늘고 긴 알루미늄으로 만들어져 있다. 빈말로라도 훌륭하다고는 말할 수 없지만 서향 빛을 받아 예각의 형태가 두드러지는 점은 칭찬할 만했다. 나무 십자가 밑에는 어디서나 볼 수 있는 평범한 모양의 흰색 성모상이 있고, 그 둘레에는 꽃이 놓여 있다. 전에 왔을 때도 마음에 와닿는 게 전혀 없었지만, K가 여기서도 사진을 찍게 만들려면 다소 묘사가 필요할 것이다. 문득 옆쪽의 풀숲으로 눈을 돌리니 웬 젊은 남자가 타월로 얼굴을 가린 채 누워 있다. 옷차림을 봐서는 부랑자가 아니라 관광객 같다.

 오노는 다시 가드레일을 넘어 경사진 길을 오르기 시작했다. 정상은 이미 보였다. 여전히 경사가 심해서 발붙일 곳을 잘못 고르면 미끄러져 떨어질 것 같았다. 자세히 보니 흙 속 여기저기에 조가비 같은 돌이 파묻혀 있다. 그런 곳을 밟고 올라가니 힘이 조금 덜 들었다. 여유가 있으면 쭈그리고 앉아서 화석인지 아닌지 확인하고 싶지만 도저히 무리일 것 같았다.

 길은 도중에서 둘로 갈라졌는데, 그중 좀더 사람들이 많이 다닐 것 같은 쪽을 골랐다. 한번 발이 미끄러질 뻔했는데, 그때 그는 어렸을 때 지금처럼 산에서 넘어지려 하다가 순간적으로 붙잡은 참억새 잎에 엄지 아래쪽을 벤 기억이 떠올랐다. 그 기억이 경보처럼 순식간에 되살아난 것이 우스워서 숨을 헐떡이면서도 엉겁결에 실소했다.

 그리하여 간신히 정상에 이르렀다.

 출구 쪽에서 관광객처럼 보이는 네 사람이 사진을 찍고 있어서 한쪽으로 비켜선 채 잠시 기다렸다. 그 사람들은 갑자기 등 뒤 풀숲에서 나타난 일본인을 보고 순간 놀란 모양이었다. 한 사람이 스테인리스 지팡이를 짚고 있는 걸 보니 아마 차로 올라온 모양이었다. 고맙다는 인사에 가볍게 응한 후 드디어 끝까지 다 오르자, 바다에서 불어오는 바람이 기다렸다는 듯이 그의 머리카락이며 옷을 엉망으로 흐트러뜨렸다.

이마에 밴 땀이 순식간에 식어간다. 크게 숨을 내쉬면서 그는 다시 한번 항구에서 바다까지 펼쳐진 경치를 내려다보았다. 조금 전에는 많긴 해도 일일이 셀 수 있을 정도였던 하얀 요트가, 지금은 서로 분간도 되지 않았고 선처럼 보이는 돛대만 표시로 하여 항구 한구석에 이어져 있다. 건물은 낮게 깔린 일몰 빛을 받아 서쪽부터 녹아들기 시작하고, 그림자가 그 뒤에서 께느른하게 서로 얽혀 있다. 회백색 잔돌이 깔린 해변은 낙타색 띠가 되고, 사람들은 그 위에 뿌려진 점처럼 분포되어 있다. 하얗게 테두리를 두른 정선汀線은 가까이에서 보았을 때보다 한층 더 두드러지고, 힘껏 당겨진 활처럼 완만한 곡선을 그리고 있다. 그것과 나란히 달리는 에테르타로 이르는 안벽은 바다에서 반사된 빛에 어렴풋이 보이는데, 멀어지면 멀어질수록 아래쪽은 보이지 않고 단지 수평에 이어지는 꼭대기만 애매한 그림자로 떠올라 있다.

프랑스 특유의 느슨한 여름 저녁 햇살이 시간의 흐름을 늦추는 듯 느껴진다. 오노가 오 년 전에 여기서 경험한 것도 이렇듯 뭔가 광적이며 질식할 듯한 황홀을 내포한 지체遲滯였다. 이 빛만으로도 KH의 자살 동기는 충분했던 게 아닐까. ─

뒤돌아보니 아까 본 네 사람 말고도 드문드문 사람들의 모습이 있다. 오른쪽으로 노트르담 드 살뤼 예배당이 조금 보인다. 옆에 있는 것은 오 년 전 소동 때 생긴 '일식 L'Eclipse'이라는 카페다. 그것에 가려진 안테나를 단 건물은 1808년부터 여기에 놓여 있었다는 신호소*이고, 왼쪽에 점점이 놓인 콘크리트 폐허는 구 독일군의 시설이다. 1940년 6월부터 1944년 9월까지 페캉은 나치 독일군의 점령하에 놓였다. 이곳에 있는 것은 1942년 초, 영미군의 노르망디 상륙을 경계하던 히틀러가 짓게 했다는 포대 등 방어망 흔적이었다.

오노는 지난번에 왔을 때 이미 본 그 건물들을, 지금은 시야 한 구석에만 남겨놓고 사람들의 발자국을 따라 좀더 앞으로 나아갔다. 조금 쌀쌀했다. 무성한 잡초가 자유자재로 너울거리면서 사방에서 불어오는 바람에 형태를 부여하고 있다. 이삭을 단 채 거의 가을색으로 변했지만, 자세히 보니 군데군데 흰색이나 분홍색의 작은 꽃도 피어 있다. 거기에 떨어진 그의 그림자는 짙었다.

이윽고 잡초의 키가 작아지고, 고지대로 나오자 땅의 기복도 적어졌다. 일몰의 태양빛을 엷게 두른 백악의 안벽 표면이 시야 밑바닥에서부터 조금씩 드러난다.

오노는 **출현**을 느꼈다. 그것은 그 자신의 탐색이자, 접근으로부터 초래되었다. 그럼에도 불구하고 그것은 지금, 분명히 스스로 출현하고 있었다!

안벽 가장자리에 선 그는 드디어 그 전모에 도달했다. 그는 앞으로 나아가면서 기다리고, 기다리면서 나아간 것이 아니었을까.

---

* 역의 신호와 폐색기를 다루는 장소.

그 풍경은 지금 존재하는 그의 앞에 있다. 이 순간 단지 그가 바라보는 그대로의 모습을 하고 있다. 흰색 바다는 얕은 여울에 가까워질수록 압생트를 부은 듯 황록색을 띤다. 물가의 은빛 칼 같은 광택은 육지에 닿자마자 갑자기 흑색으로 변하고, 그 끝에 또 하나 물결의 그림자를 그린다. 이어진 바위의 카키색은 찢겨진 썰물의 흰 거품처럼 꼬리를 끌고, 밀려오고, 짙게 포개진 암녹색 해초는 안벽 소맷자락에서 압축된 바다 향기를 풍긴다. 잔돌 해변이 손톱에 싹튼 초승달처럼 첩첩이 활 모양을 그리면서 닥쳐온다. 거기서 단숨에 깎아지르는 낭떠러지를 놓치는 파도처럼 오르려 하는 황록색 잡초. 그것들을 준거하고 영원히 응고시키는, 하얗게 우뚝 솟은 완전한 황금빛의 수직! 시야 오른쪽에서 똑바로 왼쪽을 향해 멀어지는 안벽은 청자색 하늘 사이에 살짝 황토색으로 칠한 듯 끼어들어가 있다. 그리고 백여 미터나 드러난 표고는, 하늘과 바다가 서로의 경계를 지우고 함께 박명薄明의 청색이 되면서 저 머나먼 거리에 의해 압도되고, 소실된다. ……

　오노는 그 흰 끄트머리를 따라 수평선을 더듬는다. 망양한 안개 깊숙이 희미하게 영국의 그림자가 보인다. 파도 위에는 요트 몇 척이 희고 작은 삼각형으로 떠 있다. 공작하다가 잘려 떨어진 종잇조각이 하늘거리며 물 위로 떨어진 것 같다. 그리고, 바닷새들이 지저귀는 소리가 벼랑 아래쪽에서 끊임없이 올라와 일대에 울려퍼진다. 마치 그곳에 이미 무참한 시체 하나가 누워 있기라도 한 듯.

그는 갑자기 시선을 돌리고 크게 가슴을 펴면서, 오른편 안쪽 울타리 안에 풀어놓은 양 떼를 바라보았다. 그리고 발길을 돌려 잠시 걷다가 불안한 얼굴로 주위를 둘러보았다. 그는 별안간 자신이 지금 어떤 부추김을 당하고 있었다는 것을 느꼈다. 그리고 당연한 듯이 그것에 저항할 힘을 거의 잃어가고 있다는 걸 느끼고 아연했다.

오노는 그것이 조금 전 자신이 직면했던 미美의 소행인가 생각했다. 그 존재의 영원함이 오로지 그의 인식에만 맡겨진 것으로 착각했던 그 장려한 아름다움. 그는 미라는 것을 믿고 있었다. 그것이야말로 그의 잔혹한 처형에 늘 입회하여, 간신히 받아들일 수 있는 것으로 치장했던 무언가다. 지금 그 미가 갑자기 그의 눈앞에 여실히 나타났다. 그것은 하나의 도착倒錯으로서, 아니 부채로서 치장해야 할 죽음을 그에게 요구한 것일까.

여전히 평소와 다른 동요를 느끼면서 그는 일몰의 태양을 정면으로 응시하는 안벽 언저리로 다가갔다. 그 빛은 템페라로 그린 책형도 속에서 빛나는 황금처럼 눈부시고, 바다와 하늘을 모조리 포회抱懷하며 찬란히 빛나고 있다.

오노는 자살을 금지하는 기독교의 계율을 잘 이해할 수 있다. 그것은 단지 이론적인 금지가 아니라, 책형된 예수의 영역을 더럽히는 신비주의적인 모독이기 때문이다. 자살이란 죽음과의 일체를 바라는 것은 아니라고 그는 생각했다. 그것은 사망하는 자기 자신이라는 이미지와 일체화하려는 욕망이다. 가령 작가가 한순간 그의 말대로 살려 한다면, 썩어진 죽음은 어떤 종류의 것이든 모두 하나의 자살 미수다. 그리하여 그는 몇 번이나 자신에게서 타자인 것처럼 자신을 떼어낸다. 그러나 언젠가, 벌을 받은 자신들은 부채처럼 그 모든 것을 가지고 그에게 보복할 것이다. **죽는 자신이 되는** 그는 그때야 처음으로, 영원한 침묵을, 속죄의 위안을 스스로 되찾는 꿈을 꾸게 되는 게 아닐까. ……

바닷새가 오노의 시야 속을 자유자재로 날고 있다. 그는 발밑으로 시선을 돌려 안벽 언저리를 군데군데 덮고 있는 무성한 풀을 보았다. 의식이 맑아지고, 정적이 그 한순간을 준비하듯 넓은 장소를 비워주었다. 침묵이 깊어지고 황금빛 저녁놀이 온몸을 골고루 감쌌다. 한 걸음 더, 아니, 그럴 필요도 없이, 단지 눈을 감고 중심을 조금만 앞으로 더 기울이면 되었다. —

기묘하게도 길게 느껴진 몇 초가 지난 후에 그는 간신히, 두렵고 **바보 같은** 기분이 들어 그 자리를 떠났다.

뒤돌아보니 젊은 남녀 둘이 의아한 듯 굳은 미소를 띠면서 서로 마주 보고 있다. 스쳐지나갈 때 티셔츠를 입은 남자가 "Kon-nichiwa! Ça va? (안녕하세요! 괜찮으세요?)" 하고 일본어와 프랑스어로 말을 걸어왔다.

오노는 그 말에 아직 침울한 표정을 한 채, 평소와 달리 짜증스러운 말투로, "Oui, très bien. ……C'est magnifique. ……Non?(괜찮아요, 물론. ……아주 아름다워요. ……안 그래요?)"라고 대답하고는, 당황한 듯 이쪽을 쳐다보는 상대방을 무시하고 그 곁을 떠났다.

걸어가면서 그는 문득 자신의 심장이 크게 두근거리는 것을 느꼈다. 그리고 그 두근거림을 억누르지 못하는 것에 놀라면서도, 오른쪽에서 어른거리는 저녁놀에 빛나는 바다에 가끔씩 무심코 시선을 던졌다.

# 여자의 방

방한구석에는작은달걀형글로브에은으로된다리와원형받
침대가달린스탠드라이트가침묵을지키는듯한울적한불빛
을발하고있다그것이하룻밤의유일한광원이었다불빛을받
아적갈색으로물든흰벽은난숙欄熟하여당장이라도벗겨져
떨어질것만같다끌어안긴듯태슬에묶인흰바탕에오렌지색
무늬가그려진커튼안으로두껍게둘러싸여꼼짝도않고숨을
죽일때거기에엉긴푸른앙금처럼졸음을불러오는침묵서쪽
벽에크게열린창문에는철사줄로붙들려묶인흑요석의성대
가물방울이되어
새벽불안처럼색
억에무겁게입을
에낮게깔려멀리
의물건들을반투
트·거꾸로핀메
그밑에는서로마
의소설책을엎어
출퇴근용검은색가방포개지듯서있는빌딩숲에는작게사각
모양으로나누어진텔레비전화면밤새불어대던모래폭풍이
지나간뒤의맑은하늘처럼선명한애니메이션일기예보흰관
엽수화분방안은사람의각막처럼맑은그얼마안되는두께에
스며들고반복되고게다가단지공허만이두드러져엷게얼룩
진진흙색빗방울자국에더럽혀져있다멀리빌딩의나선형비

상계단에켜진군데군데옆으로늘어선빛들의나열모난나무의자등받이에몸을비틀고앉은채여자는창유리에식은이마를대고있다마치그녀야말로환상속에가두어진여자의그림자그림인양한밤중에감은채로내버려둔긴머리카락이어깨위에서흩어져있다그것으로부터도망치듯조금왼쪽으로기울인머리뺨에서목덜미까지이르는하얀피부비튼허리의암울함과가지런히모은두다리의열기며칠밤동안내뱉은한숨들이무방비하게노출된그등은먼기억의미련때문에꺼져가

                    속삭임의데운물
                    에칠해진몽상의
                    響처럼그려지는
                    림이끊임없이경
                    지는무無는창문
                    하고지나간다활
                    선이공유하는점
                    양을만든다근시

의박명薄明이미처보지못한그솜씨속의자그마한흔적옆에는토해낸팩스용지가그대로쌓인질은회색전화기와얼마남지않은연분홍빛메모지를올려놓은서랍이다섯개달린메이플캐비닛벽에는적설이사물의윤곽을덧그려보일때와같은부드러운선으로비친그림자가불룩하니남아아침이찾아온것도모른채방의한구석에서상처입은냉기에얼어가고있다

                    0.015 / 0.035 (g)

방한 석에는작 걀형글 에은으로 리와
침대 달린스탠 이트가 을지키는 울적
을발 고있다그 하룻밤 일한광원 다불
아적 색으로물 벽은난 熟하여당 라도
떨어 것만같다 안긴듯 에뮤인흰 에오
무늬 그려진커 으로두 둘러싸여 도않
죽일 거기에엉 른앙금 졸음을불 는침
벽에 게열린창 는철사 붙들려묶 요석
가물 울이되어 고있다 전한전령 처럼
새벽 안처럼색 잃은그 이틀동안 내린
억에 겹게입을 구름이 엎드려잠 있는
에낮 깔려멀리 있다이 약해진반 에창
의물 들을반투 게그려 검은케이 매달
트· 꾸로핀메 럼복잡 포개진삼 젖빛
그밑 는서로마 는두개 자리와읽 빨간
의소 책을엎어 동그란 테이블바 팽개
출퇴 용검은색 포개지 있는빌딩 는작
모양 로나누어 레비전 밤새불어 모래
지나 뒤의맑은 처럼선 애니메이 기예
엽수 분방안은 의각막 맑은그얼 되는
스며 고반복되 다가단 허만이두 져엷
진진 색빛방울 에더럽 있다멀리 의나

계단에켜진군데　　늘어　　들의　　모난나무
자등받이에몸을　　채여　　창유　　식은이마
대고있다마치그　　상속　　두어　　자의그림
그림인양한밤중　　내버　　긴머　　락이어깨
에서흩어져있다　　터도　　듯조　　쪽으로기
인머리뺨에서목　　르는　　피부　　허리의암
함과가지런히모　　열기　　밤동　　뱉은한숨
이무방비하게노　　먼기　　미련　　에꺼져가
말의흔적을소곤　　하고　　그속　　의데운물
럼무겁게흔들거　　백갈　　늘에　　진몽상의
어짐거기에천천　　달의　　遺響　　그려지는
많은원의궤적새　　계의　　거림　　임없이경
를잘라낼때비래　　찰나　　라지　　無는창문
허옇게물들이는　　은근　　유하　　나간다활
열린커튼의물결　　치는　　곡선　　유하는점
삼키고부서진잔　　시적　　모양　　든다근시
박명薄明이미처　　솜씨　　자그　　흔적옆에
토해낸팩스용지　　인질　　색전　　와얼마남
않은연분홍빛메　　놓은　　이다　　달린메이
캐비닛벽에는적　　윤곽　　그려　　때와같은
드러운선으로비　　불룩　　남아　　이찾아온
도모른채방의한　　처입　　기에　　가고있다

　　　　　　　　0.012 / 0.035 (g)

방한구석에는작은달걀형글로브에은으로    리와원형받
　대　　　　드라이트가침묵을지키는      울적한불빛
　발　　　　것이하룻밤의유일한광원      다불빛을받
　적　　　든　　난숙欄熟하여당          라도벗겨져
　어　　　끌　　듯태슬에묶인흰          에오
　니　　　튼　　두　둘러싸여            도않
　일　　　긴　　금　졸음을불            는침
　에　　　문　　사　붙                  묶인흑요석
　물　　　빛　　다　전                  령傳슈처럼
　벽　　　깔　　그　이                  안계속내린
　에　　　다　　이　엎                  잠들어있는
　낮　　　퍼　　이　약                  반사탓에창은방안
　물　　　명　　려　검                  이블에매달린펜던
　·　　　 꽃　　잡　포                  삼중의젖빛셰이드
　밑　　　주　　개　자                  읽다만빨간색표지
의소　　　놓　　란　테이블바            팽개쳐놓은
출퇴　　　가　　지　있는빌딩            는작게사각
모양　　　진　　　전화면밤새불어        모래폭풍이
지나　　　하　　　선명한애니메이        기예보힌관
엽수　　　사람의각막처럼맑은그얼       되는두께에
스며　　　고게다가단지공허만이두       져엷게얼룩
진진흙색빗방울자국에더럽혀져있다멀리   의나선형비

```
상계단에켜      데군데옆으로늘어선빛들의나열모난나무
의자등받이      을비틀고앉은채여자는창            이
를대고있다      그녀야말로환상속에가두            그
자그림인양      중에감은채로내       긴           어
      흩어      다그것으로부터       듯           로
      리뺨      목덜미까      르     피           의
      가지      모은두다      열     밤           한
      방비하게노       그     먼     미           져
      흔적을소곤       이     하     그           운
      겹게흔들거       향     백     늘           상
      거기에천천       요     달     遺           지
겁많은원의궤적새       진     계     거           이
치를잘라낼때비래       했     찰     라           창
을허옇게물들이는       의     은     유           다
짝열린커튼의물결       로     치     곡           는
을삼키고부      잔해를모       시     모          근시
의박명薄明      처보지못       솜     자          옆에
는토해낸팩      지가그대로쌓인        색          마남
지않은연분      메모지를올려놓        이          메이
플캐비닛벽      적설이사물의윤곽을덧그              같은
부드러운선      비친그림자가불룩하니남              아온
것도모른채      한구석에서상처입은냉기에얼어가고있다
```

0.011 / 0.035 (g)

한구석     은달걀형글로     으로된   리와
침     린스탠    트가침    키는    울적  불
을     있다그    룻밤의유일한광원이    불  을
 적갈색    든흰벽    欄熟하   장   라
 어질것   끌어안긴듯태     인흰   에   지
무    려진커   로두껍게둘러싸여    도않  숨
죽    기에엉     럼졸음    러  는침   쪽
 에크게   문에는         려뮤
 물방울    빛나고있다불    전령    럼
새    처럼색    은그느
억    게입을      직엎드   들
 낮게깔    퍼져있    미약해
 물건들    명하게그려낸    케이
트    로핀메    복잡하게포개진삼
그    서로마      빈자리   다   빨
 소설책    놓은동      바      쳐
 퇴근용    가방포    서있는   딩    작
모    나누어    비전화    대    래  풍
지    의맑은    럼선명한애니   이션   예  흰
 수화분    사람의    럼맑은   얼  안되  두  에
 며들고    고게다      두드  져  게  륙
진    빗방울    더럽혀    리  의  선

```
 계단에켜  군데군      로늘어선빛들       모난나무
 자등           비틀고앉은채여    유리에          마
 를        마치     야말로                어진여      림
 자           한밤              려둔긴         락이어
 위         져있   그      부터도망치듯         쪽으로
 인머리          덜미까지이르는          부비튼       암
 함     지   히모  두다리              동안내       숨
      방    하   출           억의미         에꺼져
           을    소      기하고있다그         의데운
                 는향기여백같      에칠해         의
                  집요하          響처럼         는
                                깜박거       임없이
       낼             가찰나에사라        無는창
          들이        숨             하고지        활
          튼   결   서로장                         점
 삼     서    잔         으로모           든다근
 의박명薄   이            그솜씨속의자       흔적옆
 는  해낸    지  그대로쌓인질         전화기        남
 지      홍  메   지를올           다섯개         이
 캐    닛   에   적             을덧그         때와같
  드   운   으              가불룩하니남        이찾아
 것    른         한   석에서상처입          에얼어        다
```

0.004 / 0.035(g)

갈형         된     와
린스탠    트가침    키     울   불
있다그    룻밤의  일     이
적갈색   든흰벽   欄  하    장
어질것   끌어안   듯
무     려진커
죽     기에
에크      문
물방울
새     처
억    게 을
      깔
물건      명
트    로         하
그
  소       놓
퇴근              는
모
지   의
수화분      의          안
며들고  고게         두드   게 룩
진   빗방울    럽혀    리  의  선

```
    에켜 군데군       로       빛들
   등         비   앉은채여    유
  를         마    로         어진
            밤              둔긴    락
            그    부터              쪽으
  리         덜   지르는    부비     암
            모    리              내    숨
  하              억              꺼져
            소              고         의
                                해    의
                                럼    는
                                거    임없이
                                     無는창

          이    숨          고지    활
       튼      로                  점
        서                        든다근
    명薄   이                      흔적옆
     낸    지    로   인            기    남
          메    를올             다  개    이
          닛                        때와같
   드   운  으              룩   남    이찾아
   것   른      한       석에   처입   에얼어
```

0.001 / 0.035 (g)

| | | | | |
|---|---|---|---|---|
| 방한 | 은달 | 로브 | 된다 | 원형반 |
| 침대 | 드라 | 침묵 | 듯한 | 한불빛 |
| 을발 | 것이 | 의유 | 이었 | 빛을받 |
| 아적 | 든흰 | 숙欄 | 장이 | 벗겨져 |
| 떨어 | 끌어 | 태슬 | 바탕 | 렌지색 |
| 무늬 | 튼안 | 껍게 | 꼼짝 | 고숨을 |
| 죽일 | 긴푸 | 처럼 | 러오 | 묵서쪽 |
| 벽에 | 문에 | 줄로 | 인흑 | 의성대 |
| 가물 | 빛나 | 불완 | 傳令 | 찾아온 |
| 새벽 | 깔을 | 느낌 | 계속 | 비의기 |
| 억에 | 다문 | 아직 | 들어 | 거리위 |
| 에낮 | 퍼져 | 미미 | 사탓 | 은방안 |
| 의물 | 명하 | 낸다 | 블에 | 린펜던 |
| 트· | 꽃처 | 하게 | 중의 | 셰이드 |
| 그밑 | 주앉 | 의빈 | 다만 | 색표지 |
| 의소 | 놓은 | 유리 | 닥에 | 쳐놓은 |
| 출퇴 | 가방 | 듯서 | 숲에 | 게사각 |
| 모양 | 진텔 | 화면 | 대던 | 폭풍이 |
| 지나 | 하늘 | 명한 | 선일 | 보횐관 |
| 엽수 | 사람 | 처럼 | 마안 | 두께에 |
| 스며 | 고게 | 지공 | 드러 | 게얼룩 |
| 진진 | 자국 | 혀져 | 빌딩 | 선형비 |

| | | | |
|---|---|---|---|
| 상 | 데옆으로 | 선빛 | 나열 |
| 의 | 틀고앉은 | 자는 | 리에 |
| 를 | 야말로환 | 에가 | 진여 |
| 자 | 감은채로 | 려둔 | 리카 |
| 위 | 것으로부 | 망치 | 금원 |
| 울 | 미까지이 | 하얀 | 비튼 |
| 울 | 두다리의 | 며칠 | 안내 |
| 들 | 된그등은 | 억의 | 때문 |
| 는 | 곤이야기 | 있다 | 삭임 |
| 처 | 는향기여 | 은하 | 칠해 |
| 깨 | 집요하게 | 유향 | 처럼 |
| 겁 | 래진벽시 | 깜박 | 이끊 |
| 치 | 來했다가 | 에사 | 는무 |
| 을 | 자의숨을 | 히회 | 고지 |
| 짝 | 서로장난 | 원과 | 이공 |
| 을 | 를모아일 | 으로 | 을만 |
| 의 | 지못한그 | 속의 | 마한 |
| 는 | 그대로쌓 | 은회 | 화기 |
| 지 | 지를올려 | 서랍 | 섯개 |
| 플 | 이사물의 | 을덧 | 보일 |
| 부 | 그림자가 | 하니 | 아침 |
| 것 | 석에서상 | 은냉 | 얼어 |

0.006 / 0.035 (g)

방한구석에는
침대가달린스
을발하고있다
아적갈색으로
떨어질것만같
무늬가그려진
죽일때거기에
벽에크게열린
가물방울이되
새벽불안처럼
억에무겁게입
에낮게깔려멀
의물건들을반
트ㆍ거꾸로핀
그밑에는서로
의소설책을엎
출퇴근용검은
모양으로나누
지나간뒤의맑
엽수화분방안은사람의각막처럼맑은그얼마안되는두께에
스며들고반복되고게다가단지공허만이두드러져엷게얼룩
진진흙색빗방울자국에더럽혀져있다멀리빌딩의나선형비

상계단에켜진군데군데옆으로늘어선빛들의나열모난나무

| | |
|---|---|
| 의자등받 | 이마 |
| 를대고있 | 그림 |
| 자그림인 | 어깨 |
| 위에서흘 | 로기 |
| 울인머리 | 의암 |
| 울함과가 | 한숨 |
| 들이무방 | 져가 |
| 는말의흔 | 운물 |
| 처럼무겁 | 상의 |
| 깨어짐거 | 지는 |
| 겁많은원 | 이경 |
| 치를잘라 | 창문 |
| 을허옇게 | 다활 |
| 짝열린커 | 는점 |
| 을삼키고 | 근시 |
| 의박명薄 | 옆에 |
| 는토해낸 | 마남 |
| 지않은연 | 메이 |
| 플캐비닛 | 같은 |
| 부드러운 | 아온 |

것도모른채방의한구석에서상처입은냉기에얼어가고있다

0.002 / 0.035 (g)

한수위

욕실에서 나온 요시오好男는 아까부터 고개를 갸우뚱하며 침실에서 거실로, 거실에서 세면대로, 생각나는 대로 기웃거리며 돌아다닌다. 세번째로 거실에 돌아왔을 때 가만 보고 있던 사토코聰子가 참지 못하고 말을 걸었다.

"왜 그래?"

요시오는 "응?" 하고 얼굴을 들었지만, "아니, 아무것도……" 하고 얼버무리고는 다시 주위를 두리번거린다.

"휴대폰?"

사토코가 불쑥 던진 말에 놀랐던지 요시오는,

"응? 어, 그래" 하고 대답했다.

"내가 갖고 있어."

그러면서 그녀는 테이블 위에 남편의 휴대폰을 올려놓았다. 요시오는 또 놀랐다. 그리고 거의 반사적으로,

"왜 갖고 있어?" 하고 물었다.

사토코는 아무렇지도 않은 듯,

"나 생각해봤는데, 우리 오늘부터 삼 일 동안 서로 휴대폰 교환하지 않을래?"라고 하며 이번에는 자신의 휴대폰을 남편 것 옆에 놓았다. 요시오는 세번째로 놀랐다.

"그건 또 무슨 말이야?"

"무슨 말이긴. 별뜻은 없어. 얼마 전 텔레비전에서 봤는데, 부부 간의 신뢰를 쌓기 위한 방법이라고 하더라고. 도모코友子는 늘 남편 휴대폰을 체크한다는데, 난 그러기는 싫거든."

요시오는 이 날벼락 같은 소리에 놀라 자빠질 지경이었다. 무슨 프로그램인지는 몰라도 그런 쓸데없는 생각을 불어넣다니. …… 아니, 어쩌면 사토코가 직접 생각해낸 게 아닐까? 아무래도 수상하다. 사토코가 눈치챈 걸까? 어떻게? 언제? 아무튼 지금은 시치미를 떼는 수밖에 없다. —

"안 되지. 회사에서 올 연락도 있는데."

요시오는 애써 태연한 척하면서 미소까지 지어 보였다. 사토코도 빙긋 웃었다.

"내일부터 삼 일 동안 연휴잖아. 나도 일을 방해하고 싶지는 않아서 이 기회를 기다리고 있었어. 물론 일 때문에 온 전화는 바로

바꿔줄게. 아무 문제 없잖아?"

"아니, 그런 게 아니고, ……"

"왜? 무슨 일 있어?"

요시오는 이때 아내의 눈동자에서 어떤 정체를 알 수 없는 빛을 본 듯한 느낌이 들었다.

"일은 무슨, 없어. 없는데……"

"걱정 안 해도 돼. 주소록 같은 건 안 볼 테니까. 그냥 메시지 확인하고 전화만 받는 거야."

메시지 확인하고 전화만 받는다고? 이봐, 그게 제일 곤란한 거잖아. ―모든 최악의 상황을 상상하자 요시오는 현기증이 날 지경이었다. 어쩌지? 날 못 믿는 거냐고 화를 내볼까?……

바로 그때, 테이블 위에 있는 요시오의 휴대폰이 울렸다. 특별히 따로 설정해놓은 벨소리에 그의 얼굴이 창백해졌다. 사토코는 무표정한 얼굴로 손을 뻗으려 했다. 요시오는 참지 못하고 소리를 질렀다.

"아, 안 돼!"

"뭐?"

"아, 아니……"

부부는 서로를 뚫어지게 바라보았다.

긴 연휴의 시작이었다.

크로니클

## 아버지

"……그래, P에 대해서? 당신 그 얘기 소설로 쓸 거야? 흐음, 일본에 이런 젊은 작가가 있다니. 대단하네. 잘 팔려? 팔리겠지. 젊고 잘생긴 남자는 뭘 하든 잘나가게 돼 있어. 안 그래? 다른 나라도 마찬가지야, 그건. ─난 인텔리를 좋아하거든. 당신을 보고 금방 알아차렸지. 아무 말 안 해도 알아. 잠깐 손 좀 봐봐. 아무 쪽이나. ─아니, 역시 오른손. 당신 오른손잡이지? 그래, 말 안 해도 안다니까. ─그것 봐, 역시. 이건 인텔리의 손이야. 인텔리에다 확실한 직업을 갖고 있는 남자의 손이라고. 펜을 쥐는 손은 망치를 쥐거나 약을 팔거나 하는 손하고는 다르단 말이야. 안 그래? ─

어, 뭐라고? 당신 컴퓨터로 글 써? 안 돼. 컴퓨터로 소설을 쓰다니. 소설은 역시 손으로 써야지. 안 그래? 안 돼. 손, 손이라니까. 돈 세는 것도 손이잖아. 역시 손으로 써야 돼. ― 알았어, 알았다니까. P 얘기를 하란 말이지. 내가 일부러 시간 끌고 있는 걸로 보여? 까다롭게 굴지 마. 얘기하려면 시간이 필요한 거야. 안 그래? 왜? 급해? 이 일 끝나고 또 다른 일이라도 있어? 아니잖아. 아니면 됐네. ……그런데, ……무슨 얘기였지? 아, 그래, P 얘기. 도대체 이제 와서 왜 새삼스레 P 얘길 꺼내는 거야? P는 형편없는 마약중독자야. 들은 얘긴데 요즘 다시 DJ 애들 사이에서 인기라며? 일본에서도 그래? 당신들 꽤나 시시한 음악밖에 못 듣는 모양이네. 그건 그렇고, 내 얘길 쓰는 게 어때? 재밌는 얘기 많아. 당신도 일본 사람이니까, 홍등가에도 갔다 왔겠지? 응? 뭐? 감추지 않아도 돼. 괜찮은 애 있었어? 그쪽 애들 얘기 알려줄게. 이런저런 뒷이야기 말이야. 그게 더 재미있지 않겠어? 틀림없이 잘 팔릴 거야. 암튼 팔리고 봐야지. P 얘기 따윌 써봐야 대체 누가 좋아하겠어? 알았어. 그런 표정 짓지 말라니까. 농담이야, 농담.

"처음 만난 게 그러니까, 71년, 아니, 72년이었지, 아마. 그래. 그때 한 번 왔었어. 모두들 81년 여기서 죽었을 때 처음 암스테르담에 온 거라고들 하지만 아니야. 그때 만나지 않았다면 지금 이렇게 그런 별볼일없는 작자 뒤치다꺼릴 했던 얘길 해야 할 이유도 없을 테지. 안 그래? P 나이가 그때 어떻게 됐더라? ……서른둘인지 셋인지, 뭐 그 정도였을 거야. 내 나이가 스물다섯 정도였으니까. 젊었지, 그땐. 나 좋다고 들러붙는 사람도 꽤 있었어. —그래, 맞아. 그 사람 40년생이라고 했던 것 같아. 글쎄, 사실인지 아닌지 누가 알겠어. 당신은 제대로 알아봤어? 모르지? 언제나 적당히 꾸며대기만 하는걸. 요르바 사람이고, 집에 돈이 꽤 있고, …… 그래, 맞아. 이런 말도 했었어. 뭐야, 당신 나보다 더 잘 알고 있잖아! 하지만 그것도 사실인지 아닌지는 모를 일이지. 그 시절에 런던에 유학을 갈 정도니 돈은 좀 있었겠지만, 그렇다고 어디까지가 사실인지 누가 알겠어. 아무래도 믿어지지 않아. 나이지리아 사람이라는 것만은 사실인 것 같지만. 영어도 좀 이상했고.

"처음 P의 연주를 들은 것도, 그래, 그때였어. 음반을 몇 장 냈던 모양이지만 난 전혀 몰랐지. —인상? ……글쎄, 뭐라고 해야 할까. ……엄청난 게 들어온 느낌이었어. 이해해? 당신은 남자라서 모를 거야. 그런데 정말로 그랬어. 깜짝 놀랐어. 대체 이거 뭐야, 싶은 느낌. 온몸에 전기가 통한 것 같았어.

"난 그때 그 클럽의 PA와 사귀고 있었어. 그래서 거의 매일 하루 종일 거기서 시간을 보냈지. 그런 적은 처음이었어. 처음이자 마지막이었지. 어쨌든 굉장했어. —아니, 그땐 그렇게 그럴듯한 밴드가 아니었어. 무대에 올라왔을 때는 사람들이 다 우습게 봤지. 클래식기타에다 피크도 안 들고 있었거든. 기타 학원에서 연습하고 오는 길이냐고 비웃었어. 그런데 기타를 치기 시작하니까 다들 순식간에 빠져들었지. 전주 부분만 듣고 완전히 녹아웃당했다니까. 상상이 돼? 그런 기타 소리는 아무도 들어본 적 없었어. 특히 그전까진 록음악만 들었으니까 더욱 신선했지.

"오시비사 같은 아프로비트 밴드라고 소개했어. 거기 있던 사람 대부분은 오시비사가 누군지도 몰랐지만. 하지만 리듬은 훨씬 복잡했어. 그 사람은 하이라이프도 아주 좋아했지. 나중에 다들 이구동성으로 한 말인데, 그 무렵 서아프리카에서 줄줄이 쏟아져 나온 아프로비트 뮤지션 중에서도 4비트 8비트 16비트 모두 다 안 틀리고 칠 수 있는 건 P뿐이었어. 신기하지 않아? 그건 배워서 할 수 있는 게 아니라니까. 대개 출신지를 알 수 있잖아. 조금 다른 비트를 치면. 안 그래? 그래서, 그런 게, ……뭐랄까……잘, 그래, 아주 잘 섞여 있었어. 아프리카 비트와 펑크 비트 같은 것들이 말이야. 기타는 어디서 배웠는지 몰라도 정말 대단했어. 노래를 부르면서 팔은 전혀 다른 생물인 양 움직였거든. 부드럽고도 튀는 힘이 있었지. 커팅이 퍼커션처럼 들렸다니까. 베이스의 슬랩 같은 느낌이야. ―그래, 솔로도. 그것도 P가 다른 이들과 다른 점이었지. 그 사람은 재즈에도 능했거든. 어려운 곡을 해도 리듬감이 있고, 정말 근사했어. 지금은 그런 사람이 꽤 많지만, 그때만 해도 P 말고는 없었지. P는 빨랐어. 그런 것을 시작한 게, 누구보다도 훨씬 빨랐지.

"라이브가 끝나자 다들 P 주위에 몰려들어 아우성을 쳤어. 나도 있었고. 그래, 그곳에. 아침까지 계속 마셔대서 모두 취해 있었어. P는 그때는 멀쩡했어. 이파리나 조금 피우는 정도. 그렇게 심하게 빠져든 건 미국에 가서부터야. 크랙이며, LSD며, 헤로인이며,……아무튼 마구잡이로 닥치는 대로 해댔지? 난 잘 모르지만. ─그러고 보니 재미있는 얘기가 있어. 첫 라이브가 끝나고 나서 기분이 좋았는지, 그 사람 하시시를 피우고는 엄청난 환각을 겪었대. 그런 것도 아마 체질이겠지? 그런데 그 내용이 우스워. 갑자기 눈앞에서 자기 몸을 포함해 모든 게 사라졌다는 거야. 그러고는 아무것도 없는 불그죽죽한 세상에서 라이브하우스에서 튼 레코드 소리만 나더라는 거지. 뭐, 그 정도까진 흔히 있는 일이야. 그런데 그러고는 갑자기 라이브 시작 전에 미처 못 눈 똥이 황금색으로 빛나기 시작했다는 거야. 진짜인지 아닌지 내가 어떻게 알아. 그냥 그 사람이 그렇게 말했다고. 그리고 그게 점점 불이 붙을 정도로 뜨거워져서, 덕분에 직장直腸이 확실히 느껴졌다지 뭐야! 아, 웃겼어 정말. 그런 식으로 맛이 가는 건 처음 봤어. 이상하게 그 이야기가 잊혀지지 않네. 웃기기도 했지만, 그후에 술과 마약에 찌든 상태로 재회했을 때 그 사람, 벌써 몇 년이나 제대로 똥을 눠본 적이 없다고 했거든. 항상 물 같은 설사뿐이래. 그래서 그때 그 똥이 그렇게 그립다나? 아무튼 이상하게 기억에 남아.

"……난 말하자면 P와는 결코 깊은 관계가 아니었어. 이런 말 하면 당신이 실망할지도 모르지만. 그 사람이 정말로 어떤 사람이었는지는 솔직히 잘 몰라. 정말로. 하지만 원래부터 좀 특이한 구석이 있었던 게 아닐까? 그다지 호감을 살 만한 타입도 아니고. 처음 본 그날만 해도 공연이 끝나고 나선 모든 사람이 왕처럼 떠받들었지만 새벽 무렵에 거의 돌아가버리고, 어쩔 수 없이 남은 몇 명도 속으론 진절머리를 치고 있었어. 그 사람은 허풍도 심하고 자신만만한데다가 집요한 구석까지 있었거든. 그날 밤도 "내가 이 세상 최고의 기타리스트다"라는 소릴 백 번은 넘게 했을걸. 절대 과장이 아니라니까. 당신도 알잖아. 그 사람이 입버릇처럼 그런 말 하고 다닌 거. 재회했을 땐 더 심해져 있었는데, 그때부터 이미 약간의 조울증 같은 게 있었지. 그날도 절규하고, 바닥에 뒹굴고, ……그냥 술 취한 거랑 달랐어.

"머리? 머린 텅 비었어. 제대로 배운 것도 없고, 정치에는 전혀 무관심했고, 조국이 어떻게 되든 그게 무슨 상관이냐고 했지. 그것도 희한해. 보통은 아무리 머리가 나빠도 아프리카에서 여기로 오면 조금은 정치물이 들게 마련인데. 그래, 보통은 말이야. 겉으로라도. 그럼. 미국에서도 차별당하고 이런저런 어려운 일을 많이 겪은 모양이던데, 그래도 미국 사람이 되고 싶다는 말을 죽기 전까지 계속 하더라니까. 그런 걸 뭐라고 하지? 이해 가? 펠라 쿠티처럼 정치 노래 같은 건 한 번도 부른 적 없어. 죄다 여자 타령이잖아.

"그때의 라이브는 나흘쯤 계속됐어. 난 그거 전부 다 들었지. ―

어, 그래? 부러워? 그땐 전혀 그런 생각 안 했는데. 그냥 단순히 맘에 들었을 뿐이야. 나도 좀 별난 취향이긴 했지. 마지막 날에는 소문을 듣고 찾아온 손님들이 몰려들어서 안에 다 못 들어올 정도 였어. 그 사람 음악은 알기 쉽잖아. 손가락도 잘 움직이고, 누가 봐도 굉장하게 느껴졌겠지. 게다가 그땐 또 그럭저럭 잘생겼었거든. 코는 좀 벌름하지만 동안인데다 귀여웠어. 목소리도 좋았고. 거기 간 후론 노래는 별로 안 한 모양이지만, 매력적인 목소리였어.

 "암스테르담이 투어의 마지막이었고, P는 그후 두 달쯤 있었던 것 같아. 응, 그 사람 혼자만. 다른 멤버들은 모두 돌아가버렸어. 그 사람 기질이 변덕스러운데다, 다들 사적으로 P와 함께 행동하는 건 꺼려했으니까. 북 치던 애랑은 꽤 친했던 것 같았지만 말이야. 이름이 뭐였더라? 생각이 안 나네. ……뭐? 아냐, 그런 이름 아니었어. ……안 되겠어. 요즘은 사람 이름이 통 생각나지 않아. ……뭐였지, ……아무튼, 나중에 생각나면 말할게.

 "─그래서 P는 그때 우리집에 머물렀어. 여러 여자 집을 전전 하며 지낸 모양인데 그중 가장 오래 있었던 데가 우리집이라나. 본인께서 그렇게 말씀하시더라고. 정말이지 황송한 일이었지. 같이 살던 남자는 그런 일에 별로 까다롭게 굴지 않았어. 자기도 제멋대로 살았으니까. 사람이란 게 그렇잖아. 자기가 뭔가 켕기는 게 있어야 남한테 관대해질 수 있는 거야. 서로 피장파장이라 생각하고 밸런스를 잡는 게 중요해. 안 그래? 당신도 그렇잖아. 그래. 다 그렇다니까.

 "우리집에 있었을 때의 기억은, —퍽 fuck밖에 없어. 정말 병적이었어. 성욕이 인간의 형태로 둔갑해서 걸어다니는 거 같았어. 그 사람하고 있었을 때 난 옷을 입고 있던 시간보다 벗고 있던 시간이 더 길었어. 어쨌든 음악 말고는 머릿속에 그런 거밖에 든 게 없었으니까. 그러다보니 이쪽도 조금은 정이 들게 됐지. 그만큼 해댔으니까. —그런데 어떤 줄 알아? 미국 가더니 연락 한번 안 주는 거야. 그런 남자라니까. 이해 가지? 그러니까, 미국 가버린 후론 어떻게 됐는지 전혀 몰라. 뉴욕에 있었다고? 그래? 앨범은 몇 장 가지고 있어. 하지만 나중엔 음악 활동 제대로 못 하지 않았어? 레코드 회사 계약도 끊겼다는 말을 어디서 들었는데. 그래? 그랬군. 역시. 정말 멍청한 사람이야. 그런 좋은 재능을 타고났으면서.

 "두번째로 만난 건, ……그로부터 십 년 후야. 별로 만나고 싶다는 생각도 없었어. 소문도 들리지 않게 된 후론 나도 거의 잊고 지냈지. 당신 작가니까, 내가 그 동안 계속 기다리고 있었다고 쓸 생각이었던 거 아냐? 집어치워. 웃기지 말라고. 내 말 잘 들어. 거의 잊고 지내고 있을 때, 그 사람 쪽에서 갑자기 불쑥 찾아왔단 말이야. 말하자면 꿈같은 재회였는지는 모르지만, 어쨌든 좋은 꿈은 아니었어. 여러 가지 의미에서. 그래. ……

 "초인종 소리가 나서 나가보니까 어떤 사람이 서 있는데 처음엔 누군지 못 알아봤어. 펑퍼짐하게 살이 찌고 머리도 좀 벗어지고. 폭삭 늙은 모습이었어. 입고 있는 옷도 더럽고, 정말 무슨 거지가 왔나 했을 정도였지. 그리고, 그 눈. 약쟁이라는 걸 단번에 알아봤어. ― 물론 당연히 그랬겠지. 날 기억하고 있었으니 찾아온 거 아니겠어? 나한테 오기 전에 여기저기 갈 만한 데는 죄다 돌아다녀봤을 거야. 그러고는 결국 마땅한 데가 없으니까 나한테 온 거지. 처음하고 똑같아. 나보고 어쩌라고, 정말. ― 그래서 결국 또 우리집에 제일 오래 있게 됐어. 그 사람, 유럽 투어 도중에 도망나온 거였어. 당신도 알지? 난 그땐 몰랐어. 알 도리가 없지, 안 그래?

"그 사람, 내 얼굴을 보더니 순간 조금 겁을 먹은 것 같은 이상한 표정을 지었어. 그러더니, 꼭 옛날에 본 것 같은 기분 나쁜 표정으로 웃더라고. 그래서 알아봤지. P라는 걸. 그러자 그 남자, 마치 어제 만났다 헤어진 사람처럼 아무렇지도 않게 팔을 벌리고 포옹을 하더니 그대로 집 안으로 들어오더라니까. 믿을 수 있겠어? 십 년 만의 재회란 말이야. 하도 기가 막혀서 벌어진 입이 다물어지지 않았어.

"방에 들어와서는 기억을 하는지 몰라도 가구며 물건들을 이것저것 들여다보면서 혼자 뭐라고 고개를 끄덕이고 웃고 하더니, 배가 고프다며 먹을 것 좀 달라고 했어. 빵이랑 치즈 같은 걸 갖다줬지 싶어. 기억도 안 나. 다 잊어버렸어. 암튼 그 사람 미친 듯이 먹었지. 배가 자주 고파지거든, 약쟁이들은. 그 사이 나는 질문을 퍼부었지. 그 동안 뭐 하고 살았느냐, 왜 지금 여기 있느냐, 뭐 그런 거. 뭐라고 대답을 잔뜩 하긴 했는데 나중에 생각해보니까 그거 다 엉터리더라고. 한숨 돌리더니 담배 내와라, 술 내와라, 이파리 있느냐, 이것저것 찾으며 마치 자기가 왕인 양 구는 꼴이 정말 기가 막혔어. 그러고는 결국 돈까지 달라고 하더라니까. 알겠어? 난 정말 슬펐어. 모든 게. P도 불쌍했고, 나 자신도 그랬어. 웬만해선 잘 안 우는데 그땐 정말 울고 싶더라니까.

"사람들은 애초에 내가 P를 집 안에 들여놓은 것 자체가 잘못이라고 하던데, 그래? 당신도 그렇게 생각해? 어쩔 수 없잖아. 날 찾아온 사람인데. 좋아하니 어쩌니 하는 문제가 아니야. 그냥, ……뭐라고 해야 할지 모르겠어, ……모르겠지만, 아무튼 들여보내줬어. 그뿐이야. 옛날에 정이 들었던 사람이고, 몸이 기억하고 있다고 할까, 기억이 살아나서 제멋대로 그리워지는 거야. 또 자고 싶다든가 그런 감정도 아냐. 내 말 이해 가? ―그랬어. 사라지고 한 이 년쯤 지났을 때였으면 아마 문도 안 열어줬을 거야. 하지만 십 년이나 지나고 보니까, ……화도 안 나더라고. ―물론, 전혀. 그야 그렇지 않겠어? 이 주일이나 눌러앉을 줄 알았다면 그냥 놔두진 않았을 거야. 처음엔 투어 도중에 마음이 동해서 그냥 불쑥 들른 건 줄 알았지. 보통 그렇게 생각하는 게 당연하지 않아? 아닌가? 응? 파리에서 왔다고 하더라고. 자세히는 몰라. 알아서 찾아왔겠지.

 "P는 이미 완전히 망가진 상태였어. ……함께 있는 이 주 동안 나까지 미칠 지경이었으니까. 한시도 쉬지 않고 계속 얘기를 했어. 완전 비정상이야, 비정상. 멍청한 소리를, 그것도 같은 말을 몇 번이나 되풀이하고. 미친 게 바로 이런 거구나 싶은 기분이 처음으로 들었다니까. 마약중독자들을 여럿 봐왔지만, P는 단순히 맛이 간 정도가 아니었어. 그건 타고난 병이야. 진절머리가 났지만, 불쌍하기도 했어. 어쩔 수 없다는 생각도 들었고.

 "그날 밤 P가 하도 졸라서 단골 클럽에 데리고 갔어. 내가 돈을 안 주자 성질을 부리면서 자기가 벌어다주겠다고 큰소리를 쳤지. 돈은 주고 싶지 않았어. 어차피 약 사느라 써버릴 테니까. 폭력은 휘두르지 않았어. 그것도 지금 생각해보면 이상하네.

 "클럽에 데리고 간 건, ……그래, 지금 생각하면 후회스러워. 나도 오랜만에 그 사람 연주를 듣고 싶었는데, 정말 말도 안 되게 엉망이었어. 완전 딴사람이었어. 차마 보고 있을 수가 없었지. ─ 마침 지역 출신의 젊은 밴드가 나올 예정이었는데, 얘길 해보니 너무 좋아들 해서 그냥 깜짝 출연으로 한두 곡 하게 됐던 거야. 그야 좋아하는 게 당연하지. P니까. 무대에 올라가기 전에는 악수도 하고 사인도 받고 하며 다들 분위기 좋았지. 악기를 안 가지고 있어서 대충 거기서 빌렸어. 그래, 그때부터 잘못됐어. 밴드 연주가 시작되고 조금 지났는데 그 사람 화장실에 가더라고. 그러고는 그대로 돌아오지 않는 거야. 이상하다 싶어 대기실에 가보니 보드카 병하고 같이 뒹굴고 있더라니까. 뭐였더라? 그래, 주브로브카인가 하는 술이었어. 등골이 오싹하더라고. 그게, 마약 때문인지 모르겠지만 전과 다르게 금방 취하곤 했거든. 집에서 맥주 한 잔만 마셔도 정신을 못 차렸어. 대기실에서 봤을 땐 정말 죽은 게 아닌가 싶을 정도였지. 그래서, —그래, 연주가 종반에 접어들자 밴드가 P를 불렀어. 그때는 객석에 돌아와 있었지만, 여전히 비틀거리고 있었어. 스포트라이트가 그 사람을 비추자 객석이 술렁거렸지. 그러자 그 사람 정신을 차리고 의자를 쾅 넘어뜨리며 일어나서 걷기 시작했어. —그래, 지금도 잘 기억나는데, 그 클럽 무대가 좀 높거든. 다른 클럽이랑 다르게. 그래서 그 사람, 뭐에 걸렸는지 일부러 그랬는지는 모르지만 앞으로 고꾸라지듯 넘어져 재주넘듯이 올라간 거야. 무대 위에. 쿵 하고 말이야. 그래, 정말 멍청하지 않아? 마이크 스탠드가 넘어지고, 다리가 드럼 모니터에 처박히고, 사람들은 우왕좌왕하고. 본인도 이펙터보드 위로 자빠졌는데, 얼마나 아팠는지 신음 소릴 내더라고. 밴드 애들도 어쩔 줄 몰라 서로 얼굴만 마주 보고 있는데, 조금 있다가 쓱 몸을 일으키더니 설설 기어가서는, 쓰러져서 웅웅 소리를 내는 마이크다 대고 "어이, 다들 기분은 어때? 내가 P, 최고의 기타리스트다!"라니 어쩌느니, 혀도 잘 안 돌아가면서 멍청한 소릴 해대는 거야. 누가 끌어올려서 겨우 일어섰지. 두발로 버티고 선 것만도 다행이었어.

―그러고는 기타를 들고 소리를 내보고는 드럼한테 카운트하라고 신호를 보냈어. 곡은 P의 〈self-abuse〉였어. 그 곡 알아? ―그래, 그거. 농담 같지, 안 그래? ……그래서, 어쨌든 시작은 했어. 하지만 엉망진창이었지. 처음부터 끝까지 제대로 맞는 음이 하나도 없었어. 노래도 형편없었고. 자기 노래잖아. 다들 음반으로 들어서 잘 아는 곡 아냐. 코드 하나도 제대로 못 잡고, 솔로는 당치도 않았어. 밴드도 금방 알아차리고는 기타 솔로를 두 번밖에 안 넣었거든. 그랬더니 그 사람 엄청 화를 내면서 ―상상이 가지?― 터무니없이 앰프 음량을 올리고 말도 안 되는 솔로 연주를 시작했어. 물론 그걸로 연주는 끝이었지. 어떻게 계속하겠어. ―손님들이 야유하니까 PA가 얼른 음을 낮추었는데도 워낙에 소리가 커서, 밴드 애가 아예 그쪽을 꺼버렸어. 그랬더니 다시 미친 듯이 화를 내더니 소리를 있는 대로 질러대면서 기타를 집어던지고 성질을 부리는 거야. 결국 밴드 아이한테 얻어맞고 쓰러졌지. 최악의 상황이었어. 콘서트를 여러 번 보러 다녔지만 그런 엉망진창인 모습은 그때가 처음이자 마지막이야. 비참했지. 다른 말이 떠오르지 않아. 화나는 것도 정도가 심하니까 그저 비참하다는 말밖에는 떠오르지 않더라고. 내 체면도 구겨질 대로 구겨졌지만, 그쯤 되면 그런 건 신경도 안 쓰여.

"그래서 ―그래, 집에 데리고 왔지. 달리 갈 데도 없는 사람인데 어쩌겠어. 클럽 애가 차로 데려다줬는데, 분명 속으로 날 동정했을 거야. 그 사람 계속 자고 있었어. 참 속도 편하지. 그 정도까지 망가진 줄은 정말 몰랐었어. 그쪽에선 유명했지? 그런 것도 다 나중에야 들었어. 그래, 전부 나중에. 펜실베이니아 병원에 들락거렸다며? 그래. 그 시절엔 어디나 그러지 않았어? 일 나가면 대기실에 마약이 잔뜩 쌓여 있고, P하고 자고 싶어하는 팬들이 가져다주고, 뭐 그런 거. 그런 환경에서 그 사람이 참아낼 도리가 없지. 원래부터 의존증 비슷한 면이 있었을 거야, 틀림없이. 섹스도 예사가 아니었으니까. 재회했을 때는 그런 능력도 잃어버린 상태였지만. —전혀. 그래.

"다음날 몸 상태가 정말 안 좋아 보였어. 난 그 사람한테 확실히 말했어. 당신 지금 환자니까 빨리 미국에 돌아가서 입원하라고. 그랬더니 깜짝 놀란 표정을 짓더니, 난 환자 아니야, 얼마나 건강한데! 하고 웃는 거야. 괜히 강한 척하는 건지, 아니면 정말 그렇게 믿고 있는 건지 잘 모르겠더라고. 왠지 무서운 느낌이 들었어. ……

"P는, 그 다음날이었나, ……아냐, 이삼 일 후였을 거야, 그때 한 번 집을 나갔어. —그래, 돈 내놓으라고 끈질기게 구는 걸 무시했더니 심한 말을 퍼붓고는 나갔어. 미치광이야, 정말이지. …… 하긴 나도 더이상 견딜 수 없어서, 그때는 차라리 다행이다 싶었어. 이제 겨우 내 눈앞에서 사라졌구나. 물론 좀 불쌍하기도 했지만, 그래도 어쩌겠어.

"그래서, ─아냐, 아직이야. 한참 더 남았어. 삼 일쯤 지나서 다시 돌아왔어. 당연하지, 뭐. 갈 데가 없는걸. 그 동안 공원에서 지낸 모양이었는데, 그때 다친 건지, 아니면 누구한테 얻어맞았는지, 얼굴이 온통 상처투성이였어. 눈은 내출혈 때문에 알사탕처럼 새빨갛고.

 "돌아온 후론 그 사람, 이유는 몰라도 계속 울기만 했어. 자기 인생은 저주받았다느니, 죽고 싶다느니. 안 들어주면 또 성질을 내고 물건을 부숴대고 하니까 하는 수 없이 그래그래 하면서 들어주었더니, 나한테 친절한 건 너뿐이야, 다른 놈들은 다 못된 놈들이야, 라는 거야. 알겠어? 정말 견딜 수 없었어. 경찰을 부를까 생각했지만, 그러지도 못했지. 내가 싫었어. P가 어디서 뭐 하고 지냈는지도 알 수 없고, 혹시 나까지 이상한 일에 말려드는 게 싫었거든. 한번은 하도 죽고 싶다 죽고 싶다 타령을 해대기에 그렇게 죽고 싶으면 죽어도 괜찮지만 여기서 죽는 건 곤란하다고 한마디 해줬지. 그런 말은 안 했어야 하는 건데. 그랬더니 그 사람, 그러고도 네가 인간이냐며 길길이 날뛰는 거야. 나까지 정말 미칠 지경이었어. ─가장 괴로웠던 건 망상이야. 그래. CIA에 쫓기고 있다느니, 마피아 보스가 자기 목을 노리고 있다느니, 그런 식의 피해망상은 보통이고, 더 심각하게 뭐가 뭔지 알 수 없는 것도 있었지. 지금도 잊혀지지 않는 건, 어느 날 아침에 일어났더니 부엌 한구석에 그 사람이 등을 붙이고 이렇게 어깨를 움츠리고 서 있는 거야. 뭐 하냐고 물었더니 눈으로 신호를 보내지 않겠어. 이렇게. 거기 좀 봐보라고. 그래서 가리키는 쪽으로 눈을 돌렸지. 아무것도 없더라고. 내가 그렇게 말하니까, 그 사람 깜짝 놀란 표정을 지으면서 정말 아무것도 안 보이느냐고 소리 죽여 화난 목소리로 말하는 거야. 내가 오늘 아침 세게 긁었더니 저 부분이 찢어져서 건너편으로 라고스가 보인다. 그 라고스에서 아버지가 날 바라보고 있다, 이런 말을 아주 진지하게 하는 거야. 무슨 말 하는 건지 전혀 알 수가 없었어. 그러고는 뉴올리언스 어딘가의 바 카운터에도 자기가 상처 낸 자국이 남아 있으니 아마 조만간 청구서가 날아올 거라는 둥, 그런 말을 잔뜩 늘어놨어. 이상하지 않아? 그 사람 손톱은 그 무렵 형편없이 망가져 있었어. 무좀 같은 거였는지. 옷 입을 때 걸핏하면 긁혀서 아파하곤 했었어. 그 때문인지도 몰라. 긁었느니 어쩌니 하는 거. 기타를 잘 못 치게 된 것도 손톱 때문이라고 했었어. —그래? 몰랐어? 그럼 써둬. 꽤 심했던 모양이니까.

"……돌아와서 잠시 지나니까 그 사람 퍽을 하고 싶어했어. —묻고 싶었던 거지? 뭐 별로 감출 일도 아니야. 그런데 그 사람 전혀 안 서는 거야. 웃겨서 나도 모르게 웃어버렸어. 아무리 힘을 줘도 무슨 짓을 해봐도 안 되더라고. —그런데 어느 날, 밤에 자고 있는데 그 사람이 갑자기 일어나더니 날 깨우는 거야. 이것 좀 보라고. 한밤중에. 아마 세시쯤이었을걸. 잘 기억은 안 나지만. 그래서 하라는 대로 불을 켜고 보니까, 글쎄 그게 섰더라니까! 남자 몸이라는 건 참 희한해. 그때 정말 실감했지. 눈을 떠보니 저절로 그렇게 돼 있더라나? 그러더니 그 사람, 내 몸을 자기 내키는 대로 만져대는 거야. ―당연히 거부했지. 난 싫었어. 새삼 P하고 그런 관계를 맺고 싶지 않았거든. 귀찮기도 했고, 전혀 그럴 기분이 아니었어. 하지만 너무 집요하게 구니까 점점 저항하는 것도 귀찮아져서 결국 될 대로 되라는 식이 되었어. 다 그런 거잖아? 아냐? 다만 콘돔은 꼭 끼게 했어. 안에다 쌀 게 틀림없으니까. 귀찮아했지만 포장을 찢어서 건네주니까 투덜거리면서 받더라고. 꽤 시간이 걸렸어. 손도 떨리고 마음이 급해서 손톱으로 긁어대는 거 같아서 내가 좀 거들었지. ……그래, 아마 그때였을 거야. ……처음으로 그런대로 끝까지 간 게. 그러고 나서 그 사람 잠시 동안 내 몸 위에 그대로 올라타고 있었는데, 뭔가 좀 이상했어. 그래서 빼내고 보니까 글쎄, 콘돔이 찢어져 있는 거야! 찢어진 풍선 같은 게 물건 끝에 달라붙어 있더라고. 그 사람 그걸 보더니 배를 잡고 웃지 뭐야. 방바닥에 굴러떨어져서도 계속 웃어대더라고. ―당장에 샤워하러 갔지. 화가 치밀어서 도중에 방바닥에 뒹굴고 있는 그 사람의 엉덩이를 짓밟고 갔어. 아야! 하고 소리 지르더니 다시 웃더라고. 그런 감촉이 의외로 오래 남아. 지금도 발바닥에 그때 뭉클했던 감촉이 남아 있는 것 같아. 너무 생생해서 징그러워. ……

 "그 다음날, 마지막으로 내 집을 나갔어. ―일을 마치고 돌아오니까 집 안이 온통 뒤집어져 있고 숨겨놓은 돈이 없어졌더라고.

뭐, 별로 큰돈은 아니었지만. ……그걸 보니까 한숨밖에 안 나왔어. 그런 언짢은 기분, ……뭐라고 표현해야 할지 모르겠어. ……금액은, —잊어버렸지만, 그런 문제가 아니잖아. 알아? 금액이 얼마든 무슨 상관이야. 이번에야말로 경찰에 신고할까 생각했지만, —역시 그만뒀어. 그들이 내 집에 들어오는 거 싫었거든. 옛날부터 정말 경찰만은 끔찍이 싫었어.

"그러고 나서, 잘은 모르지만 그 사람 마약 사러 갔다가 하루하고 반나절 동안 시내를 배회한 모양이야. 다음날 새벽에 전화가 걸려와서—아냐, 클럽 지배인이었어—, 그래, 전화로 P가 죽었다는 말을 들었어. 싸웠다며? 틀림없이 그 사람이 또 멍청한 짓을 한 걸 거야. 헬더세카더 운하에 엎어진 채로 떠 있었대. 누가 떠밀었는지, 아니면 자기가 빠진 건지 모르지만, 얼굴이 엉망이었어. —그래, 경찰서까지 신원을 확인하러 갔었어. 누군지 알아보지 못할 만큼 망가져 있었어. —손톱. 손톱을 보고 알아봤지. 시체를 보고도 이상하게 별로 실감이 안 났어. 눈물도 안 날 정도로. 그때는. 하지만 불쾌했어. 그뿐이야. 경찰도 이런저런 질문을 했지만 지금처럼만 말했어. 훨씬 더 대충이었지만. P가 왜 우리집에 왔는지, 그런 걸 자꾸 집요하게 캐묻는 거야. 그래서 대답해줬어. 왜, 어째서, 그런 거 내가 어떻게 알아? 약쟁이가 하는 짓에 일일이 이유 따위가 있겠어? 라고. 내 말 틀려? 그랬더니 징그럽게 씩 웃더라고. 그 치들은 정말 맘에 안 들어. ……

─아이? ……아이가 왜? 몰라. 왜 물어? 그래, 생긴 건 사실이야. 하지만 지웠어. 바로. 당연한 거 아냐. ─뭐라고? 아니라니까. 안 낳았어. 알아, 나도. 사람들이 이러쿵저러쿵 떠들고 있다는 거. 말이 나왔으니 말이지, 정말로 아이가 있다면 이렇게 살고 있겠어? 아이가 몇이나 있는지 몰라도, 그 사람 인세도 조금은 나누어 받았을 테고. 안 그래? 그렇지? 지웠다니까. 안 낳았다고! ……이제 됐어? 다른 거 물어볼 거 없어? 아, 피곤해. ─됐어? 그래? ……당신 담배 있어? 없어? 정말……, 됐어, ……왠지 지쳤어. ……"

August 3, 2005, in Amsterdam

## 아들

"……J 이야기를 듣고 싶다고? 물론 좋아. 바로 한 달 전쯤이었나, 다른 일 때문에 일본에서 왔다면서 어떤 격투기잡지 기자가 날 찾아왔어. 기사가 나갈지 어떨지는 모르겠다고 했는데 당신 소설이 화제가 되면 그쪽도 실릴지 모르겠네. 그 사람 일본에서도 유명해? 그래? 그 사람이 얼마나 기다렸다고, 일본에서 시합하는 거! 물론 내가 보기에 그랬다는 거지만, 난 알아. 그는 말을 못하기 때문인지 표정이 아주 풍부했어. 난 금방 알 수 있어. 그가 지금 무슨 생각을 하고, 어떤 기분인지. 기분이 그대로 표정으로 나타나. 멋있지 않아? 보통은 그렇지 않잖아. 나나 당신이나, 얼굴과 마음이 반드시 같지는 않지. 게다가 말까지 들어가면 점점 더 알 수 없어져. 인간관계라는 건 정말 복잡해. 난 가끔 정말로 싫어져. 모든 게. 모든 걸 다 던져버리고 싶어져. 내가 J를 좋아한 것도 아마 그래서였을 거야. 우리는 표정만으로 서로를 충분히 이해했어. 다들 그가 무슨 생각을 하는지 전혀 모르겠다고 했지만, 난 달라. 너무나 잘 알 수 있었어. 진짜야.

"J와 처음 만난 건 대학교 2학년 때였어. 암스테르담에 사는 친구 남자애가 킥복싱 시합 아나운서 일을 하고 있었는데, 주말에 놀러 갔더니 날더러 같이 시합 보러 가지 않겠냐고 하기에 따라갔지. 그래, 그때까지 난 격투기에 전혀 관심도 없었으니까 솔직히 그다지 내키진 않았어. 그냥 마지못해 따라간 거지. ……왜였을까? 나도 잘 모르겠어. 그게 J와 만나는 계기가 됐다는 걸 생각하면, 정말 신기해. 그런 거 잘 믿진 않지만 운명이라는 느낌이 들어. 만약 그때 가지 않았다면 그와 알게 될 리도 없었을 거야. 사는 세계가 너무 달랐으니까. ……확실히 따분하던 때였어. 사귀던 사람과 막 헤어진 상태였고, 실은 그 링 아나운서 하는 애랑 어떻게 좀 해볼 생각으로 암스테르담에 놀러 간 거였는데. —그래, 그 경기장에 J도 있었어. 물론 시합에 나온 거였지. 겨우 네번째 시합이었을 텐데 벌써부터 제법 인기가 있었어. 이렇게 말하면 좀 그렇지만, 아무래도 핸디캡이 있는 덕에 이름이 더 알려졌고, 게다가 강했거든. —링네임? J야. 그래, J. 링 밖에서든 어디서든 J였어. 왜 그런지는 나도 몰라. Jr.가 아니냐는 사람도 있지만, 아닐 거야. 내가 알기로는. 본인이 말도 못 하고 글자도 못 쓰니까 확인하려야 할 수도 없었고. 나도 그의 본명이 뭔지 몰라. 끝까지 아무도 몰랐어. 그래서 일본에 갈 때도 여권을 어떻게 만들어야 할지 모두들 골치를 썩였지. 호적은 있겠지만 J 본인으로서는 확인할 방법도 없고. 그 사람은 그러니까 존재하지 않는 사람이었어. 불법체류 이민 같은 거지. 호적상의 누군가는 있었겠지만, J와 이어지질 않았으니까. 버려진 아이였을 거야, 아마도. ……무슨 얘기 하려고 했었지? 아, 그래. 시합 얘기지. 그때는 J가 이겼어. 그의 전적 알아? 31전에 24승 5패 2무승부, KO승이 12. 굉장하지? 내가 보러 가고 나서부터는 한 번밖에 안 졌어. 그 한 번이, 그래, 마지막 시합이었지. 그래서 그는 언제나 내가 보러 와주길 바랐어. 내가 없으면 안 됐어. 그래. 못 간다고 하면 늘 어린애처럼 심통을 부렸어. 그런 사람들은 달리 의지할 데가 없어서 미신 같은 걸 잘 믿거든. 그래서 난 그날부터 삼 년 동안 그의 시합은 전부 다 봤어. 한 번도 빠진 적이 없어. 처음엔 룰도 제대로 몰랐는데, 금방 푹 빠져버렸지. 시합장의 열기가 대단한데다 사람끼리 그렇게 본격적으로 치고받는 거 본 적이 없었거든.

"J가 말을 못한다는 건 처음부터 들어서 알고 있었어. 응, 맞아. 그래서 더 흥미를 느낀 건지도 몰라. 그런 사람이 킥복싱을 하다니, 대체 어떨까 하고. 보통 다들 그렇게 생각하지 않을까? 왠지 비참한 느낌이 들잖아? 그런데 실제로 시합을 하고 있는 그 사람을 보니까, 뭐랄까, 그저 감동해버렸어. 이게 그 나름의 표현방식이구나 싶었어. 뭔지 잘은 몰라도 그런 게 전해졌어. 전혀 모르는 사람인데, 그의 모든 것을 느낄 수 있었달까. 그런 경험은 그때까지 한 번도 없었어. ― 그는 흑인이라 몸놀림이 아주 민첩했어. 풋워크나, 콤비네이션이나, 잘 모르는 내가 봐도 다른 백인 선수들과 전혀 달랐어. 유연하고 탄력 있고. 게다가 항상 앞뒤 안 가리고 덤벼드는 타입이어서 인기가 좋았어. 돌진, 돌진, 또 돌진. 전형적인 파이터 타입이었지. 그의 시합 본 적 있어? 그래? 비디오로? 재미있었지?

"킥복싱 말이야, 처음 보기 시작했을 때는 그렇지 않았는데 어느 정도 보니까 이 사람들은 뭣 때문에 이런 일을 하는 걸까 하는 생각을 자주 하게 되었어. 당신은 그런 생각 해본 적 없어?―그렇지? 그런 거 해봐야 아무 이득도 없잖아. 헤비급 복싱처럼 큰돈을 버는 것도 아니고, 무엇보다 언제까지 계속할 수 있을지 보장도 없고. 나이 들면 다들 어떻게 되겠어? 저렇게 머리를 얻어맞고 발길로 차이고 하는데 괜찮을 리가 없잖아. J가 다니던 체육관에도 이상한 사람들이 많이 있었거든. 멀쩡히 대화하다가도 갑자기 전혀 상관없는 얘기를 꺼내고, 사소한 일에 금방 성질을 부리고. 정상적인 사람이면 절대 그러지 않잖아. 뭔가 마음에 깊은 상처가 있다든가 콤플렉스가 있다든가, ……아마도 그런 거 아닐까? 그도 그랬어. 말로 다른 사람과 커뮤니케이션을 못 하잖아. 때리고, 차고, 시합에서 이겨서 체육관의 동료들과 난리법석을 떨고, 그리고 다시 연습하고, ……정말 그게 다야. 그 사람한테는 달리 아무 것도 없었어. 불쌍하기도 했지만, 한편으로는 부럽기도 했어. 물론 마음속에야 여러 가지 생각이 많았는지 몰라도, 그걸 표현할 길은 때리고 차는 것뿐이니까. 수화 같은 것도 전혀 못 했어. 누가 가르쳐주겠어? 글씨 읽고 쓰는 걸 몇 번인가 가르쳐주려고 했지만, 하려들지를 않았어. 그렇게밖에 표현할 길이 없으니까 강해진 게 아닐까. 표현 말이야. 나한테는 그런 게 없지.

"그는 어떤 경우에도 절대로 쉬지 않고 자기 쪽에서 먼저 받아치러 나갔고, 목씨름도 잘해서 상대방이 클린치하는 걸 철저히 막았지. 그래서 대전 상대들이 싫어했어. 두려워하는 사람도 있었고. ─그래, 너무 앞뒤 안 가리고 덤벼드니까. 게다가 말을 못 하니까 더했어. 이상하지? 그 사람들, 그가 말을 못 하니까 공연히 더 겁이 난다는 거야. 시합하는 동안 말이 필요한 것도 아닌데. 말을 하든 못 하든 시합하는 데는 상관이 없을 텐데 말이야. 아무튼 말하는 상대를 치는 건 괜찮아도, 말 못 하는 상대는 어딘가 섬뜩하다나? 반대의 경우도 마찬가지래. 말하는 상대한테 죽도록 얻어맞는 건 그냥 아프기만 한데, 말 못 하는 상대한테 맞는 건 이상하게 무섭다는 거야. 등골이 오싹한다고들 했어. ─물론 장애인을 상대로 싸워서 뒷맛이 좋을 리는 없겠지만, 그런 걸 떠나서 단순히 무섭다더라고. 왜들 그렇게 말하는 걸까? 당신은 그런 심리 이해할 수 있어? 게다가 그의 경우는 시합 전에 대화를 나누거나 시합 후에 감상을 말할 일이 당연히 없잖아. 상대방이 자신을 어떻게 생각하는지도 모르는 채로 링 위에 올라오고, 끝나고 나서도 무슨 생각하는지 모른다는 게 꺼림칙한 모양이야. 단순히 치고받는 건 그런 사람들한테도 역시 어려운 걸까? 이상해. ……

"J를 소개받은 건 시합이 다 끝난 뒤였어. 그 아나운서 친구가 대기실에 데려가주었지. 상처가 적나라한 모습에 놀랐지만 그게 또 꽤 섹시했어. 몸도 물론 굉장했고. 바셀린을 발라 빛나니까 더 근사하더라고. 그렇게 조각처럼 아름다운 근육을 가까이서 본 건 처음이었거든. 약력으로는 1982년생이지만, 그것도 아마 적당히 꾸며낸 걸 거야. 체육관 회장이 생긴 걸 보고 대충 마음대로 정했을걸. 본인도 모르니까 어쩔 수 없지. 그렇게 보면 나와 동갑이긴 한데, ─하긴 그런 세세한 건 별 상관 없어. 어쨌든 난 그때 그를 보고, 대학 시절 매일같이 얼굴을 마주치던 동급생들과는 전혀 다른 느낌을 받았어. 타고난 게 다르다거나 환경이 다르다거나 하는 그런 게 아니라, 뭐랄까, 하긴 그런 것들의 결과겠지만, 그보다 아예 근본이 전혀 다른 생물이라는 느낌이 들었어. 나와 멀다는 느낌. 나와는 아무런 접점을 갖고 있지 않다는 느낌 말이야.

"─응, 남들이 무슨 말을 하는지는 잘 알아들었어. 단지 말을 못 하고 글을 못 읽는 것뿐이었지. 머릿속으로 단어들을 쓰면서 생각했는지는 몰라도, 일상생활에서 그가 입 밖에 낸 말은 전혀 없어. 상대의 물음에 반응할 뿐이었지. 뭔지 이해가 가? 몸이 전부인 거야. — 어떻게 설명해야 할까. 이를테면 우리도 지금 이렇게 이야기하면서 가끔 이런 식으로 머리를 긁기도 하고 입가에 손을 갖다대기도 하고 그러잖아. 하지만 이런 동작은 딱히 대수로운 게 아니잖아. 무의미한 거지. 심리학자라면 몰라도 보통사람들은 아무도 신경 안 써. 안 그래? 몸동작을 해 보여도 그뿐이지 아무것도 전해지지 않잖아. 하지만 J는 일거수일투족에 의미가 있었어. 그걸 제대로 이해하지 않으면 안 될 것 같은 느낌이 드는 거야. 누군가를 보고 그렇게 강한 존재감을 느낀 건 처음이었어. 그의 몸 그 자체가 무엇과도 바꿀 수 없는 듯한 느낌이 들었어. — 이해가 가? 봐봐, 한번 생각해봐. 그 사람은 언제나 그곳에만 있는 거야. 보통 사람들 같으면 그렇지 않지. 전화 속이든 메일 속이든, 우리는 어디에든 있을 수 있어. 당신이 일본으로 돌아가도 나와 당신은 소리나 문자를 통해 언제든지 재회할 수 있잖아. 하지만 J는 그렇지 않아. 그는 자신이 지금 있는 곳밖에 있지 않아. 전화로도 메일로도 연락을 취할 수 없으니까, 언제나 그가 있는 곳에 직접 가서 찾지 않으면 만날 수가 없어. 그런 게 내겐 신선하게 느껴졌어. 멋지다고 생각했어. 손쉬운 존재가 아니었지. J라는 인간 자체가 그대로 뼈가 되고 살이 되어 조금도 더하거나 덜한 곳이 없는 느낌. — 내가 무슨 말 하려는지 알겠어? 바로 그런 부분에 끌렸던 거야.

"첫 대화—라곤 해도 물론 나 혼자 떠든 거였지만, 그땐 뭐 별 다를 것 없었어. 내 소개를 하고, 오늘 시합 좋았다고 말해줬더니 좀 쑥스러운 표정을 지었어. 동안이고 원체 흑인답게 벌름한 코가 얻어맞아서 더 뭉그러진 게 강아지 같아 귀여웠어. 키도 나보다 작았어. 아마 170도 안 됐을걸? 똑바로 서도, ……그래, 딱 이 정도였어. 그리고, ……또 무슨 말을 했더라? ……뭐 그게 다였을 거야. 처음 만난 사람 앞에서 혼자서 계속 떠든다는 거 쉽지 않잖아. 말이 끊어져 머쓱해지면 어쩌지도 못하고 괜히 당황하고 그랬어. 그래서 그냥 마주 본 채로 잠자코 웃고 있었더니 세컨드와 거기 와 있던 체육관 아이들이 "야, J. 너 여자 꾈 때 잘 쓰는 거 있잖아. 한번 들려줘" 하며 놀려대었지. 자기들끼리는 그런 식의 고약한 농담도 곧잘 했던 모양이지. 당황해서 내 가슴이 철렁 내려앉았지만, 그는 씩 웃고는 그냥 고개를 돌렸어. —맞아, 그는 잘 웃었어. 왜, 말이 안 통하는 나라에 가면 곧잘 서로 웃곤 하잖아? 그런 것과 같아. 게다가 그는 여러 가지 뉘앙스를 웃음으로 담을 수 있었거든. 난 전혀 흉내도 못 내지만. 시합이 끝난 뒤에는 입 안이 온통 찢어져서—그래, 그래서 키스를 하면 언제나 피맛이 났어—아팠겠지만, 그래도 얼굴을 찡그리면서 웃어주었어. 웃는 것 자체를 좋아했어. 어려운 환경에서 자란 것치고 성격이 밝은 편이었지.

"그후에 몇몇 사람들과 술을 마시러 갔다가, J와 그날 관계를 가졌어. 그래, 갑작스러웠어. 평소에는 절대 그런 일이 없었는데, 그때는 자연스러운 느낌이었어. 그와는 보통의 연애 순서를 밟을 수가 없는걸. 서로 알게 되고, 몇 번쯤 데이트하고, 나쁜 인상이 아니면 섹스하고, ……그러는 건, 대화를 못 하면 무의미하잖아. 어차피 내가 일방적으로 떠들기만 하는걸. 계속 같이 있었는데, 멋쩍은 기분을 씻기 위해서라도 빨리 그렇게 되고 싶은 기분이었어. ─그래, 그렇게 시작됐어. 그후론 시합이 끝나고 나서 섹스를 하는 게 당연한 일이 되어버렸지. 아무렇지도 않은 것 같았어. 피곤하지 않냐고 물어도 이상하다는 듯이 고개를 저을 뿐이었어. 그는 섹스를 좋아했어. 시합 전에 금욕해서 그런 것도 있겠지만. 나도 그를 좋아했고, 시합 후에 하는 건 조금 특별한 느낌이 들어서 항상 응해주었지. 안 그래? 몇 주일씩 공들여 만든 완벽한 몸이잖아. 바로 조금 전까지 상대방에게 무참히 밟히고, 얻어맞고, 그래도 절대로 쓰러지지 않은 그런, ……상대 선수도 그랬고, 시합을 보러 온 사람들도 오로지 그의 몸만 보고 그의 몸에만 집중했어. 결국 마지막에 상대방을 쓰러뜨리고 열대의 스콜처럼 쏟아지는 시합장의 환성을 온몸에 받았지. 그걸 혼자 독차지하는 쾌감이란 도저히 말로 표현할 길이 없어. 나만이 그 몸을 위무해주고 나만이 그 몸으로 쾌감을 얻었어. 알겠어? ……솔직히 말하면 난 그가 핸디캡이 있어도 그렇게 열심히 살아가는 모습에 가끔 질투를 느끼기도 했어. 한심하지? 눈부셨어, 그는. 그래도 그렇게 안겨 있는 동안에는 그런 생각에서 해방될 수 있었지. 그에 비해 나라는 존재는 대체 뭘까, 그런 생각을 안 해도 되었어. ─ 당신이 지금 우습게 생각하는 거 알아. 난 사람들 표정을 잘 읽거든. 좋아, 상관없어. 그냥 좋을 대로 생각해.

"J가 어떤 경위로 체육관에 눌러살게 된 건지는 나도 잘 몰라. 남들한테 물어봐도 다들 그저 처음부터 있었다는 식으로 말하더라고. 학교에도 거의 안 다녔던 것 같고, 아마 정말로 어렸을 때부터 살고 있었는지도 몰라. 한 열 살쯤 때부터? 그런 사람은 역시 강하지 않으면 살아갈 수가 없잖아. 괴롭힘 당하기 일쑤일 테니까. 근본은 아주 착한 사람이었는데, 누가 놀리거나 하면 엄청 무서워졌어. 상대가 누구든 가리지 않고 죽도록 패줬거든. ─ 응, 쭉 체육관에서 살았어. 정착했단 말이 더 어울릴까. 모두들 어딘지 모르게 그를 애완동물처럼 여기는 것 같았으니까. 정말이야. 고양이처럼, 아무 말도 안 하지만 자기 원하는 대로 살고 있는 느낌이었어. 나와 만난 무렵 체육관에 아르헨티나에서 이민 온 아이가 있었는데, 그는 그 아이 집에서 운영하는 스테이크 레스토랑에서 고기를 굽고 있었어. 아마 클 때까지 쭉 체육관의 잔일을 맡아 하는 대신 기본적인 건 회장이 돌봐준 모양이야. ─ 이런 말 하기는 좀 뭣하지만, 먹이를 주는 것 같은 식이지. 먹다 남은 거든 뭐든 내다놓으면 내킬 때 슬슬 나와서 혼자서 먹는 거. 음식이 식었든 양이 부족하든 아무 불평도 안 하잖아. 하지만 이런 배려를 회장이 그냥 해줄 리가 있겠냐면서, 분명 회장의 상대가 되어주고 있는 거 아니겠냐는 사람들도 있었어. 잘 모르긴 해도 그 회장이란 사람, 옛날에 형무소살이를 했다나 봐. 대개 흥행의 세계라는 게 주먹 쓰는 사람들하고 연결되어 있잖아. 그래서 그때 그런 취미에도 눈을 뜬 거라고들 하더라고. ― 이 얘긴 쓰지 마, 알았지? ―그러니까 있을 수 없는 일만도 아닌 모양이야. 살다보면 추잡한 것들도 있게 마련이잖아. 소문을 듣긴 했지만 불쌍해서 차마 J에겐 물어보지 못했어. 회장과 나는 이야기를 조금 나누는 정도였지만, ……그런 걸 어떻게 물어봐. 무서운 사람이기도 하고, 무엇보다 그 사람이 하는 말을 도저히 알아들을 수가 없었어. 벌써 만났어? 그 사람 하는 말 알아들을 수 있었어? 그렇지? 다들 차라리 J랑 말이 더 잘 통한다고들 할 정도였거든.

"킥복싱은 처음엔 그냥 어깨너머로 배운 정도고 제대로 된 연습을 한 건 아니었던 모양이야. 킥미트를 들어주거나 한 거지. 하지만 본격적으로 시작한 후로는 굉장했다고 하더라고. 간단히 말해 재능이 있었던 거야. 게다가 달리 할 것도 없으니까 연습만 줄곧 했나 봐. 체중을 감량해야 되니까 밥도 제대로 못 먹고, 술도 안 마시고, 마약 같은 건 물론 손도 안 댔고, ……또 뭐가 있을까? 남은 시간에는 텔레비전 보고, 음악 듣고, ……섹스하는 정도였겠지, 뭐. 난 같이 있으면서 그가 그외의 다른 일을 하는 걸 한 번도 못 봤어. 계속 그것들뿐이야. 오로지. ― 음악? ……어떤 걸 들었더라? 펑크나 소울 같은 거 아니었을까? 신나는 곡들. 미안, 난 음악에 대해 잘 모르거든. 그는 시디를 사러 가도 자기 손으로 고르질 못하니까 체육관에 있는 걸 그냥 듣는 정도였어. 그러고 보면 그는 휘파람을 아주 잘 불었어. 무슨 곡인지는 몰라도. 너무 잘 불기에 악기라도 배워보는 게 어떻겠느냐고 말한 적이 있어. 확실히 센스가 있었거든. 리듬감도 아주 뛰어났고. 음악을 해도 좋지 않았을까 싶어. 치고받고 하는 거 말고. 전혀 관심을 보이진 않았지만.……

"시합에 대해선 벌써 다 알아보지 않았어? 그리고? 작년 7월의 마지막 시합?……글쎄,……아직 별로 생각하고 싶지 않아. 물론 지금도 어제 일처럼 생생하게 기억하고 있어.……하긴 그러네,……당신이 글로 써줄 거라면 얘기하는 게 좋겠지. J는 자기 손으로는 아무것도 남기지 못했으니까. 기사 내기 전에 내가 체크하게 해줄 거지? 그래, 아마 그때 다시 조금 수정하겠지만.……

"시합 자체에 대해서는 알지? 진 이유? 그런 거 없어. 그냥 진 거야. ─그래, 그냥 그런 거야. 안 그래? 이길 때도 있고 질 때도 있는 거지. 그렇게 많은 시합을 하고도 삼 년 넘게 한 번도 진 적이 없었다는 게 오히려 이상하잖아. 이기는 데 지친 걸지도 몰라. 하지만 일본에 가는 것도 정해졌고, 회장은 이기길 바랐을 거야. 그 순간에는, 정말 비참할 정도의 KO패였기 때문에 다들 실망하기보다 어쩔 줄 몰라 당황하는 모습들이었어. ─상대방도 파이터 타입이어서 2라운드까지는 늘 그랬듯이 서로 치고받고 했는데, 다만 펀치를 좀 많이 맞는다 싶은 정도였어. 그래도 휴식시간에는 평소와 다름없어 보였는데. 3라운드에 들어서, ……그래, 일 분쯤 지났을 때였지, ……코너에 몰려 상당히 얻어맞았어. 그렇지? 그래서 한 번 스탠드인 채로 다운을 뺏겼고, —그리고 재개하자마자 카운터에서 심한 하이킥을 맞았지. 그래. 당신도 알잖아? 난 시합장에 있었는데, 소리가 정말 굉장했어. 떡갈나무처럼 단단한 나뭇가지가 부러지는 것 같은 마른 소리가—뭐라고 해야 할까—정말 쾅 소리가 들리는 느낌이었어. 그런 KO는 그때 말고 한 번도 본 적이 없어. 카운트도 없었어. 쓰러져서는 그대로 눈이 뒤집어진 채 움직이질 않았어. 세컨드들과 난 바로 달려갔지. 눈물이 마구 쏟아졌어. 난 공이 울린 것도 몰랐어. 물론 울렸겠지만 전혀 기억이 없어. 경기장 안이 온통 술렁거리고, 상대방 선수도 이겼다고 기뻐하다가 그가 움직이질 않으니까 걱정이 되는지 이쪽을 살펴보더라고. ……킥복싱 시합이라지만 가벼운 체급에서는 생각보다 그런 일이 잘 없잖아. KO를 당해도 잠시 있다 비틀비틀 일어나는 정도고. 링 닥터가 와서 여기저기 살펴보는 사이 정신을 차렸는데, 눈이 벌써 풀어져 있는 거야. 내 쪽도 보긴 했지만. 그 모습을 잊을 수가 없어. 분명히 앞뒤의 기억이 전부 사라진 거야. 뇌세포라는 건 마치 그, 두부? 왜 있잖아, 일본요리에 쓰는 그 하얀 거, 그런 게 물에 담긴 모양이잖아? 그게 그렇게 세게 두개골

벽에 부딪쳤으니 멀쩡한 게 오히려 이상하지. 내가 해줄 수 있는 건 그저 이름을 부르면서 옆에 있어주는 것밖에 없었어. 너무 불쌍했어. ……그리고 병원까지 모두 같이 따라가서 검사하는 동안 기다렸어. 실려간 병원은 이상하게 노망 든 노인들이 많이 입원해 있는 곳이었는데, 화장실에 갔을 때 어두운 병실 안에서 그들이 잠자코 이쪽을 보고 있었던 게 기억이 나. 별건 아니지만 이상하게 지금까지 인상에 남아 있어. ……그리고 자세한 검사는 다음 날 하기로 하고, 그날 밤은 병원에서 안정을 취하게 되었지. 그는 돌아가고 싶어했지만 어쩔 수 없었어. —그땐 정말 멀쩡했어. 정신은 아직 좀 몽롱한 모양이었지만, 보통 때처럼 똑같이 웃고 있었고. 다들 혹시 자기가 진 걸 모르는 게 아닐까 하고 고개를 갸우뚱했어. 굳이 확인하지는 않았지만 말이야. 내일 말하지 뭐, 하는 생각이었지.

"그래서 모두 일단 돌아갔어. 나도. 그 무렵엔 라이덴에 살았어. 대학원에 다니고 있었지. 그래. 그래서 내가 가진 열쇠로 열고 들어가서 J의 방에서 잤어. 나랑 사귀기 시작한 지 일 년쯤 지났을 때 방을 빌려서 나왔었거든. 돈도 조금씩 들어오게 되었고. —그리고, ……뭘 했더라? 잠이 안 와서 책도 읽고 담배도 피우다가, ……샤워하고 슬슬 자려고 했어. 보통 때는 아침에 샤워를 하는데 J를 부둥켜안았을 때 바셀린이 묻는 바람에. 그랬는데 문 열쇠를 짤가닥거리는 소리가 들리는 거야. 처음엔 도둑인가 싶어 무서웠어. 그런데, 바로 그였어. —물론 깜짝 놀랐지! 믿기지 않아서 큰 소리를 질렀어. 괜찮은 거야? 하고 몇 번이나 물었어. 하지만 그는 웃기만 하고 아무것도 안 들리는 눈치였어. 티셔츠랑 팬티만 입은 나를 보고는 바로 달려들었어. 그래서 난 일단 안정시키고 침대에 앉히고는 또 이것저것 물어보았어. 병원 허락을 받고 온 거냐, 다른 사람들도 당신이 여기 온 거 아느냐, 그런 것들. 그는 귀찮은 듯 몇 번이나 고개를 끄덕였어. 나중에 병원에서 들은 얘긴데, 샤워를 하는 척하다가 그냥 그대로 빠져나온 거였어. 그땐 알 도리가 없지. 그렇게 고개를 끄덕이는데 믿을 수밖에. 게다가 정말 멀쩡해 보였거든. —그래서, 어쨌든 그는 나를 안고 싶어 했어. 내 몸에 손을 뻗어 가슴도 만지고 키스를 하고, ……하지만 딱 잘라 거절했어. 그렇잖아. 방금 전까지 병원에 있던 사람인걸. 사람들은 그가 죽은 후에 내가 무슨 발정 난 암캐라도 되는 양 비난해댔지만, 말도 안 되는 소리야. 그가 들어주질 않았다고. 하도 졸라대는 바람에 나중엔 힘이 다 빠질 지경이었어. ……난 그땐 정말로 하고 싶지 않았어. 변명 같지만, 그냥 빨리 그를 재우고 싶어서 할 수 없이 OK한 거야. 처음엔 입으로 해줄까 생각도 했어. 하지만 그 말도 안 들었지.

"— 섹스 자체는 보통 때와 별다를 것 없었어. 격렬하고 즐거웠어. 그의 감촉은 지금도 생생히 기억이 나. 샤워도 안 하고 병원으로 직행했으니까 땀과 바셀린이 섞여서 냄새도 나고 끈적거리기도 하고, ……불빛을 받으니까 윤기가 났어. 근육이 단단하고 싱싱했어. 정말로. 충실한 젊은 생명이 안에서 빛을 발하는 것 같았어. ―그리고, 그 무게. ……그게 살아 있는 사람의 중량이지. 그 순간까지 그 사람이 살아온 것을 그 묵직한 무게 이상으로 증명해주는 건 또 없을 거야. 그것만은 이제 아무리 떠올리려 해도, 사진을 봐도 영상을 봐도 되찾을 수가 없어. ―시간? 기억 안 나지만, 한 이삼십 분 정도 아녔을까? 앞뒤 안 가리고 달려들어서 내 몸 구석구석을 애무하고 키스마크를 잔뜩 만들어놓았어. J가 죽은 후에 난 그 자국들이 하나씩 사라져가는 걸 보고 매일 울었어. 어딘가에 아직 지워지지 않고 남아 있는 게 있을지도 모른다고 내 몸 구석구석을 살펴보았어. ……그리고, ……그래, 마지막에 페니스를 뺐을 때 정말 엄청난 양의 정액이 나왔어. 그는 섹스할 때는 항상 콘돔을 끼고 했어. HIV에 감염되면 시합에 못 나가게 된다고 회장이 철저하게 주의를 줬나봐. 회장이 그런 걸 가르쳐줬다는 것도 생각해보면 이상하지. 대체 언제 가르쳐준 걸까? 입 안이 그렇게 상처투성이였으니까 별 의미 없었을지 몰라도, 어쨌든 그는 항상 그것만은 꼼꼼하게 잘 지켰어. ―그래, 그 양이 너무 많아서 그도 침대 위에서 한참 신이 났었어. 콘돔을 이렇게 돌려 묶어서 나한테 보여주는 거야. 피가 조금 섞여 있었지. 그것도 잘 기억하고 있어. 그러고는 이렇게 옆으로 흔들더라고. 그래, 바로 그거, 최면 술 걸 때 회중시계같이 말이야. 난 그래서 장난치는 기분으로 그게 움직이는 대로 왼쪽 오른쪽 눈으로 쫓다가 마지막엔 꼭 정말로 최면술에 걸린 것처럼 픽 하고 잠든 척했어. 그랬더니 그는 또 그게 재미있는지 배를 움켜쥐고 웃더니 그대로 침대에서 떨어져버렸어. 뒤통수부터, 콘크리트 바닥 위에 직통으로 말이야. 그래, 바로 그런 식으로. 그때도 쿵 하는 큰 소리가 났어. ─그 때문이라고 생각해? 아냐, 역시 처음부터 이상했어. 떨어지는 모습이 어딘가 이상했다고. 균형을 못 잡은 느낌, 꽃병이 손에 닿아서 쓰러질 때처럼, 제자리로 돌아가려는 힘이 전혀 보이지 않았는걸. 그래. 난 당황해서 얼른 침대 밑을 내려다봤어. 그랬더니 그는, 양다리를 올리고 몸을 뒤집어서 엉덩이를 위로 한 채로 또 웃고 있었어.

"……그리고 나서 그는 화장실에 갔어. ……기어가서 몸을 일으키고 라디오에서 나오는 음악에 맞춰 휘파람을 불면서. 이것도 나중에 생각한 건데, 그때 그가 불던 휘파람이 음이 맞지 않았어. 그리고 오줌 누는 소리가 났고, 샤워 소리가 났어. 난 그대로 이불을 뒤집어쓰고 그가 오기를 기다렸는데, ……그만 잠이 들고 말았어. 한바탕 하고 난 뒤라 피곤했었나 봐. ─그렇다 해도 한 삼십 분, 아니, 기껏해야 십오 분 정도였어. 일어나보니 아직 샤워 소리가 들렸고, ─샤워를 느긋하게 하나보다 생각했지, 처음엔. 시합한 뒤였으니까. 그런데 아무래도 시간이 너무 걸리기에 걱정이 돼서 이름을 불러보았어. 물론 대답이 들릴 리 없지만, 그런 걸 떠나서 전혀 인기척이 느껴지지 않았어. 휘파람 소리도 안 들리고. 그래서 갑자기 불길한 예감이 들어서 알몸으로 욕실 쪽으로 가보았어. 문고리는 걸려 있지 않았어. 들여다보니 그는, 샤워기를 틀어놓은 채 물이 흥건하게 고인 욕실 바닥에 엎어진 채 쓰러져 있었어. 병원에서 먹은 것도 다 토해놓고. ─그때 이미 죽은 상태였던 거야. 얼굴이 칙칙한 보라색으로 변해 있었고, ……실금했었으니까. ……맥도 없었어. 물론 서둘러 구급차를 불렀지만 구급대원도 처음부터 이미 포기한 눈치였어. 그래서 내가 소리소리 질러댔지만.……

"─다들 나를 탓했어. 마치 내가 죽인 것처럼. 그래, 모두가 말이야. 나를 옹호해준 사람도 있긴 했지만, 그건 정말 몇 안 돼. 말을 못하니까 더 세심하게 살펴줬어야 했다고. ……나도 나 자신을 얼마나 책망했는지 몰라. 당연하잖아. 누구보다도 그를 사랑했으니까! 하지만 도대체 내가 어떻게 했어야 했다는 거지. 그는 내가 설득해도 절대로 병원으로 돌아가지 않았을 거야. 그런 상황에선 누구라도 병원 허락을 받고 나온 거라고 생각하지 않겠어? ─뭐, 됐어. 이제 와서 그런 게 무슨 소용이야. 킥복싱 따윌 하는 사람치고 제대로 된 사람은 없으니까. 말이 통하지가 않아. 그렇지? 상식적으로 생각하면 어쩔 수 없는 일 아냐? …… 너무 슬퍼서 반년 정도 아무것도 못 했어. 몸무게도 팔 킬로나 줄었어. 지금은 조금 돌아왔지만. ─몰라, 그의 신원은 전부 회장이 맡고 있었으니까 나는 아무것도 관여할 수 없었어. ……묘소에는 가. 달마다 빠지지 않고. 당신은 가봤어? 그래? 그럼 나중에 장소 가르쳐줄 테니까 꼭 가줘. 응? 'J'라고 새겨져 있으니까. ―누구긴, 회장이지. 참 고약한 얘기야. ……"

August 13, 2005, in Rotterdam

의족

프리타운에 닿았을 때 '흰 양말'은 왼쪽 다리 정강이 아래를 잃은 상태였다. 도망쳐들어간 숲속에서 반정부군 소년병들과 맞닥뜨려, 손도끼로 오른팔과 함께 잘려나간 것이다.

"이봐! 조금 기다리면 더 시커멓고 좋은 게 생길 거야!"

풀려났을 때는 아직 가죽 한 겹이나마 덜렁거리며 매달려 있었는데 찢어진 채 질질 끌고 가는 게 너무 아파서 도중에 자기 손으로 잘라내 울면서 덤불 속으로 던져버리고 왔다.

팔은 손목에서 십오 센티미터 정도 위가 절단되었다. 손도끼로 네 번이나 마구 내려치면서 마침내 뼈가 부서진 부위였다. 두 번 내리쳤을 때의 깊은 상처가 덩어리로 뭉쳐 위축된 팔 끝에 통증과 함께 딱딱하게 굳어 있다. 또 한 군데의 실패한 타격에서 입은 상처는 없어진 손목 부근 어딘가였을 것이다. 그것이 아직도 아픈지 어떤지는 알 수 없다.

다리는 그보다 더 정확하게 노린 지점에서 그대로 잘려나갔다. 무슨 이유인지 남자의 다리는 태어날 때부터 무릎 밑에서 발끝까지가 백인처럼 하얬기 때문에 언제부터인가 '흰 양말'이라는 별명이 붙었다. 그것이 싫어서 어렸을 때는 숯으로 검게 칠해 감추곤 했다.

붙잡혔을 때, 꼭 그것 때문은 아니었지만, 손도끼를 건네받은 소년은 무심코 그 흰 경계선 부분을 도끼날의 과녁으로 삼았다. 과녁을 맞히느라 힘을 조정한 탓에 다리를 잘라내는 데 여덟 번이나 손도끼를 내려쳐야 했다. 사실 도중에 거품을 물고 기절해버리는 바람에 횟수를 끝까지 세지 못했지만. 이제 남자의 왼쪽다리는 마치 잃어버린 끝부분까지 원래 같은 색깔이었던 양 새까맣다.

마을로 돌아왔을 때 자신이 어떻게 해서 살아남은 건지 '흰 양말'은 전혀 기억할 수 없었다. 대량의 출혈, 혹은 안도감으로 인해 그곳에 쓰러져버렸는데 그때부터 자신이 어떻게 회복한 것인지 알 수 없었다. 누군가의 도움을 받은 건 분명할 텐데 도저히 믿어지지 않았다. 가족은 모두 죽임을 당했다. 가끔 멍하니 그런 것을 떠올리지만 생각해내려 하면 영락없이 숲속에서 일어난 일 쪽으로 흘러가는 바람에 기억이 끊어져버렸다.

'흰 양말'은 보통 때는 엠프티 캠프에 머물렀는데, 배급만으로는 양이 차지 않아서 지금은 마을에 나가 같은 처지인 사람들과 함께 거리에서 동냥을 하고 있다. 일도 없어서 오직 사람들의 인정에 매달리는 실정인데 그런 사람들이 너무나 많아 인정을 나누어 받기도 여간 힘든 게 아니다. 죽임을 당한 사람들은 그들을 기억하는 사람들도 죽어가는 탓에 점차 잊혀지고 있다. 사회의 쓸모없는 인간으로 개조되어 살아가고 있는 그들은 언제까지나 당시의 공포를 간직한 채 거리 한구석에 운집해 있다. 그것은 기억의 아픔과도 같다. 사람들은 그들을 보고 싶어하지 않는다. 반정부군이 계획한 이 독창적인 작전은 목적한 바를 완전히 실현했다.

이 년 전에 '흰 양말'은 그와 비슷하게 오른쪽 다리 대퇴부를 절단당한 한 남자와 가깝게 지냈다. 그 남자가 죽은 후에 의족을 물려받았는데 길이가 길어서 자기 손으로 직접 잘라서 조정했다. 의족이라 해도 병원에서 정식으로 만든 것이 아니라 죽은 남자가 직접 만든, 절단된 다리 끝을 받치는 넓적한 받침대에 지팡이 같은 나무토막이 붙어 있는 볼품없는 것이었다. 죽은 남자는 이것을 절묘하게 조정해가며 지팡이도 짚지 않고 거리를 보란 듯이 활보했다.

손도끼로 나무토막을 자를 때는 기분이 좋지 않았다. 자기 다리에서 부족한 부분의 길이를 재어 미리 표시를 해놓았지만 그걸 정확하게 자르는 건 쉬운 일이 아니었다. 자르고 남은 부분은 달라고 하는 사람에게 주었다.

낡은 천을 여러 겹 겹쳐서 만든 받침대에 다리를 올려놓고, 이빨과 왼손과 끝이 잘려나간 오른손을 써서 어찌어찌 끈으로 고정하고 조금 걸어보았다. 참을 수 없이 아프다. 끝을 조금 더 잘라 짧게 만드니 꽤 나아졌다. 천을 두껍게 하니 더욱 좋아졌지만 안정감이 그다지 좋지 않아서 이럴 바에야 차라리 지팡이를 짚고 걷는 게 낫지 않을까 하는 생각도 들었다.

양쪽 다리를 앞으로 내민 채 벽에 기대고 앉아 있으니 기묘한 느낌이 들었다. 더럽기는 해도 오른쪽 다리는 변함없이 양말을 신은 것처럼 하얗다. 그 옆에 죽은 동물의 뼈처럼 바싹 마른 나무토막이 나란히 누워 있다.

잘린 다리는 지금쯤 내가 내던진 덤불 속 어딘가에서 뼈가 되어 있겠지, 하고 '흰 양말'은 생각했다. 없다는 것은 이상한 감각이다. 아예 없는 것보다 없다는 표시가 있는 쪽이 더욱 강하게 느껴지게 마련이다.

'흰 양말'은 그 이후로 줄곧 의족을 달고 살았다. 단면의 통증은 여전했지만, 요령을 익히자 못 견딜 정도는 아니었다. 이 년쯤 지나자 완전히 익숙해져서 마치 진짜 다리처럼 어디든 자유로이 걸어다닐 수 있었다. 가끔 심하게 쑤셨지만 통풍 환자들도 다리 속에 그런 통증을 안고 있으니, 그의 다리와 의족 사이에 그것이 잠재해 있다 해서 진짜 다리가 아니라고는 말할 수 없는 터였다.

그러던 어느 날 '흰 양말'은 배가 고파서 숲속으로 망고 열매를

따러 갔다. 이미 이틀째 제대로 먹지 못한 상태라 배고픔을 참을 수가 없었다. 그는 황열병黃熱病에 걸려 있었다. 도중에 울퉁불퉁한 길을 빠져나와 비틀거리면서 겨우 잡목림이 우거진 곳에 이르렀을 때, 갑자기 왼쪽 다리가 지면에 박혀 빠지지 않았다. 지금까지 어디 걸리거나 한 적은 있어도 박힌 것은 처음이라 그는 왠지 이상한 재미를 느꼈다. 그런데 어떻게든 빼내려도 해도 좀처럼 뺄 수가 없었다. 오른쪽으로 비틀어보아도 왼쪽으로 비틀어보아도, 마치 땅 속에서 뭔가가 붙잡고 있기라도 한 듯 꼼짝도 하지 않는다. 마지막으로 있는 힘을 다해 다리를 들어올렸더니 의족만 그 자리에 남긴 채 뒤로 자빠져 엉덩방아를 찧고 말았다.

심은 지 얼마 안 되는 어린 나무처럼 '흰 양말'의 왼쪽 다리는 지면에 똑바로 꽂혔고, 때가 꼬질꼬질 낀 가지각색의 누더기가 풀어져 받침대에서 흘러내렸다. 이번에는 손으로 붙잡아당겼지만 본시 아픈 몸인데다 한쪽 손과 한쪽 다리만으로 변변히 힘이 들어갈 리가 없다. 다리가 미끄러지고 또다시 엉덩방아를 찧었다. '흰 양말'의 이마에 비창悲愴한 땀이 배어나왔다. 눈앞이 점점 흐릿해졌다. 삼십 분이나 더 밀고 당기기를 되풀이했지만 그때마다 엉덩방아를 찧고, 결국 그 자리에 고꾸라졌다. 그러고는 검은 핏덩어리를 토했다. 다음번에 겨우겨우 일어났을 때, '흰 양말'은 더이상 지면에 서 있는 그 기묘한 나무토막을 자기의 다리라고 여기지 않았다.

'흰 양말'은 그날 그렇게 오른쪽 다리 하나로 몇 번이나 넘어지면서 겨우 프리타운까지 돌아왔다. 마을 입구에서 힘이 빠져 정신을 잃고는 두 번 다시 눈을 뜨지 않았다.

숲속의 기묘한 나무토막에는 그후 나방이 앉고 새가 쉬고 벌레가 기어다니고 뱀이 기어올랐다. 언제였던가, 족제비가 뿌리를 파헤치자 그것은 가볍게 흙을 튀기면서 천천히 그 자리에 쓰러졌다. 마침내 우기가 찾아와 누더기 덩어리가 비에 떠내려가고 짧은 벌거숭이 나무토막 하나가 뼈처럼 그 자리에 남겨졌다.

비가 세차게 내릴 때마다 땅이 나무토막을 삼켜갔다. 부패는 나날이 심해져갔다. 우기가 지나고 사람들이 그곳을 지날 무렵에는 이미 그것을 알아보는 사람은 없었다.

# 어머니와 아들

공단 임대아파트의 한가운데에는, ㄷ자 모양으로 서 있는 세 동 안쪽에 아스팔트로 포장된 주차장과 플라타너스 나무로 둘러싸인 공원이 있다. 공원에 있는 건 거의 다 그 아파트에 사는 아이들이다. 평일 오후에는 유치원을 다녀온 아이와 함께 온 어머니들의 모습도 자주 눈에 띈다. 국경일인 오늘은 간혹 아버지들의 모습도 섞여 있다.

모래밭에서는 아직 유치원에 들어갈 나이가 안 된 어린아이들이 각기 다른 방향을 향해 앉아 구멍을 파거나 산을 쌓거나 하면서 놀고 있다. 옆에서 그 모습을 지켜보고 있는 젊은 어머니들은 서로 머리를 맞댄 채 가끔 고개를 끄덕이거나 놀란 시늉을 해 보이면서 열심히 무슨 이야기인가를 하고 있다. 그중 한 사람이 "우리 남편이, ……"라는 듯 넓은 공터에서 조금 나이가 위인 아이들과 공놀이를 하고 있는

「어머니와 아들 1-1」

재떨이 안에는, 허리가 꺾인 맨솔 담배 네 개비가 서로 겹치듯 누워 있다. 넷 다 아직 충분히 길고 새것 같은 걸 보면, 꼭 그 꺾인 부분 때문에 불이 갑자기 꺼져버린 것 같다. 필터에는 광택을 띤 엷은 핑크색 립스틱 자국이 남아 있다. 네 개 중 두 개는 뭉개져 있고, 한 개는 흐릿하고, 나머지 한 개는 그 복잡한 기복을 지문처럼 선명하게 드러내고 있다.

번화가에서 가까운 패밀리레스토랑은 저녁 다섯시를 지났을 때 거의 만석이 되었다. 날이 일찌감치 저물어서, 건너편 잡거빌딩의 네온사인은 반쯤 벌어진 채 굳어버린 불꽃놀이 화약처럼, 낮 동안 내내 이어진 우울한 기운을 털어내고 지금은 어수선한 색채를 뱉어내고 있다. 유리창은 수 밀리미터의 두께 속에 가게의 안과 밖 양쪽을 다

「어머니와 아들 2-1」

창밖에는, 어제 오후부터 내리기 시작한 비가 끊어진 쇠고랑의 파편처럼 무방비하게 엎어져 있는 지면에 각기 크기가 다른 빗방울로 내려치고 있었다. 빗소리는 그 무수한 착지가 빚어내는 것이겠지만, 하늘에는 마치 낙하하는 물방울끼리 서로 부딪치는 소리인 양 널리 울려퍼진다. 구름에서 지면까지 이루어지는 그 운동의 무음無音에는 분명히 그러한 착각으로 메울 수밖에 없는 거리가 있었다.

그제쯤 가장 절정일 거라고 하던 벚꽃나무는 이틀 동안 만개한 꽃의 대부분을 잃어버렸다. 순간 한 장의 꽃잎이 우연히 내려친 물방울의 무게를 이겨내지 못하고 꽃받침에서 떨어져나간다. 그러한 미세한 일들이 끊임없이 되풀이되어, 질퍽한 지면을 빛바랜 분홍으로 물들이고 있다.

「어머니와 아들 3-1」

거리의 도로는, 항상 무슨 이유에서인지 파헤치고 다시 묻고 하는 일을 되풀이하기 때문에, 지금은 여기저기 때워놓은 자국투성이다. 때문에 눈이 녹은 아스팔트 여기저기에 물웅덩이가 생겼고, 그 탁한 수면에는 깨어난 지 얼마 안 되는 태양이 지저분한 얼굴을 비추고 있다. 시계는 정확하게 정오를 지난 참이었다.

논 위의 눈은 땅의 기복에 민감하게 반응하며 듬성듬성 남아 있다. 멀리서 보면 잘못 떼어낸 스티커의 흰 자국 같다. 가게 처마 끝이나 민가의 담 밑에 쌓인 눈들은 마치 그 아래 죽은 동물의 시체라도 감추고 있는 듯 몸을 굽혀 웅크리고 있다. 표면은 희뿌옇게 더러워져 있었지만 녹으면서 그것도 함께 흘러간 모양이다. 밤 동안 다시 얼어붙어 지금은 거북이 등처럼 딱딱해졌다. 뜰 안에 세워놓은 눈사람은 얼굴

「어머니와 아들 4-1」

사방이 온통 새하얀 공간의 한가운데에는, 유리처럼 투명한 벽으로 둘러싸인 정육면체 방이 있다. 실내에는 한 변이 2센티미터 정도인 작은 큐브가 무수히 흩어져 있다. 색깔은 제각기 다르다. 큐브는 여기저기 산처럼 높이 쌓여 있거나, 또는 난잡하게 한 움큼씩 덩어리져 있다.

방을 둘러싸고, 광택이 없고 빨려들어갈 정도로 농밀한 검은 입방체가 앞뒤양옆으로, 혹은 비스듬하게 자전하면서 천천히 시계방향으로 선회하고 있다. 원형 궤도가 아니라 방의 벽면을 따라 움직이는데, 지면에서의 높이는 1미터 반 정도다. 작게는 사람 심장 크기 정도에서 크게는 성인 남자가 겨우 끌어안을 수 있을 정도의 크기까지, 시간이 흐름에 따라 불규칙하게 변화한다.

「어머니와 아들 0-1」

남자를 슬쩍 손가락으로 가리켰다. 여자들은 잠시 흥미진진하게 몸을 앞으로 내밀었다가 갑자기 웃음을 터뜨리며 "어머나!" 하면서 그 여자의 어깨를 살짝 쳤다.

"엄마, 이제 어디 가?"

아이는 한 입 남은 도너츠를 아직 채 삼키지도 않은 채, 아까부터 아무 말 없이 골똘히 무슨 생각에 잠겨 있는 어머니의 스웨터를 어리광을 부리며 잡아당기고 있다. 나란히 놓여 있는 벤치 세 개 중, 양옆 벤치에는 아무도 앉지 않았다.

"얘가 왜 이래? 하지 마. 이거 좀 놓고. ─그만 먹을 거야?"

"벌써 다 먹었는데 뭐."

아이는 빈 봉지를 뭉쳐서 벤치 판자 사이에 쑤셔넣고는 소매로 쓰

「어머니와 아들 1-2」

일요일 오후의 시간은, 그 꽃잎들로 범벅된 채 진흙 속을 기어가는 것 같다.

"엄마, 이제 어디 가?"

아이는 한 입 남은 인스턴트 라면을 아직 채 삼키지도 않은 채, 아까부터 아무 말 없이 골똘히 무슨 생각에 잠겨 있는 어머니의 파카를 어리광을 부리며 잡아당기고 있다. 정각에 맞춰 튀어나온 꼭두각시 인형들이 춤을 추는 가운데 벽에 걸린 시계가 두시를 알렸다. 결혼선물로 친정부모가 보내준 것이다.

"얘가 왜 이래? 하지 마. 이거 좀 놓고. ─그만 먹을 거야?"

"벌써 다 먹었는데 뭐."

아이는 젓가락을 라면 국물 속에 던져넣고 소매로 쓰윽 입가를 닦

「어머니와 아들 3-2」

이 떨어져나간 채, 오랜 시간이 지난 후 바닷속에서 끌어올린 석상처럼 모양이 일그러졌다.

일방통행인 좁은 일차선 도로에는 가끔 생각난 듯이 자동차가 지나간다. 그중에는 산에서 내려왔는지 신기하게 아직 깨끗한 눈이 덮인 것도 있다.

"엄마, 이제 어디 가?"

아이는 한 입 남은 초콜릿을 아직 채 삼키지도 않은 채, 아까부터 아무 말 없이 골똘히 생각에 잠겨 있는 어머니의 머플러를 어리광을 부리며 잡아당기고 있다. 깡충깡충 뛸 때마다 젖은 발바닥이 찰싹찰싹 소리를 냈다. 외출용으로 새로 산 파란색 장화에는 벌써 여기저기 진흙이 묻어 있다.

「어머니와 아들 4-2」

지배하고 있다. 안쪽 벽에는 그와 직각으로 전면에 거울이 붙어 있다. 분명히 거울은 창문보다 더 정확하게 가게 안 모습을 재현해주고 있지만, 유리창에서 자신의 모습을 확인한 사람들은 거울을 보면 왠지 그것이 더 안쪽으로 이어지는 다른 방의 다른 사람들인 듯 느끼곤 했다.

"엄마, 이제 어디 가?"

아이는 한 입 남은 프루츠 파르페를 아직 채 삼키지도 않은 채, 아까부터 아무 말 없이 골똘히 무슨 생각에 잠겨 있는 어머니의 스웨터를 어리광을 부리며 잡아당기고 있다. 소파 옆에 놓여 있는 크고 작은 종이봉투가 소리를 내며 찌그러졌다.

"얘가 왜 이래? 하지 마. 이거 좀 놓고. —그만 먹을 거야?"

「어머니와 아들 2-2」

왔다.

"얘가, 그러면 어떡해. 더럽잖아. ……"

그러면서 어머니는 주머니에서 손수건을 꺼내 아이의 입을 닦아주었다. 분홍색 천이 기름으로 희미하게 더럽혀졌다. 아이는 천연덕스럽게 입을 삐죽 내밀었다. 그러고는 다시 물었다.

"응? 어디 가냐니까?"

어머니는 애써 웃음을 지어 보이며 답했다.

"으음. ……비밀이야."

"에이, 아직도 안 가르쳐줘? 왜?"

아이는 뼈가 붉어진 어머니의 손을 두 손으로 움켜쥐더니 물결치듯이 흔들면서 양볼을 잔뜩 부풀렸다.

「어머니와 아들 3-3」

"얘가 왜 이래? 하지 마. 이거 좀 놓고. ─그만 먹을 거야?"
"벌써 다 먹었는데 뭐."
아이는 초콜릿 포장지를 뭉쳐서 점퍼 주머니에 쑤셔넣고는 소매로 쓰윽 입가를 닦았다.
"얘가, 그러면 어떡해. 더럽잖아. ……"
그러면서 어머니는 주머니에서 손수건을 꺼내 아이의 입을 닦아주었다. 옥색 체크무늬 천에 초콜릿이 희미하게 묻어났다. 아이는 천연덕스럽게 입을 삐죽 내밀었다. 그러고는 다시 물었다.
"응? 어디 가냐니까?"
어머니는 애써 웃음을 지어 보이며 답했다.
"으음. ……비밀이야."

「어머니와 아들 4-3」

지금, 360도 모든 방향에서 갖가지 빛깔의 선이 방을 제외한 공간 전체를 왕래하고 있다. 곡선이 없고 전부 직선인데, 각각 독자적인 리듬으로 굴절을 거듭하면서 가끔 가지를 치거나 교차할 때마다 서로 색깔이 섞인다. 그런 운동이 끝없이 먼 곳까지 펼쳐져 있다.
"엄마, 이제 어디 가?"
아이는 한 입 남은 체리핑크색 큐브를 아직 채 삼키지도 않은 채, 아까부터 아무 말 없이 골똘히 뭔가 생각에 잠겨 있는 어머니의 머리칼을 어리광을 부리며 잡아당기고 있다. 흠뻑 젖은 두 나체에서 흘러내린 물이 주위에 얕은 웅덩이를 만든다. 수면에는 마치 잉크를 떨어뜨린 것처럼 여러 개의 큐브 색깔이 비친다. 바닥이 물을 튕겨내 적당한 양으로 갈라놓으면, 그것들이 또 각기 다른 물웅덩이와 만나 잠시

「어머니와 아들 0-2」

"에이, 아직도 안 가르쳐줘? 왜?"

아이는 뼈가 불거진 어머니의 손을 두 손으로 움켜쥐더니 물결치듯이 흔들면서 양볼을 잔뜩 부풀렸다.

"아빠는……?"

보도는 흰 선으로만 표시되어 있다. 전신주 앞에서는 거의 공간 여유가 없어서 차도로 조금 벗어날 수밖에 없었다.

버스정류장까지 가는 길은 언제나처럼 단조로웠다. 집 대문을 나와서 왼쪽으로 한 번 꺾어져 큰 도로로 나온 후에는 계속 똑바로만 가면 된다. 주위에 가로막는 것이 하나도 없기 때문에 걸어가는 둘의 모습이 눈에 잘 띄었다. 왼쪽 풍경은 온통 논이다. 도로를 따라 몇 십 미터 간격으로 우뚝 서 있는, 네 개의 기둥으로 떠받친 거대한 송전탑이

「어머니와 아들 4-4」

윽 입가를 닦았다.

"얘가, 그러면 어떡해. 더럽잖아. ……"

그러면서 어머니는 주머니에서 손수건을 꺼내 아이의 입을 닦아주었다. 꽃무늬가 그려진 하얀 천에 기름이 흐릿하게 묻어났다. 아이는 천연덕스럽게 입을 삐죽 내밀었다. 그러고는 다시 물었다.

"옹? 어디 가냐니까?"

어머니는 애써 웃음을 지어 보이며 답했다.

"으음. ……비밀이야."

"에이, 아직도 안 가르쳐줘? 왜?"

아이는 뼈가 불거진 어머니의 손을 두 손으로 움켜쥐더니 물결치듯이 흔들면서 양볼을 잔뜩 부풀렸다.

「어머니와 아들 1-3」

"벌써 다 먹었는데 뭐."

아이는 약제용 숟가락처럼 기다란 스푼을 빈 컵에 푹 집어넣고는 소매로 쓰윽 입을 닦았다.

"얘가, 그러면 어떡해. 더럽잖아. ……"

그러면서 어머니는 주머니에서 손수건을 꺼내 아이의 입을 닦아주었다. 노란 줄무늬 천이 생크림으로 희미하게 더럽혀졌다. 아이는 천연덕스럽게 입을 삐죽 내밀었다. 그러고는 다시 물었다.

"응? 어디 가냐니까?"

어머니는 애써 웃음을 지어 보이며 답했다.

"으음. ……비밀이야."

"에이, 아직도 안 가르쳐줘? 왜?"

「어머니와 아들 2-3」

애매하게 주위를 맴돌았다.

"얘가 왜 이래? 하지 마. 이거 좀 놓고. —그만 먹을 거야?"

"벌써 다 먹었는데 뭐."

아이는 남은 껍질을 큐브 더미 속에 쑤셔넣고는 손바닥으로 쓰윽 입가를 닦았다.

"얘가, 그러면 어떡해. 더럽잖아. ……"

그러면서 어머니는 새로 생성된 큐브를 꺼내 아이의 입을 닦았다. 손가락 사이에 낀 면에 과즙 같은 빨간색이 흐릿하게 묻어났다. 아이는 천연덕스럽게 입을 삐죽 내밀었다. 그러고는 다시 물었다.

"응? 어디 가냐니까?"

어머니는 애써 웃음을 지어 보이며 대답했다.

「어머니와 아들 0-3」

아이는 뼈가 불거진 어머니의 손을 두 손으로 움켜쥐더니 물결치듯이 흔들면서 양볼을 잔뜩 부풀렸다.

"아빠는……?"

테이블을 사이에 놓고 이인용 소파가 마주 놓인 자리가, 창문을 왼쪽으로 두고 여섯 개 나란히 놓여 있다. 앞에는 넥타이를 맨 오십대 남자 둘이, 뒤에는 같은 회사 사원으로 보이는 나이차가 꽤 나는 남녀가 서로 얼굴을 마주하고 있다. 오른쪽 원형 테이블 자리에는 가족들, 교복차림의 여고생들, 쇼핑을 하고 돌아가는 젊은이들이 제각기 다른 모습으로 앉아 있다. 잡다한 대화 소리를 하나의 어수선한 덩어리로 뭉뚱그리듯이 피아노와 현악기들, 거기에 드럼과 베이스로 테마만 간단히 편곡한 클래식 '명곡'이 흐르고 있다. 가끔 손님이 왔을 알

「어머니와 아들 2-4」

멀리까지 이어져 있다.

역으로 가는 버스는 하루에 세 번, 아침, 낮, 저녁에 있다. 이 시간이면 낮 시간 버스를 탈 수 있다.

"엄마, 빨리 말해줘. 어디 가냐구. 응?"

아이는 이번에는 어머니가 왼쪽 손에 낀 반지를 만지작거리기 시작했다. 손가락으로 쥐고 넷째손가락 주위로 빙글빙글 돌린다. 그리고 반지를 나사처럼 조금씩 움직여 두번째 관절을 넘어가게 하려는 참에, 어머니는 "왜 이러니?" 하며 반지를 다시 밀어넣었다. 그게 재미있는지 아이는 소리를 지르며 다시 똑같은 짓을 하려고 했다. 어머니는 할 수 없다는 듯 "그만하라니까 애가 왜 자꾸 이래" 하고 장난치듯이 아이 손에서 자기의 손을 빼냈다. 그게 또 아이를 더욱 즐겁게 했다.

「어머니와 아들 4-5」

"으음. ……비밀이야."

"에이, 아직도 안 가르쳐줘? 왜?"

아이는 뼈가 불거진 어머니의 손을 두 손으로 움켜쥐더니 물결치듯이 흔들면서 양볼을 잔뜩 부풀렸다.

"아빠는……?"

흘러내린 물은 큐브 더미 아래로 스며들어가 그것을 조금 미끄러뜨렸다. 네 개씩 한 층으로 67층까지 쌓여 있던 탑은 좌우로 천천히 한 차례 흔들리더니, 주위의 탑 두세 개까지 함께 끌어들이며 무너져 내렸다. 바닥에 떨어지는 물소리가 기묘할 정도로 맑고 깨끗하게 방 전체에 울려퍼졌다.

"엄마, 빨리 말해줘. 어디 가냐구. 응?"

「어머니와 아들 0-4」

"아빠는……?"

주차장에서는 1동 관리인이 무단주차한 차 유리창에 경고용지를 풀칠해 붙이고 있다.

공원 출구 그네 쪽에 서서 이야기를 주고받던 마흔이 채 안 돼 보이는 여자들이, 호기심에서라기보다 왠지 걱정스러운 듯이, 벤치에 앉아 있는 어머니와 아이의 모습을 가끔 주의깊게 살펴본다. 이 이야기가 나오면 세 여자는 항상 누구랄 것 없이, 한 사람은 팔짱을 끼고, 한 사람은 한 손으로 턱을 괴고, 또 한 사람은 양손으로 입가를 가린다. 더구나 세 사람은 자신들의 이 묘한 버릇을 서로 눈치채지 못했다.

"엄마, 빨리 말해줘. 어디 가냐구. 응?"

아이는 이번에는 어머니가 왼손에 낀 반지를 만지작거리기 시작했

「어머니와 아들 1-4」

"아빠는……?"

멀리서 신음하는 듯한 천둥 소리가 들려온다. 그러나 번개가 치지는 않았다.

"엄마, 빨리 말해줘. 어디 가냐구. 응?"

아이는 이번에는 어머니가 왼쪽 손에 낀 반지를 만지작거리기 시작했다. 손가락으로 쥐고 넷째손가락 주위로 빙글빙글 돌린다. 그리고 반지를 나사처럼 조금씩 움직여 두번째 관절을 넘어가게 하려는 참에, 어머니는 "왜 이러니?" 하며 반지를 다시 밀어넣었다. 그게 재미있는지 아이는 소리를 지르며 다시 똑같은 짓을 하려고 했다. 어머니는 할 수 없다는 듯 "그만하라니까 애가 왜 자꾸 이래" 하고 장난치듯이 아이 손에서 자기의 손을 빼냈다. 그게 또 아이를 더욱 즐겁게 했다.

「어머니와 아들 3-4」

아이는 이번에는 어머니의 왼손에 낀 금색 큐브를 만지작거렸다. 손가락으로 쥐고 넷째손가락 주위로 빙글빙글 돌린다. 그리고 큐브를 나사처럼 조금씩 움직여 두번째 관절을 넘어가게 하려는 참에, 어머니는 "왜 이러니?" 하며 큐브를 다시 밀어넣었다. 그게 재미있는지 아이는 소리를 지르며 다시 똑같은 짓을 하려고 했다. 어머니는 할 수 없다는 듯 "그만하라니까 애가 왜 자꾸 이래" 하고 장난치듯이 아이 손에서 자기의 손을 빼냈다. 그게 또 아이를 더욱 즐겁게 했다.

팔을 내리면서 어머니는 아이의 얼굴을 가만히 들여다보았다.

방 바깥에 뚜렷한 광원이 있는 건 아니지만, 공간 전체는 골고루 밝다. 실내의 큐브와 마찬가지로 갖가지 색채의 광선이 종횡무진하면서 다양한 궤적을 그려낸다. 광선의 굵기는 어느 것이나 다 같고 빛깔

「어머니와 아들 0-5」

다. 손가락으로 쥐고 넷째손가락 주위로 빙글빙글 돌린다. 그리고 반지를 나사처럼 조금씩 움직여 두번째 관절을 넘어가게 하려는 참에, 어머니는 "왜 이러니?" 하며 반지를 다시 밀어넣었다. 그게 재미있는지 아이는 소리를 지르며 다시 똑같은 짓을 하려고 했다. 어머니는 할 수 없다는 듯 "그만하라니까 얘가 왜 자꾸 이래" 하고 장난치듯이 아이 손에서 자기의 손을 빼냈다. 그게 또 아이를 더욱 즐겁게 했다.

팔을 내리면서 어머니는 아이의 얼굴을 가만히 들여다보았다.

꽃가루가 날리는 계절이 지나 사람들의 입에서 마스크가 벗겨지자, 눈 속의 꽃처럼 숨은 채 피어 있던 미소가 갑자기 눈에 띄게 되었다. 잠시 멀어졌던 눈에 그것은 너무나도 생생해서 어떻게 보면 마치 조화 같아 보이지만, 익숙해지면 똑바로 바라볼 수 있게 되는데, 해마

「어머니와 아들 1-5」

리는 벨이 울리고 벽에 붙은 숫자판에 불이 들어왔다.

"엄마, 빨리 말해줘. 어디 가냐구. 응?"

아이는 이번에는 어머니의 왼손에 낀 반지를 만지작거리기 시작했다. 손가락으로 쥐고 넷째손가락 주위로 빙글빙글 돌린다. 그리고 반지를 나사처럼 조금씩 움직여 두번째 관절을 넘어가게 하려는 참에, 어머니는 "왜 이러니?" 하며 반지를 다시 밀어넣었다. 그게 재미있는지 아이는 소리를 지르며 다시 똑같은 짓을 하려고 했다. 어머니는 할 수 없다는 듯 "그만하라니까 얘가 왜 자꾸 이래" 하고 장난치듯이 아이 손에서 자기의 손을 빼냈다. 그게 또 아이를 더욱 즐겁게 했다.

팔을 내리면서 어머니는 아이의 얼굴을 가만히 들여다보았다.

여종업원이 기름이 튀는 것을 막기 위해 종이를 둘러싼 스테이크

「어머니와 아들 2-5」

다 조금씩 품종이 빈약해지는 걸 느끼지 않을 수 없었다.

벤치에서 별로 멀지 않은 미끄럼틀 주위에는 아이를 사립초등학교에 보내는 두 가족이 있었다. 대화의 내용은 5월 황금연휴 때 함께 다녀온 사이판 여행의 추억들이다. 검게 그을린 세 소년과 두 아버지의 얼굴이 그때의 삽화처럼 빛난다.

놀이기구의 배치 때문에, 어머니들이 가 있을 수 있는 곳은 한정되어 있었다. 그리고 아이들은 그 사이에 충분히 마련된 빈 공간을 기성을 지르며 제 세상인 양 거리낌 없이 휘젓고 다닌다.

오후의 햇빛은 공원 전체에 무겁게 내려와 탄식처럼 가라앉아 있다.

누군가가 찬 축구공이 벤치 쪽으로 날아와 화단 안으로 굴러들어갔다. 얼굴을 마주 보는 아이들을 남겨놓고 남자 혼자 공을 가지러 달

「어머니와 아들 1-6」

팔을 내리면서 어머니는 아이의 얼굴을 가만히 들여다보았다.

눈은 그쳤지만 바람은 제법 찼다. 용수로에는 한 번 사용해서 접은 자국이 있는 셀로판지 같은 얇은 얼음이 깔려 있어, 커다란 가방을 든 어머니와 아이의 모습이 일그러져 보인다.

버스정류장에 다른 승객은 없었다. 정류장의 벤치에는 누가 가져다뒀는지, 이미 꽤 더럽혀지긴 했어도, 작은 방석이 두 개 놓여 있다. 하나는 빨간색, 다른 하나는 노란색이다. 바람은 들지 않지만 지붕이 햇빛을 차단해서 벤치 위는 쇠붙이처럼 차다. 옆에는 비료며 괭이 같은 농기구가 놓여 있다. 한참 전부터 그런 상태였다.

맞은편에는 비닐하우스가 늘어서 있는데, 그중 한 곳에서 새빨간 딸기를 바구니에 반쯤 채운 초로의 여자가 나왔다. 갈라진 얇은 입술

「어머니와 아들 4-6」

를 앞쪽 자리로 가져간다. 아르바이트생으로 보이는 젊은 여종업원은 철판을 내려놓고 그 위에 따로 가져온 소스를 끼얹었다. 소스가 철판에 닿자 치익 소리를 내며 튀는 걸 보고, 주문한 남자는 "와!" 하며 눈을 동그랗게 떴고, 맞은편 남자는 "대단하네" 하며 씩 웃었다. 여종업원은 "뜨거우니까 조심하세요"라고 안 해도 될 말을 교육받은 대로 덧붙였다. 그리고 돌아가다가 어머니와 아이가 앉은 테이블을 보고는 "치워드리겠습니다" 하며 빈 유리컵을 가져갔다. 테이블 위에는 흐릿하게 립스틱 자국이 묻은 커피 잔만 남았다.

뒷자리 사람들은 조금 전까지만 해도 조용히 이야기를 하고 있었는데, 갑자기 여자가 흥분하며 남자에게 화를 내기 시작했다. 어머니와 아이는 일부러 못 들은 척 무시하고 있다.

「어머니와 아들 2-6」

팔을 내리면서 어머니는 아이의 얼굴을 가만히 들여다보았다.

지붕에서 떨어지는 빗방울이 규칙적으로 베란다의 콘크리트 바닥에 남아 있는 물을 튕겨낸다. 실내에는 시계의 초침이 한 장씩 정확하게 현재를 죽여가는 소리가 울려퍼진다.

가구는 거의 없고, 텔레비전과 전화기도 없다. 있는 거라고는 흰색 플라스틱 사발을 올려놓은 작고 낡은 앉은뱅이 테이블과, 방 한구석에 흩어진 옷가지, 상자, 핸드백, 쓰레기가 가득 찬 편의점 비닐봉투, 빈 과자봉지와 도시락 용기뿐이다. 창문으로 비치는 애매한 불빛 덕분에 그것들은 겨우 각각의 윤곽을 유지하고 있다. 그제까지 봄의 기운을 받고 있던 나뭇바닥은 이제는 그 빛을 엷은 얼음처럼 둔탁하게 반사하며 차게 식어 있다.

「어머니와 아들 3-5」

사이로 하얀 입김이 집요한 기침과 함께 새어나왔다. 여자는 길을 가로질러 버스정류장 쪽으로 다가오더니 두 사람한테는 눈길도 주지 않고 옆에 놓인 농기구들 중에서 괭이 하나를 집어들고는, 지친 모습으로 허리를 펴고 다시 비닐하우스로 돌아갔다. 어머니와 아이는 일부러 못 본 척 무시하고 있다.

어머니의 시선을 눈치챈 아이는 손에서 다시 반지를 빼내려던 것을 멈추고 "엄마, 왜 그래?" 하고 고개를 갸웃했다.

어머니는 "응?" 하고 당황했다가 이번엔 자기 쪽에서 아이의 손을 잡고 손등 위에 다른 손을 얹으면서 "엄마가 좋아?" 하고 물었다.

"응, 아주아주 좋아해! 나 나중에 크면 엄마랑 결혼할 거야!"

그러고는 아이는 어리광을 부리듯 어머니의 몸에 자기 몸을 기댔

「어머니와 아들 4-7」

은 선명하며 운동 속도는 겨우 눈으로 쫓을 수 있는 정도다. 공간의 모습이 시시각각 변화한다. 방금 전까지만 해도 충분한 넓이를 확보하고 있던 장소가 잠시 눈을 돌린 사이 색색의 광선으로 메워져 있다. 궤적의 밀도가 짙은 곳은 색깔이 여러 겹으로 섞여져서 이미 탁해지기 시작했다.

검은 정육면체는 캐비닛처럼 팽창해 두 사람이 등지고 있는 벽 바로 뒤를 돌고 있다. 어머니와 아이는 일부러 못 본 척 무시하고 있다.

어머니의 시선을 눈치챈 아이는 손에서 다시 큐브를 빼내려던 것을 멈추고 "엄마, 왜 그래?" 하고 고개를 갸웃했다.

어머니는 "응?" 하고 당황했다가, 이번엔 자기 쪽에서 아이의 손을 잡고 손등 위에 다른 손을 얹으면서 "엄마가 좋아?" 하고 물었다.

「어머니와 아들 0-6」

어머니의 시선을 눈치챈 아이는 손에서 다시 반지를 빼내려던 것을 멈추고 "엄마, 왜 그래?" 하고 고개를 갸웃했다.

　어머니는 "응?" 하고 당황했다가 이번엔 자기 쪽에서 아이의 손을 잡고 손등 위에 다른 손을 얹으면서 "엄마가 좋아?" 하고 물었다.

　"응, 아주아주 좋아해! 나 나중에 크면 엄마랑 결혼할 거야!"

　그러고는 아이는 어리광을 부리듯 어머니의 몸에 자기 몸을 기댔다. 어머니는 부드러운 표정으로 "그래, ……엄마도, ……" 하고 말을 이었다. 그 순간 마치 기다리기라도 한 듯 테이블 위에 올려놓은 휴대전화가 벨소리와 함께 심하게 진동하기 시작했다. 어머니는 아이의 손을 놓고는 액정화면으로 상대방의 이름을 확인하면서 아이에게서 떨어졌다.

「어머니와 아들 2-7」

려온다. 옆을 지나가면서 순간 아이와 함께 있는 어머니의 얼굴을 슬쩍 본 남자는, 그대로 공을 주워 아이들 쪽으로 차 보내고 허둥지둥 화장실 쪽으로 모습을 감췄다. 어머니와 아이는 일부러 못 본 척 무시하고 있다.

　어머니의 시선을 눈치챈 아이는 손에서 다시 반지를 빼내려던 것을 멈추고 "엄마, 왜 그래?" 하고 고개를 갸웃했다.

　어머니는 "응?" 하고 당황했다가 이번엔 자기 쪽에서 아이의 손을 잡고 손등 위에 다른 손을 얹으면서 "엄마가 좋아?" 하고 물었다.

　"응, 아주아주 좋아해! 나 나중에 크면 엄마랑 결혼할 거야!"

　그러고는 아이는 어리광을 부리듯 어머니의 몸에 자기 몸을 기댔다. 어머니는 부드러운 표정으로 "그래, ……엄마도, ……" 하고 말

「어머니와 아들 1-7」

을 이었다. 그 순간 마치 기다리기라도 한 듯 가방 안의 휴대전화가 벨 소리와 함께 심하게 진동하기 시작했다. 어머니는 아이의 손을 놓고 는 액정화면으로 상대방의 이름을 확인하면서 아이에게서 떨어졌다.

"……여보세요."

갑작스런 호출음에 그녀의 심장 고동이 빨라졌다. 아이에게 들리 지 않도록 손으로 감싸고 휴대전화를 귀에다 꼭 갖다붙였다.

"……네, ……네, ……"

일어서서 고개를 숙인 채 대답하면서 언뜻 아이 쪽을 보았다. 아이 는 손가락의 가시를 "아야!" 하고 잡아뜯으면서 흘끔흘끔 어머니의 표정을 살핀다.

"……네, ……네, ……"

「어머니와 아들 1-8」

이웃에서는 텔레비전 만담 프로그램이, 엄청나게 소리가 큰 CM을 사이사이 끼워가며, 내용도 알 수 없이 그저 소리의 기복과 방청객들 의 웃음소리로 애매하게 뭉쳐져 들려온다. 이웃에 사는 사람은 인사 도 나눈 적 없는 삼십대 독신 남성이다. 테이블에 리모컨을 올려놓고, 휴대전화의 문자를 확인하고, 기침을 하고, 웃는 등의 모든 동작의 기 척이 그대로 여실히 전해진다. 어머니와 아이는 그것을 일부러 못 느 끼는 척 무시하고 있다.

어머니의 시선을 눈치챈 아이는 손에서 다시 반지를 빼내려던 것 을 멈추고 "엄마, 왜 그래?" 하고 고개를 갸웃했다.

어머니는 "응?" 하고 당황했다가 이번엔 자기 쪽에서 아이의 손을 잡고 손등 위에 다른 손을 얹으면서 "엄마가 좋아?" 하고 물었다.

「어머니와 아들 3-6」

"응, 아주아주 좋아해! 나 나중에 크면 엄마랑 결혼할 거야!"

그러고는 아이는 어리광을 부리듯 어머니의 몸에 자기 몸을 기댔다. 어머니는 부드러운 표정으로 "그래, ……엄마도, ……" 하고 말을 이었다. 그 순간을 기다리기라도 한 듯 무너져내린 탑 속의 큐브가 벨소리와 함께 심하게 진동하기 시작했다. 어머니는 아이의 손을 놓고는 각각의 면에 씌어진 문자 표시로 상대의 이름을 확인하면서 아이에게서 떨어졌다.

"……여보세요."

갑작스런 호출음에 그녀의 심장 고동이 빨라졌다. 아이에게 들리지 않도록 손으로 감싸고 여덟 개의 큐브를 귀에다 꼭 갖다붙였다.

"……네, ……네, ……"

「어머니와 아들 0-7」

"……여보세요."

갑작스런 호출음에 그녀의 심장 고동이 빨라졌다. 아이에게 들리지 않도록 손으로 감싸고 휴대전화를 귀에다 꼭 갖다붙였다.

"……네, ……네, ……"

일어서서 고개를 숙인 채 대답하면서 언뜻 아이 쪽을 보았다. 아이는 손가락의 가시를 "아야!" 하고 잡아뜯으면서 흘끔흘끔 어머니의 표정을 살핀다.

"……네, ……네, ……"

이윽고 뒷자리에서는 남자가 "내 말 좀 들어보라고!" 하며, 억누르긴 했지만 그래도 충분히 큰 목소리로 여자에게 화를 냈다. 아이는 뒤를 휙 돌아보고는 바로 다시 어머니 쪽으로 눈길을 돌리며 웃었다. 어

「어머니와 아들 2-8」

일어서서 고개를 숙인 채 대답하면서 언뜻 아이 쪽을 보았다. 아이는 손가락의 가시를 "아야!" 하고 잡아뜯으면서 흘끔흘끔 어머니의 표정을 살핀다.

"······네, ······네, ······"

마침 맞은편 벽의 왼쪽 끝 언저리에서, 갑자기 예리하게 펼쳐진 노란 광선이 위에서부터 검은 정육면체를 뚫고 지나갔다. 이어서 이번에는 사이언블루와 마젠타 색의 선이 각각 그것을 비스듬히 관통했다. 정육면체는 그렇게 세 방향에서 고정되어 그 자리에 꼼짝 못 하게 되었다. 눈 깜짝할 사이에 몇 개의 광선이 연이어 그 위에 박혔다. 자전이 멈추고, 크기의 변환도 멈추고, 오직 미동만이 남았다. 아이는 뒤로 휙 돌아보고는 바로 다시 어머니 쪽으로 눈길을 돌리며 웃었다.

「어머니와 아들 0-8」

"응, 아주아주 좋아해! 나 나중에 크면 엄마랑 결혼할 거야!"

그러고는 아이는 어리광을 부리듯 어머니의 몸에 자기 몸을 기댔다. 어머니는 부드러운 표정으로 "그래, ······엄마도, ······" 하고 말을 이었다. 그 순간 마치 기다리기라도 한 듯 테이블 위에 올려놓은 휴대전화가 벨소리와 함께 심하게 진동하기 시작했다. 어머니는 아이의 손을 놓고는 액정화면으로 상대방의 이름을 확인하면서 아이에게서 떨어졌다.

"······여보세요."

갑작스런 호출음에 그녀의 심장 고동이 빨라졌다. 아이한테 들리지 않도록 손으로 감싸고 휴대전화를 귀에다 꼭 갖다붙였다.

"······네, ······네, ······"

「어머니와 아들 3-7」

회색 운동복을 입은 중년남자와 산책하던 개가 벤치 바로 뒤의 나무 옆에서 똥을 누었다. 아이는 뒤로 휙 돌아보고는 바로 다시 어머니 쪽으로 눈길을 돌리며 웃었다. 어머니도 표정만 살짝 바꾸어 그에 답했다.

"……네, ……"

무슨 신호인지 주차장에서 세 번 짧게 클랙슨이 울렸다. 공원에 있던 어른들도 소리 나는 쪽으로 잠시 고개를 돌렸지만 금세 다시 옆사람과 이야기를 나누기 시작했다.

"……네, ……그럼. ……네? ……네, 그럼. ……"

이야기를 끝내고 손 안에 들린 폴더식 휴대전화를 몇 초 동안 멍하니 쳐다보다가, 전원을 끄고 소리가 나는 것을 피하려는 듯 천천히 접었다. 그리고 핸드백 속에 아무렇게나 찔러넣더니 갑자기 몸을 돌려

「어머니와 아들 1-9」

다. 어머니는 부드러운 표정으로 "그래, ……엄마도, ……" 하고 말을 이었다. 그 순간 마치 기다리기라도 한 듯 주머니 속의 휴대전화가 벨소리와 함께 심하게 진동하기 시작했다. 어머니는 일단 손을 놓고는 액정화면으로 상대방의 이름을 확인하면서 아이에게서 떨어졌다.

"……여보세요."

갑작스런 호출음에 그녀의 심장 고동이 빨라졌다. 아이에게 들리지 않도록 손으로 감싸고 휴대전화를 귀에다 꼭 갖다붙였다.

"……네, ……네, ……"

일어서서 고개를 숙인 채 대답하면서 언뜻 아이 쪽을 보았다. 아이는 손가락의 가시를 "아야!" 하고 잡아뜯으면서 흘끔흘끔 어머니의 표정을 살핀다.

「어머니와 아들 4-8」

머니도 표정만 살짝 바꾸어 그에 답했다.

"……네, ……"

주위 사람들도 그 테이블에 슬쩍 눈길을 주고는 거울처럼 서로 웃음을 참거나 두세 마디 말을 나누었다. 유리창 쪽에 계속 눈길을 고정시키고 있던 여자는 주위의 분위기를 민감하게 알아채고 "나 갈래요!" 하며 핸드백을 들고 가게에서 나갔다. 남자는 "이것 봐, 기다려!" 하고 불러세웠지만, 뒤를 따라가지는 않고 화가 난 듯 뭐라고 중얼거리더니 한쪽 다리를 떨면서 남은 맥주를 마저 마셨다.

"……네, ……그럼. ……네? ……네, 그럼. ……"

이야기를 끝내고 손 안에 들린 폴더식 휴대전화를 몇 초 동안 멍하니 쳐다보다가, 전원을 끄고 소리가 나는 것을 피하려는 듯 천천히 접

「어머니와 아들 2-9」

"……네, ……네, ……"

아이는 뒤를 획 돌아보고는 바로 다시 어머니 쪽으로 눈길을 돌리며 웃었다. 어머니도 표정만 살짝 바꾸어 그에 답했다.

"……네, ……"

벤치에는 여기저기 낙서가 파여 있다. 대부분은 누군지도 모를 사람들의 이름이다. 아마 이 부근 학교에 다니는 중학생들 아니면, 이곳에서 다른 데로 통학하는 고등학생들의 짓일 것이다.

"……네, ……그럼……네? ……네, 그럼……"

이야기를 끝내고 손 안에 들린 폴더식 휴대전화를 몇 초 동안 멍하니 쳐다보다가, 전원을 끄고 소리가 나는 것을 피하려는 듯 천천히 접었다. 그리고 코트 주머니 속에 아무렇게나 집어넣더니 갑자기 몸을

「어머니와 아들 4-9」

일어서서 고개를 숙인 채 대답하면서 언뜻 아이 쪽을 보았다. 아이는 손가락의 가시를 "아야!" 하고 잡아뜯으면서 흘끔흘끔 어머니의 표정을 살핀다.

 "……네, ……네, ……"

 이웃 남자가 몸을 벽에 부딪히며 크게 웃는 소리가 들려온다. 아이는 뒤를 휙 돌아보고는 바로 다시 어머니 쪽으로 눈길을 돌리며 웃었다. 어머니도 표정만 살짝 바꾸어 그에 답했다.

 "……네, ……"

 CM으로 바뀌자 텔레비전 소리가 한층 커졌다. 새로 발매된 맥주가 상쾌하기 그지없는 음악에 실려 소개되고 있다.

 "……네, ……그럼……네? ……네, 그럼……"
「어머니와 아들 3-8」

어머니도 표정만 살짝 바꾸어 그에 답했다.

 "……네, ……"

 무슨 진동인지 어머니와 아이에게서 가장 멀리 떨어진 구석에 쌓여 있던 큐브가 갑자기 무너졌다. 그러자 연달아 다른 두 곳에서도 몇 개의 탑이 한꺼번에 소리를 내며 무너져내렸다.

 방 바깥에서는 선의 교차가 한층 촘촘해져서 빛이 비쳐들 틈이 좁아졌다.

 "……네, ……그럼. ……네? ……네, 그럼. ……"

 어머니는 이야기를 끝내고 손 안에 들린 여덟 개의 큐브를 몇 초 동안 멍하니 쳐다보다가, 전원을 끄고 소리가 나는 것을 피하려는 듯 천천히 접었다. 그리고 큐브 더미 속에 아무렇게나 찔러넣더니 갑자기
「어머니와 아들 0-9」

"왁!" 하고 소리를 지르면서 아이를 끌어안고 겨드랑이에 손을 넣어 간지럼을 태웠다. 아이는 몸을 비틀면서 웃다가 이번엔 제 쪽에서 어머니를 간지럼 태우려고 했다. 어머니는 몸을 빼며 저항했다. 아이는 더 신이 나서 달려들듯이 어머니를 껴안았다. 잠시 동안 그러면서 둘은 서로 마주 보고 웃었다. 빈 빵 봉지가 바람에 날려 파란 플라스틱 목마를 지탱하는 스프링 중간에 휘감겼다. 그네 쪽에 있던 주부들은 들키지 않게 가끔 이 둘의 모습을 훔쳐본다.

"엄마도, ······아주아주 좋아해."

어머니는 다시 아이의 얼굴을 응시하면서 말했다. 아이의 빛나는 검은 눈동자에는, 좌우에 하나씩 그녀의 모습이 있다. 아이는 잠자코 있었다. 화장실에서 나온 남자는 아이들 쪽으로 가서 아까보다 한층

「어머니와 아들 1-10」

몸을 돌려 "왁!" 하고 소리를 지르면서 아이를 끌어안고 겨드랑이에 손을 넣어 간지럼을 태웠다. 아이는 몸을 비틀면서 웃다가 이번엔 제 쪽에서 어머니를 간지럼 태우려 했다. 어머니는 몸을 빼며 저항했다. 아이는 더 신이 나서 달려들듯이 어머니를 껴안았다. 잠시 동안 둘은 그러면서 서로 마주 보고 웃었다. 아래에 고여 있던 물이 두 나체 아래서 찰싹찰싹 소리를 냈다.

"엄마도, ······아주아주 좋아해."

어머니는 다시 아이의 얼굴을 응시하면서 말했다. 아이의 빛나는 검은 눈동자에는, 좌우에 하나씩 그녀의 모습이 있다. 아이는 잠자코 있었다. 어머니의 머리카락에서 끊임없이 물방울이 떨어져 바닥 위에 작게 튀어오른다.

「어머니와 아들 0-10」

이야기를 끝내고 손 안에 들린 폴더식 휴대전화를 몇 초 동안 멍하니 쳐다보다가, 전원을 끄고 소리가 나는 것을 피하려는 듯 천천히 접었다. 그리고 청바지 주머니 속에 아무렇게나 집어넣더니 갑자기 몸을 돌려 "왁!" 하고 소리를 지르면서 아이를 끌어안고 겨드랑이에 손을 넣어 간지럼을 태웠다. 아이는 몸을 비틀면서 웃다가 이번엔 제 쪽에서 어머니를 간지럼 태우려고 했다. 어머니는 몸을 빼며 저항했다. 아이는 더 신이 나서 달려들듯이 어머니를 껴안았다. 잠시 동안 그러면서 둘은 서로 마주 보고 웃었다. 그 사이 무릎이며 팔꿈치가 방바닥에 닿는 둔탁한 소리와, 벨트의 버클이 내는 금속성이 조용한 방 안을 휘저었다.

　"엄마도, ……아주 아주 좋아해."

「어머니와 아들 3-9」

돌려 "왁!" 하고 소리를 지르면서 아이를 끌어안고 겨드랑이에 손을 넣어 간지럼을 태웠다. 아이는 몸을 비틀면서 웃다가 이번엔 제 쪽에서 어머니를 간지럼 태우려고 했다. 어머니는 몸을 빼며 저항했다. 아이는 더 신이 나서 달려들듯이 어머니를 껴안았다. 잠시 동안 그러면서 둘은 서로 마주 보고 웃었다. 구름이 걷히고 햇살이 강해지면서 미처 녹지 못한 눈들이 빛을 발했다.

　"엄마도, ……아주아주 좋아해."

　어머니는 다시 아이의 얼굴을 응시하면서 말했다. 아이의 빛나는 검은 눈동자에는, 좌우에 하나씩 그녀의 모습이 있다. 아이는 잠자코 있었다. 짐받이가 흰색인 경트럭 한 대가 버스정류장 앞을 지나갔다. 멀어져가는 소리가 잔상을 감싸고 작아진다.

「어머니와 아들 4-10」

"있잖아, ……" 어머니는 계속 웃음을 참으며 아이의 얼굴을 바라보았다. "……엄마랑 계속 함께 있고 싶니? 엄마랑 떨어지는 거 싫어?"

끝없이 복잡하게 엉킨 무수한 선이 공간을 한가득 메워가고 있다. 그 아래, 어머니와 아이가 있는 방은 유일하게 그 혼란에서 간신히 벗어나 있었다.

아이는 "응. 싫어. 나 엄마랑 떨어지는 거 싫어" 하고 말했다.

"……엄마가 없으면 외로워?"

"응."

"엄마 없어지면, ……울 거야?"

"응. 울 거야."

「어머니와 아들 0-11」

쾌활하게 다시 아이들 무리에 끼어들었다. 모래밭에 있던 아내가 손을 흔들자 그는 아무 일도 없었다는 듯 그에 응했다.

"있잖아, ……" 어머니는 계속 웃음을 참으며 아이의 얼굴을 바라보았다. "……엄마랑 계속 함께 있고 싶니? 엄마랑 떨어지는 거 싫어?"

갑자기 공을 가지고 놀던 아이들 중 한 명이 풀뿌리에 걸려 넘어졌다. 무릎을 다쳤는지 피가 맺혔고 아이는 그 자리에 쭈그리고 주저앉았다. 남자는 자기 아이는 아니지만 뛰어와서 상처를 확인하고는 위로의 말을 해주었다. 모래밭에 있던 그 아이의 어머니가 어머머, 하며 일어섰다.

아이는 "응. 싫어. 나 엄마랑 떨어지는 거 싫어" 하고 말했다.

「어머니와 아들 1-11」

"있잖아, ……" 어머니는 계속 웃음을 참으며 아이의 얼굴을 바라보았다. "……엄마랑 계속 함께 있고 싶니? 엄마랑 떨어지는 거 싫어?"

아직 경트럭이 지나간 여운이 남아 있는 탓에 아스팔트의 물웅덩이가 흔들린다. 작게 거품이 인 진흙물이 희뿌연 표면을 천천히 좌우로 밀어내고 있다.

아이는 "응. 싫어. 나 엄마랑 떨어지는 거 싫어" 하고 말했다.

"……엄마가 없으면 외로워?"

"응."

"엄마 없어지면, ……울 거야?"

"응. 울 거야."

「어머니와 아들 4-11」

었다. 그리고 핸드백 속에 아무렇게나 찔러넣더니 갑자기 몸을 돌려 "왁!" 하고 소리를 지르면서 아이를 끌어안고 겨드랑이에 손을 넣어 간지럼을 태웠다. 아이는 몸을 비틀면서 웃다가 이번엔 제 쪽에서 어머니를 간지럼 태우려고 했다. 어머니는 몸을 빼며 저항했다. 아이는 더 신이 나서 달려들듯이 어머니를 껴안았다. 잠시 동안 그러면서 둘은 서로 마주 보고 웃었다. 뒷자리 남자는 전표를 집어들고 주위의 시선을 의식하면서 일부러 거만하게 계산대 쪽으로 걸어갔다.

"엄마도, ……아주아주 좋아해."

어머니는 다시 아이의 얼굴을 응시하면서 말했다. 아이의 빛나는 검은 눈동자에는, 좌우에 하나씩 그녀의 모습이 있다. 아이는 잠자코 있었다. 지나가던 여종업원이 빈 컵에 물을 따라주고 갔다. 원형 테이

「어머니와 아들 2-10」

어머니는 다시 아이의 얼굴을 응시하면서 말했다. 아이의 빛나는 검은 눈동자에는, 좌우에 하나씩 그녀의 모습이 있다. 아이는 잠자코 있었다. 그리고 또다시 방 안에는 빗소리와 시곗바늘 소리, 이웃의 텔레비전 소리가 들려왔다.

"있잖아,……" 어머니는 여전히 웃음을 참으며 아이의 얼굴을 들여다보았다. "……엄마랑 쭉 함께 있고 싶니? 엄마랑 떨어지는 거 싫어?"

누군가가 문 앞을 지나가는 발소리가 들렸다. 지팡이 대신 짚고 있는지 우산 끝이 바닥을 똑똑 찍는 소리가 멀어진다.

아이는, "응. 싫어. 나 엄마랑 떨어지는 거 싫어" 하고 말했다.

"……엄마가 없으면 외로워?"

「어머니와 아들 3-10」

아이는 정말 금방이라도 울음을 터뜨릴 듯한 얼굴이 되었다. 지붕 끝에 부르르 떨리며 매달려 있던 물방울이 소리도 없이 낙하하여 콘크리트 위에서 터졌다. 하얀 비닐하우스 저편으로는 산 능선이 하늘을 배경으로 선명하게 그려져 있다. 사람의 무게로 표면이 맨질맨질해진 벤치의 나무 이음새가 소리를 죽이듯 작게 삐걱거렸다.

어머니는 아이의 머리를 쓰다듬으면서, "바보. ……엄마는 계속 같이 있을 거야. 걱정 마" 하고 웃었다.

"정말이야?"

"정말이고말고."

"약속이야?"

"그래, 약속."

「어머니와 아들 4-12」

블에서는 누군가 어린 딸이 엎지른 주스를 황급히 닦고 있다.

"있잖아, ……" 어머니는 계속 웃음을 참으며 아이의 얼굴을 바라보았다. "……엄마랑 계속 함께 있고 싶니? 엄마랑 떨어지는 거 싫어?"

음악 사이로 여고생들의 웃음소리가 들려온다. 240엔짜리 드링크 바에서, 그녀들은 거의 세 시간 가까이 계속 수다를 떨고 있다.

아이는 "응. 싫어. 나 엄마랑 떨어지는 거 싫어" 하고 말했다.

"……엄마가 없으면 외로워?"

"응."

"엄마 없어지면, ……울 거야?"

"응. 울 거야."

「어머니와 아들 2-11」

아이는 정말 금방이라도 울음을 터뜨릴 듯한 얼굴이 되었다. 구름이 햇살을 차단한 듯이 옅은 어둠이 방 안까지 침입했다. 색채의 농도는 더욱 진해져, 미세한 모든 공간이 또다시 새로운 선으로 꿰매어진다. 검은 정육면체는 이제는 무수한 선에 칭칭 감겨, 마치 새 둥지처럼 오직 빛이 겹쳐진 정도에 의해서만 겨우 그 모습을 드러내고 있다.

어머니는 아이의 머리를 쓰다듬으면서, "바보. ……엄마는 계속 같이 있을 거야. 걱정 마" 하고 웃었다.

"정말이야?"

"정말이고말고."

"약속이야?"

"그래, 약속."

「어머니와 아들 0-12」

아이는 정말 금방이라도 울음을 터뜨릴 듯한 얼굴이 되었다. 거리를 달리는 자동차의 물결이 이윽고 어둠 속에 모습을 감추고 헤드라이트 불빛만 눈부시게 드러난다. 손님들이 드나드는지 벨이 계속해서 몇 번 울렸다. 입구에서는 두 팀의 손님이 순서를 기다리고 있다.

어머니는 아이의 머리를 쓰다듬으면서, "바보. ……엄마는 계속 같이 있을 거야. 걱정 마" 하고 웃었다.

"정말이야?"

"정말이고말고."

"약속이야?"

"그래, 약속."

"그럼, 새끼손가락! 엄마 거짓말하면, ……거짓말하면 벌금 백만

「어머니와 아들 2-12」

"응."

"엄마가 없으면 울 거야?"

"응. 나 울 거야."

아이는 그 말을 하면서 정말 금방이라도 울음을 터뜨릴 것 같았다. 조금 전의 진동 때문인지 사발 위의 나무젓가락이 테이블에 굴러떨어졌다.

어머니는 아이의 머리를 쓰다듬으면서, "바보. ……엄마는 계속 같이 있을 거야. 걱정 마" 하고 웃었다.

"정말이야?"

"정말이고말고."

"약속이야?"

「어머니와 아들 3-11」

"그럼, 새끼손가락! 엄마 거짓말하면, ……거짓말하면 벌금 백만 엔!"

"응, ……그럼, 손가락 걸자."

밤처럼 빛을 잃어가는 방 안에서, 높이 쌓인 큐브의 색이 썩어가듯 혼탁해지기 시작했다.

아이는 안심한 듯 웃었다. 그걸 보고 어머니도 미소를 지으면서 슬쩍 검은 정육면체의 그림자로 눈길을 돌렸다. 방위는 열한시를 가리키고 있다.

천천히 "그럼 어디, ……" 하며 가운데의 유난히 높은 탑 앞으로 다가간 어머니는 아이에게 등을 돌린 채 멍하니 탑 끝의 카마인 색깔의 점을 응시했다. 아이는 반대쪽 벽을 향해 뛰어갔다. 그 낌새에 놀

「어머니와 아들 0-13」

"……엄마가 없으면 외로워?"

"응."

"엄마 없어지면, ……울 거야?"

"응. 울 거야."

아이는 정말 금방이라도 울음을 터뜨릴 듯한 얼굴이 되었다. 광장 한가운데에는 넘어진 남자아이를 둘러싸고 작은 원이 생겼다. 이를 계기로 모래밭에서는 여자들이 그럼 슬슬 일어날까, 하며 돌아갈 채비를 시작했다.

어머니는 아이의 머리를 쓰다듬으면서, "바보. ……엄마는 계속 같이 있을 거야. 걱정 마" 하고 웃었다.

"정말이야?"

「어머니와 아들 1-12」

란 그녀는 과민하게 반응했지만, 아이는 다만 바깥을 보러 간 것뿐이었다.

흩어진 큐브가, 얕은 웅덩이에 일어난 물거품처럼 주위에 흩어져 있다. 무거운 어둠이 방을 서서히 밀폐해갔다. 아마 이 공간 역시 전체가 하나의 커다란 정육면체일 것이다.

아이가 돌아보며 다시 물었다.

"엄마, 이제 우리 어디 가?"

아이는 금방이라도 뛰어와서 안겨올 태세였다.

벽 주위에는 여러 겹으로 감겨든 선이 두꺼운 층을 이루어가고 있다. 빛의 입자는 점점 작아져 겨우 바늘구멍 같은 틈새만 남았지만, 그 질식할 듯한 쌓여가는 탁한 색채 속을 동맥처럼 누비고 다니는 무

「어머니와 아들 0-14」

"정말이고말고."

"약속이야?"

"그래, 약속."

"그럼, 새끼손가락! 엄마 거짓말하면, ······거짓말하면 벌금 백만 엔!"

"응, ······그럼, 손가락 걸자."

비둘기 두 마리가 날아와 쓰레기통 주위에 흩어진 과자를 쪼아 먹기 시작했다.

아이는 안심한 듯 웃었다. 그걸 보고 어머니도 미소를 지으면서 슬쩍 시계로 눈길을 돌렸다. 시곗바늘은 세시 십오분을 가리키고 있다.

천천히 "그럼 어디, ······" 하며 광장 한가운데를 향해 돌아서더니 어머니는 아이에게 등을 돌린 채 멍하니 한 점을 응시했다. 아이는 벤

「어머니와 아들 1-13」

엔!"

"응, ……그럼, 손가락 걸자."

여종업원이 새로 온 손님을 뒷자리로 안내했다. 사권 지 얼마 안 되어 보이는 대학생 정도 되는 남녀였다.

아이는 안심한 듯 웃었다. 그걸 보고 어머니도 미소를 지으면서 슬쩍 시계로 눈길을 돌렸다. 시곗바늘은 여섯시 십분 전을 가리키고 있다.

천천히 "그럼 어디, ……" 하며 테이블 옆으로 일어서더니, 어머니는 아이에게 등을 돌린 채 멍하니 안쪽 거울 속의 한 점을 응시했다. 아이는 계산대에서 좀 떨어진 입구 근처 선반을 향해 뛰어갔다. 그 낌새에 놀란 그녀는 과민하게 반응했지만, 아이는 다만 선반 위에 놓인

「어머니와 아들 2-13」

"그럼, 새끼손가락! 엄마 거짓말하면, ……거짓말하면 벌금 백만 엔!"

"응, ……그럼, 손가락 걸자."

비닐하우스의 여자는 입구 앞에서 한 손을 허리에 대고 물통 속의 녹차를 마시고 있다.

아이는 안심한 듯 웃었다. 그걸 보고 어머니도 미소를 지으면서 슬쩍 시계로 눈길을 돌렸다. 시계바늘은 열두시 사십분을 가리키고 있다.

천천히 "그럼 어디, ……" 하며, 대기소 앞에 선 어머니는 아이에게 등을 돌린 채 멍하니 멀리서 다가오는 버스의 유난히도 빛나는 한 점을 응시했다. 아이는 버스정류장 표시판을 향해 뛰어갔다. 그 낌새

「어머니와 아들 4-13」

수히 많은 새로운 선이 있었다.

"먼 데."

어머니는 그렇게 대답한 뒤 아이에게 등을 돌리고는 크게 숨을 쉬었다. 탑은 하단에 조금 넓찍한 토대가 받치고 있는, 이 방에서 가장 높은 탑이었다. 맨 꼭대기에는 금방이라도 무너져내릴 듯한 카마인색 큐브가 얹혀 있다.

"먼 데가 어디야?"

아이는 검은 정육면체의 상태에 신경이 쓰이는지 자꾸 위쪽으로 눈을 돌렸다. 겹겹이 칠해진 색채의 그물망 속으로 희미하게 그 그림자가 떠오른다. 다음 순간 정육면체는 갑자기 제 무게를 이기지 못하고 엉킨 선들과 함께 아래로 가라앉기 시작했다. 공간이 일그러지고

「어머니와 아들 0-15」

장난감을 보러 간 것뿐이었다.

계산대에서는 마침 한 쌍의 남녀가 계산을 하고 있었다. 이제 어디 갈까 하고 둘이서 의논하고 있다. 남자의 질문은 대답을 기대하고 있다기보다는 어떤 일종의 신호 같았다. 여자는 그에 대해 뭔가 의미가 담긴 듯한 웃음을 지어 보일 뿐이었다.

아이가 돌아보며 다시 물었다.

"엄마, 이제 우리 어디 가?"

금방이라도 뛰어와서 안겨올 태세였다.

앞 손님이 끝나자 계산대의 여자가 정중한 말투로 다음 손님을 불렀다. 계산을 마친 남자는 둥글게 말린 영수증 위에서 금방이라도 튀어오를 듯한 일 엔짜리 동전을 지갑 속에 넣으려 애쓰고 있다.

「어머니와 아들 2-14」

치 뒤를 향해 뛰어갔다. 그 낌새에 놀란 그녀는 과민하게 반응했지만, 아이는 다만 아까 개가 싸놓은 똥을 보러 간 것뿐이었다.

서쪽 하늘로 기운 태양은 방위의 경계에 닿으면서 조금씩 자신의 옷을 태우기 시작했다. 3동에서 새어나오던 커다란 그림자가 어느새 가득 차 공원 화단까지 다가와 있다.

광장 한가운데에서는, 어머니가 울고 있던 아이 쪽으로 다가가 아이를 일으켜세우고 옷에 묻은 흙먼지를 털어주고 있었다. 다친 아이를 둥글게 둘러싸고 있던 아이들이 조금씩 빠져나가 다시 공놀이를 시작했다. 남자도 허리를 일으켰는데, 그러면서 그는 마치 남의 맹점을 더듬어 찾듯이 노골적으로 벤치 쪽을 쳐다보았다.

아이가 돌아보며 다시 물었다.

「어머니와 아들 1-14」

에 놀란 그녀는 과민하게 반응했지만, 아이는 다만 요사이 보는 법을 익힌 버스시간표를 보러 간 것뿐이었다.

빛나고 있던 것은 엠블럼이었다. 가까워지면서 이따금 확실하게 모습을 드러낸다. 앞 창 너머로 보이는 안쪽에는 승객이 거의 없다. 짐짝처럼 쌓아올린 대량의 침묵이 굉음과 함께 다가온다. 양옆 타이어에 튀기는 물방울이 간헐적으로 비대칭 활을 그린다. 차체는 그때마다 불안정하게 올라갔다 내려앉았다를 반복한다.

아이가 돌아보며 다시 물었다.

"엄마, 이제 우리 어디 가?"

금방이라도 뛰어와서 안겨올 태세였다.

지면에는 방금 생긴 작은 발자국이 춤을 추듯이 줄을 서 있다.

「어머니와 아들 4-14」

"그래, 약속."

"그럼, 새끼손가락! 엄마 거짓말하면, ……거짓말하면 벌금 백만 엔!"

"응, ……그럼, 손가락 걸자."

비는 여전히 그치지 않고, 오히려 빗줄기가 더 굵어졌다.

아이는 안심한 듯 웃었다. 그걸 보고 어머니도 미소를 지으면서 슬쩍 시계로 눈길을 돌렸다. 시곗바늘은 두시 사십오분을 가리키고 있다.

천천히 "그럼 어디, ……" 하며 부엌으로 간 어머니는 아이에게 등을 돌린 채 멍하니 개수대의 한 점을 응시했다. 아이는 창문을 향해 뛰어갔다. 그 낌새에 놀란 그녀는 과민하게 반응했지만, 아이는 다만

「어머니와 아들 3-12」

"먼 데."

어머니는 그렇게 말하고 아이에게 등을 돌리고는 크게 숨을 쉬었다. 금액을 듣고 핸드백에서 지갑을 꺼내 동전을 맞춰 내려는 손님을 계산대 여자는 무심하게 바라보고 있다.

"먼 데가 어디야?"

아이는 아직 다 못 본 장난감에 신경이 쓰이는지 옆에 있는 선반 위로 자꾸 눈길을 돌렸다. 형광등 불을 받고 있는 것은 장화 모양의 과자통이나 기관차에 얼굴이 달린 애니메이션 캐릭터 상품 등, 어느 것이나 천 엔을 내면 거스름돈을 받을 정도의 물건들뿐이다. 제일 아랫단에는 모두 열 대 정도의 미니카가 검은색 스포츠카를 선두로 브이자 모양으로 정연히 놓여 있다.

「어머니와 아들 2-15」

"먼 데."

어머니는 그렇게 말하며 아이에게 등을 돌리고는 크게 숨을 쉬었다. 폐를 적시는 찬 공기에는 젖은 아스팔트 냄새가 약간 섞여 있다.

"먼 데가 어디야?"

아이는 서 있는 위치가 신경 쓰이는지 속도를 늦추기 시작한 버스에 눈을 돌렸다. 운전기사는 주의를 환기시키려는 듯 가볍게 한 번 클랙슨을 울렸다. 갑자기 한 번 더 클랙슨 소리가 들리더니, 버스 뒤쪽에서 그때까지 모습을 드러내지 않았던 검은 스포츠카가 튀어나왔다. 차는 반대차선으로 나와 엄청나게 속도를 올리더니 머리부터 끼어들듯이 버스 앞으로 무리하게 빠져나갔다.

"와!"

「어머니와 아들 4-15」

색이 서로 섞여들어 녹은 엿과 같은 곡선을 만들어냈다. 충격은 순식간에 공간 전체에 퍼졌다. 칭칭 감긴 선 하나하나가 모래처럼 무너져 바닥으로 떨어지기 시작했다. 허공에 풀린 각각의 색은 다시금 운동하던 때의 순수함을 되찾았다.

"와!"

끊임없이 쏟아져내리는 색채의 빗줄기는 바닥에 닿자마자 소리도 없이 그 색을 잃고 잠시 미약한 광택을 발했다. 그것이 끊임없이 이어지고, 공간의 밑에서부터 강한 빛이 비춰 올라왔다.

선의 궤적이 사라지자 점차 빛이 방 안으로 들이비치기 시작했다. 바닥에 흩어진 큐브에서 높이 쌓인 큐브 쪽으로 차례차례 조금씩 빛깔이 옅어지기 시작했다.

「어머니와 아들 0-16」

"엄마, 이제 우리 어디 가?"

금방이라도 뛰어와서 안겨올 태세였다.

미끄럼틀 옆에 있던 두 가족은 벌써 올 여름휴가 때 갈 해외여행 계획에 대해 이야기를 나누고 있다. 그 이야기 소리가 신문 사이에 낀 광고전단이 바람에 날리듯 벤치에 앉아 있는 어머니와 아이에게까지 들려왔다.

"먼 데."

어머니는 그렇게 말하며 아이에게 등을 돌리고는 크게 숨을 쉬었다. 파랗게 갠 하늘 중층에 펼쳐진 조개구름 위를, 여객기가 굉음을 내며 날아간다.

"먼 데가 어디야?"

「어머니와 아들 1-15」

"와!"

계산대에서는 젊은 여자 점원이 잘못 계산한 거스름돈을 정정하는 법을 몰라 큰 소리로 선배 점원의 이름을 부르고 있다. 뒤에 줄 서 있는 사람은 없다.

"굉장하다! 그치, 엄마!"

"……먼 데야. ……멀고, ……먼 데."

아이는 그 말에 누가 어깨라도 건드린 듯 반응하며 어머니의 얼굴을 올려다보았다. 그리고 관자놀이 언저리를 긁적이면서 "전철 타야 돼?" 하고 물었다.

어머니는 대답하지 않았다. 점원은 "죄송합니다. 잠시만 기다려주십시오" 하며 직접 사람을 부르러 갔다.

「어머니와 아들 2-16」

"굉장하다! 그치, 엄마!"
"⋯⋯먼 데야. ⋯⋯멀고, ⋯⋯먼 데."
 아이는 그 말에 누가 어깨라도 건드린 듯 반응하며 어머니의 얼굴을 올려다보았다. 그리고 관자놀이 언저리를 긁적이면서 "전철 타야 돼?" 하고 물었다.
 어머니는 대답하지 않았다. 실내 전체가 희뿌연 빛 속에서 침묵에 빠져든다. 두 사람의 몸은 말라가기 시작했다.
 "응? 엄마."
 손을 내밀려다 말고 멈췄다가 주춤주춤 다시 내밀었다. 방 한가운데 아슬아슬하게 쌓여 있던 탑이 순간 무너져, 바닥에 고인 물 위로 소리를 내며 낙하해갔다. 물은 조금씩, 물결도 일지 않는 채로 방을

「어머니와 아들 0-17」

바깥 상태를 보러 간 것뿐이었다.
 바람이 조금 불기 시작했다. 하늘은 입이 막힌 듯 침묵할 뿐 본심을 드러내지 않는다. 하지만 괴로운 듯한 그 신음 소리 속에는 짐승 같은 심상치 않은 울림이 있다.
 아이가 돌아보며 다시 물었다.
 "엄마, 이제 우리 어디 가?"
 금방이라도 뛰어와서 안겨올 태세였다.
 개수대 한 구석에는 어제부터 줄곧 25센티미터짜리 식칼 한 자루가 놓여 있다.
 "먼 데."
 어머니는 그렇게 말하고 아이에게 등을 돌리고는 크게 숨을 쉬었

「어머니와 아들 3-13」

아이는 비둘기가 가까이 다가오는 게 신경이 쓰이는지 자꾸 그쪽으로 눈길을 돌렸다. 비둘기들은 가끔 날갯짓을 하면서 계속 땅바닥에 떨어져 있는 모이를 찾고 있다.

갑자기 어디서 나왔는지 도둑고양이가 달려나와 비둘기들을 놀라게 했다.

"와!"

비둘기 두 마리가 한꺼번에 날아올라 벤치를 스쳐 뒤쪽 플라타너스 나뭇가지 위로 올라갔다. 몸의 중량을 순간적으로 지탱해준 날개의 힘이, 그곳에 물결이 흔들리는 듯한 여운을 남겼다. 그러나 고양이가 노린 것은 비둘기가 아니라 쓰레기통에서 기어나온 생쥐였다. 생쥐는 잽싸게 몸을 돌려 필사적으로 화단 쪽으로 도망치려 했지만 바

「어머니와 아들 1-16」

"엄마."

손을 내밀려다 말고 멈췄다가 주춤주춤 다시 내밀었다. 계산대 앞에 놓인 선반에서 껌 몇 통과 무늬가 그려진 사탕이 종이봉투 속으로 연거푸 들어갔다.

"……하지만 엄마랑 같이 가니까. ……응? 계속 같이 있을 거니까. ……괜찮지?……"

"……응, 나 엄마랑 같이 있으면 괜찮아!"

여종업원을 따라 나온 나이 많은 점원은 정정방법을 알려주고 나서 재빨리 처리하고는, 거스름돈을 내주면서 시간을 끌어 죄송하다는 사과의 말을 했다. 자동문 너머로 잎새를 떨어뜨린 가로수가 맞은편 빌딩 창에서 비치는 빛을 투명하게 비춰준다. 정체한 차들의 무리

「어머니와 아들 2-17」

다. 여기저기 흠집이 난 스테인리스 개수대가 그녀의 그림자로 뒤덮였다.

"먼 데가 어디야?"

아이는 비가 오는 게 신경이 쓰이는지 창밖으로 눈길을 돌렸다. 옆집의 벚꽃나무가 비에 흠뻑 젖은 가지를 크게 흔들면서 물방울과 꽃잎을 끊임없이 떨어뜨린다.

처음으로 하늘에 선명한 번개가 쳤다.

"와!"

이어서 엄청나게 큰 나무가 온힘을 다해 쓰러지는 듯한 소리로 천둥이 치고 땅이 울렸다.

"굉장하다! 그치, 엄마!"

「어머니와 아들 3-14」

거친 파도가 해변가에 몰려오듯 도로의 물이 심하게 튀어올랐다. 버스는 순간적으로 급브레이크를 밟고 그후에 긴 클랙슨을 울렸다.

"굉장하다! 그치, 엄마!"

"……먼 데야. ……멀고, ……먼 데."

아이는 그 말에 누가 어깨라도 건드린 듯 반응하며 어머니의 얼굴을 올려다보았다. 그리고 관자놀이 언저리를 긁적이면서 "전철 타야 돼?" 하고 물었다.

어머니는 대답하지 않았다. 버스가 도착하고 부저 소리와 함께 차체 중앙의 문이 열렸다.

"응? 엄마."

손을 내미려다 말고 멈췄다가 주춤주춤 다시 내밀었다. 정리권 발

「어머니와 아들 4-16」

채워가기 시작했다.
 "……하지만 엄마랑 같이 가니까. ……응? 계속 같이 있을 거니까. ……괜찮지?……"
 "……응, 나 엄마랑 같이 있으면 괜찮아!"
 다시 조금씩 열리는 흰 공간에는 강한 빛을 발하는 카마인 색 직선만이 남아 있다. 오직 한 줄기로 몇 번씩 굴절하면서 멀리 펼쳐진 그 궤적은, 이미 그 시점에서 소리도 없이 찢어지기 시작했다.
 맞은편 벽 아래, 윤기 없는 정육면체가 바닥의 빛을 받으며 나둥그러져 있다. 표면에는 관통한 선의 일부분이 빛을 잃고 미광을 발한다. 어떤 변이든 어떤 각이든 신선한 상태 그대로였다. 이제 그것을 옭아매는 것은 더이상 없을 텐데, 두 번 다시 움직이려는 낌새가 없었다.

「어머니와 아들 0-18」

로 직전에 잡히고 말았다.
 "굉장하다! 그치, 엄마!"
 "……먼 데야. ……멀고, ……먼 데."
 아이는 그 말에 누가 어깨라도 건드린 듯 반응하며 어머니의 얼굴을 올려다보았다. 그리고 관자놀이 언저리를 긁적이면서 "전철 타야 돼?" 하고 물었다.
 어머니는 대답하지 않았다. 고양이는 탐욕스럽게 제가 잡은 먹이에 이빨을 박아넣고 있다.
 "응? 엄마."
 손을 내밀려다 말고 멈췄다가 주춤주춤 다시 내밀었다. 핸드백 속의 휴대전화는 여전히 전원이 꺼진 상태다.

「어머니와 아들 1-17」

"……먼 데야. ……멀고, ……먼 데."

아이는 그 말에 누가 어깨라도 건드린 듯 반응하며 어머니의 얼굴을 올려다보았다. 그리고 관자놀이 언저리를 긁적이면서 "전철 타야 돼?" 하고 물었다.

어머니는 대답하지 않았다. 시간은 칼날 속에서 얼어붙어 있다.

"응? 엄마."

손을 내밀려다 말고 멈췄다가 주춤주춤 다시 내밀었다. 빗소리, 시곗바늘 소리, 이웃에서 나는 텔레비전 소리, ……

"……하지만 엄마랑 같이 가니까. ……응? 계속 같이 있을 거니까. ……괜찮지?……"

"……응, 나 엄마랑 같이 있으면 괜찮아!"

「어머니와 아들 3-15」

행기는 그 짧은 동작을 개의치 않고 파란 잉크로 '5'라는 숫자가 찍힌 종이를 토해냈다.

"……하지만 엄마랑 같이 가니까. ……응? 계속 같이 있을 거니까. ……괜찮지?……"

"……응, 나 엄마랑 같이 있으면 괜찮아!"

문이 닫히자 버스는 천천히 움직여 나무 대기소 앞을 지나갔다. 차체가 심하게 진동하는 바람에 바닥에 놓인 커다란 여행용 가방의 위로 세워져 있던 가죽 손잡이가 좌우로 떨어졌다. 역으로 가는 길 위에서 버스의 뒷모습은 조금씩 작은 사각형이 되어간다. 반원형 비닐하우스 앞에서는 여자가 여전히 선 채로 물통 속의 따뜻한 차를 마시고 있다.

「어머니와 아들 4-17」

는 그 아래에서 무기력하게 엔진 소리를 내며, 앞을 향해 헤드라이트만 밝게 비추고 있다. 문이 열리고 어머니와 아이의 모습은 어둠 속으로 빠져들어갔다. 바람은 없지만 공기가 차서, 실내난방으로 달아오른 뺨에 닿는 것이 오히려 기분 좋았다.

바로 다음 순간 뒤에서 다시 자동문이 열리고, 제복을 입은 남자 종업원 한 사람이 가게에서 뛰어나왔다. 마지막 계단까지 뛰어내려와 지금 막 계산을 마치고 나온 어머니와 아이에게 바짝 다가온 그는 거친 숨을 몰아쉬며 말을 걸었다.

"손님, ―실례합니다만, 잠깐 그 종이봉투 안을 보여주시겠습니까?"

적갈색 타일이 가득 깔린 계단 위에는 조명을 받은 세 사람의 그림

「어머니와 아들 2-18」

"······하지만 엄마랑 같이 가니까. ······응? 계속 같이 있을 거니까. ······괜찮지?······"

"······응, 나 엄마랑 같이 있으면 괜찮아!"

쓰레기통 주위로 아까의 비둘기들이 돌아와 경계하면서 다시 땅 위로 내려앉았다.

갑자기 흙먼지가 일고 공원에 있던 사람들이 일제히 소리를 지르며 얼굴을 가렸다. 모자가 날아가고 공이 굴러간다. 모두 앞을 보지 못한 채 정신없이 손을 올려 바람을 피하려 했다. 서로 보이지는 않지만 꼭 일부러 맞춘 듯 다들 똑같은 모습이다. 그 모습은 마치 한밤중에 갑자기 차의 헤드라이트 불빛을 받고 눈이 부셔 어쩔 줄 모르는 사람들 같았다.

「어머니와 아들 1-18」

바람에 휘날린 굵은 빗줄기가 유리창을 때렸다. 진흙탕 속에 떨어진 벚꽃 꽃잎이 더럽혀져 튀어날리는 포말에 삼켜진다. 하늘은 지평선 끝까지 빈틈없이 구름으로 뒤덮여 있다. 아무도 눈치 채지 못했지만, 그것은 어제 비를 내린 구름과는 또다른 구름이었다.

「어머니와 아들 3-16」

자가 여러 겹으로 꺾이고 휜 채로 떨어졌다. 두 개의 긴 그림자는 지금 서로 마주한 채 움직이지 않는다. 그 사이에서 갈 곳을 잃은 짧은 그림자는 몇 번이나 머리를 위로 향해 좌우를 둘러보고 있다.

「어머니와 아들 2-19」

이방인#7-9

포르트 드 클리냥쿠르 행 열차가 알레지아 역 구내에 도착하자, 사람들을 뒤따라갈 생각으로 일부러 벽 쪽에 서 있던 작품 7-9의 주인공(이하, #7-9라 약칭함)은 숄더백을 앞으로 돌려 지퍼가 달린 입구를 한손으로 조심스레 간수하면서 앞으로 나아갔다. 앞에서 전차를 기다리는 이들은 스물대여섯 정도로 보이는 소매 없는 원피스를 입은 백인 여자와 그녀의 동료로 보이는 양복 차림의 키 큰 흑인 남자다. 남자 쪽이 더 젊은지, 어른과 아이 정도로 키 차이가 나는데도 대화하는 두 사람의 모습은 마치 위에서 올려다보는 듯한 느낌이다. 통근시간이라 역 여기저기에 사람들이 있지만 그들 양옆의 문에는 아무도 줄을 서지 않았다. #7-9가 일부러 그들 뒤에 선 것은 가이드북에서 예습했음에도 전차의 수동문을 여는 방법을 아직 잘 모르기 때문이었다.

아무렇지도 않은 듯 살피며 앞을 주시하는데, 아직 차량이 완전히 멈추지 않았는데도 안에 타고 있던 승객들이 그들보다 먼저 문을 열어버렸다. 보니까 은색 레버를 위로 돌리면 되는 모양이다. 역시 보고 있길 잘했다고, 그날 처음 지하철을 타면서 그는 확인하듯이 생각했다. 이렇게 하나하나 눈으로 보면서 익혀가면 되는 거다. 곧이어 부저가 울리는 바람에 #7-9는 두 사람을 따라 서둘러 열차에 올라탔다. 그런데 문은 반쯤 닫힌 상태에서 멈춰버렸다. 이것도 손으로 닫아야 하나? 설마 싶었지만, 승객들이 의심하는 듯한 눈초리로 이쪽을 보고 있는 걸 보면 그런지도 모르겠다. 공교롭게도 문에서 가장 가까운 사람은 그였다. 어쩌나 싶어 도움을 요청할 작정으로 주위를 둘러보았지만 아무도 응해주는 사람이 없다. 에라 모르겠다 하고 아까의 레버에 손을 대려는 바로 그 순간, 문이 기다렸다는 듯 정중앙으로 움직여 딱 맞아 닫혔다. 일부러 약 올리는 걸로 보일 만큼 절묘한 타이밍이었다.

뭐야, 별 게 다 사람 무시하는군. 그는 속으로 일본에서는 좀처럼 입에 담지도 않는 말을 괜스레 만담조로 중얼거렸지만, 그래도 아무것도 하지 않고 일이 해결된 데에는 무척 안도했다. 씹어서는 안 될 장소에서 껌을 씹다가 처치 곤란해 삼켜버리듯이 저도 모르게 흘러나오는 만족스러운 웃음을 속으로 밀어넣었다.

뒤를 돌아보니 당연하게도 열차 안에는 온통 프랑스 사람뿐이다. 몇몇이 이쪽을 힐끗 쳐다보고는 다시 눈을 감았다. 거리에서는 이미 상당히 익숙해졌지만 이렇게 갇힌 공간에서는 단순히 스쳐지나는 것과 달리 자신이 지금 정말로 외국에 있다는 사실을 실감하게 된다. 귀에 들어오는 것도 눈에 비치는 것도 모두 프랑스어다. 그는 무엇 하나 알 수가 없었다.

#7-9는 니시아자부西麻布의 술집 주방에서 일하던 요리사다. 술집이라지만 종업원의 우렁찬 목소리가 여기저기서 들려오는 체인점이 아니라, 조명이 어둡고 가격이 비싸고 〈Kind of Blue〉나 〈Portrait in Jazz〉 같은 음악이 흐르고 〈창작과 화식和食―다이닝 바〉 같은 정보잡지에 소개되는 그런 종류의 가게였다. 고등학교를 졸업하고 바로 일하기 시작했으니 한 삼 년쯤 된 셈이다. 젊지만 일도 잘하고 요리도 곧잘 익히는 터라, 새 점포를 열면 너한테 주방을 맡기겠노라며 아직 삼십대인 젊은 사장이 항상 격려해주곤 했다.

정확히 삼 개월 전의 일이다. 그 사장에게서 갑자기 새로운 점포로 출근하라는 명령을 받았다. 놀라지 말라며 두 번이나 다짐을 두고 그가 이야기를 꺼낸 곳은 바로 파리였다. 프랑스는 지금 대단한 일식 붐인데 막상 가보면 생선초밥과 튀김, 닭꼬치구이 정도뿐이고 아직 제대로 된 술집 하나 없다, 그래서 이번에 현지의 일본계 부동산회사와 협력해서 생제르맹 데 프레에 '세련된 술집'을 오픈하기로 했다, 그러니 그곳 주방의 감독을 맡아달라는 것이었다.
 #7-9는 처음에는 그 이야기가 반갑지만은 않았다. 아직 여권을 만들어본 적도 없었다. 해외라는 곳은 여행으로도 가본 적이 없고, 그다지 가고 싶은 생각도 없었다. 지금 직장은 분위기도 좋고 급료도 꽤 괜찮다. 사귀는 여자도 있고 그녀와 함께 사는 집도 마음에 든다. 그러나 누구한테 얘기를 해봐도 다들 정말 심하게 부러워하는 눈치라. 그렇게 좋은 걸까 하는 생각이 조금씩 들기 시작했다. 게다가 틀림없이 반대할 거라고 생각했던 여자친구조차 나중에 꼭 놀러 갈 테니 걱정 말라며 설득했다. 다음날 그녀는 혹시 놀러 못 갈지도 모르니 그때를 대비해서 부탁한다며 자기가 갖고 싶은 가방의 상품명과 번호를 적은 메모지를 건네주었다.
 결국 확실하게 가겠다고 대답하지도 않은 채 준비는 착착 진행되어갔고, 아차 싶었을 때는 이미 거절할 수 없는 상태가 되어버렸다. 프랑스어 공부를 해두라고 했지만 애당초 할 마음이 없는데다 매일 밤 일을 하고 짐을 꾸리느라 그럴 시간도 없었다. 집은 당분간 여자 혼자 살기로 했다.
 현지에는 과연 부동산회사답게 그를 위해 가구 딸린 아파트가 벌써 마련되어 있었다. 14지구의 남쪽, 넓이는 20제곱미터였다. 4호선을 타면 생제르맹 데 프레까지 한 번에 갈 수 있다.
 도착하자마자 일을 시작할 거라고 들었는데, 가게의 내장공사가 미뤄져 당장은 개점이 어렵다고 했다. 공동경영자인 현지 오너는, 당분간은 오후에 현지 채용한 중국인과 라오스인에게 요리를 지도하는 것 말고는 달리 할 일이 없을 테니 동네 지리에 익숙해질 겸 주변을 슬슬 돌아다녀보라고 했다. 한 일주일은 구청에 가서 등록하는 일이며 생활용품 등을 사러 다니느라 정신없이 보냈다. 그때마다 여기에 온 지 벌써 육 년이나 된다는 부동산회사 여직원이 차로 데려다주었다. 그런 것들이 일단락되고 혼자 행동하게 되자 그때부터 갑자기 마음이 영 불안해졌다. 요리를 지도할 종업원들과는 전혀 말이 통하지 않는다. 하는 수 없이 한손에 사전을 들고 실제로 만들어서 보여주는 식으로 진행할 수밖에 없었다. 밖에 나가 사람들이 말을 걸면 무조건 "Oui(네)" 하고 대답했다. 바로 얼마 전에도 슈퍼에 장을 보러 갔다가 카운터에서 "Vous avez deux centimes?(2상팀 있나요?)"라는 질문을 받고 무슨 뜻인지도 모르고 그만 "Oui" 하고 대답해버렸다. 카운터 여자는 대답을 듣고 옆 카운터의 점원과 뭐라고 큰 소리로 이야기하면서 딱 맞아떨어지게 거스름돈을 준비했다. 그런데 손님이 내놔야 할 잔돈을 내놓지 않자 "deux centimes?" 하고 한 번 더 물어왔고, 그는 그제야 깜짝 놀라 "네? ……n, non(아, 아니오)" 하고 대답했다. 그가 말을 못 알아듣는다는 것을 안 여자는 큰 소리로 혀를 차고는 과장된 한숨을 쉬면서 그의 손에 던지듯이 거스름돈을 올려놓았다. #7-9는 서둘러 종이봉투에 물건을 담고 일부러 밝은 표정으로 "Merci(고마워요)" 하고 인사를 건넸다. 점원은 돌아보지도 않았다. ─ 그런 일을 몇 번이나 겪고 나서야 겨우 어학원에 다닐 생각이 들었다.

등록하러 간 것은 어제였다. 부동사회사 여직원이 따라와준 덕분에 수속은 문제없이 끝났다. 그 자리에서 면접을 보고 두세 개의 질문을 받았는데 아무 대답도 못 하자 금방 'debutant' 클래스로 정해졌다. 여직원이 '초심자'라는 뜻이라고 알려주어 안심했다. 학원은 생플라시드에 있었다.

RER의 B선이 교차하는 당페르 로슈로 역에서 많은 사람들이 타고 내리면서 열차 안이 갑자기 혼잡해졌다. 사람들에 밀려 안쪽으로 들어간 #7-9는 숄더백 입구를 왼손으로 꼭 누른 채 오른손을 뻗쳐 손잡이를 잡았다. 전철은 엄청난 금속성을 내면서 좌우로 크게 흔들렸다. 그를 포함해 다섯 명의 승객들이 통로 한가운데 수직으로 세워진 스테인리스 봉을 둘러싸고 서 있었다. 아까 역에서 같이 서 있던 백인 여자와 흑인 남자, 그리고 바로 전 역에서 탄 백인 노파와 중년 남자다. 손잡이는 사람들의 손에서 배어나온 기름때로 끈적끈적하고 기분 탓인지는 몰라도 어딘가 따끈한 느낌이다. 다섯 명의 체온이 전도해서 그런 걸까? 조금이라도 손을 움직이면 위아래의 다른 손에 닿을 것 같아 다들 한 곳만 꽉 움켜쥔 채 종종 그 위치를 확인하고 있다.

그런 광경이 낯설었던 #7-9는 눈을 내리뜨고 손들을 관찰했다. 제일 위는 흑인 남자의 손이다. 야구글로브같이 커다래서 손잡이가 마치 그 안에서 헤엄을 치는 것 같다. 이렇게 가까이서 흑인의 손을 보는 게 처음이라 #7-9는 조금 엿보이는 그의 손바닥이 하얗다는 사실에 놀랐다. 다음은 여자의 손이다. 대화에 열중하느라 아마도 의식하지 못하겠지만 가끔 버릇처럼 손가락을 움직여 손잡이를 고쳐 잡는다. 손톱에는 반짝이는 핑크색 매니큐어가 칠해져 있다. 반지는 금이다. 세번째는 #7-9의 손이다. 옛날부터 그는 왜 일본인을 황인종이라고 하는지 의아해했는데, 이렇게 놓고 보니 자기 손이 확실히 노랗다는 걸 알 수 있었다. 그 바로 아래는 중년 남자다. 손가락 끝까지 털북숭이인데 서서히 미끄러지는 손을 고쳐쥘 때마다 원래 자리보다 위로 올라오는 바람에 그만 #7-9의 주먹 아래를 스치고 만다. 슬쩍 닿는 털의 감촉이 정말이지 기분 나쁘다. 남자는 〈메트로〉라는 무가지를 열심히 읽느라 조금도 신경 쓰지 않는 모양이다. 그리고 제일 밑에는 주름투성이 피부 아래 시퍼런 정맥이 툭툭 불거진 노파의 쭈글쭈글한 손이다.

전철이 기울 때마다 각각의 팔이 유연하게 신축하며 균형을 잡는다. 서로 몸이 닿는 것을 아슬아슬하게 피한다. 마치 하나의 동일한 장치에 의해 제어되는 것 같다.

국철을 포함해 여러 노선이 겹치는 몽파르나스 비앙브뉘 역에서 다시 차내의 얼굴들이 바뀌었지만 손잡이를 잡고 있는 사람들은 아무도 내리지 않았다. 다음 역이 #7-9가 하차하는 생플라시드 역이다.

문 쪽으로 시선을 돌리니, 이미 그보다 먼저 내리려는 사람이 서 있었다. 파리에서는 보기 드문 금발의 청년인데, 헐렁한 티셔츠에 청바지를 걸친 가늘고 긴 몸이 보통 사람들보다 관절 수가 더 많기라도 한 듯 기이하게 휘어져 있다. 아직 앳된 얼굴이라 어쩌면 같은 학교에 다니는 학생일지도 모르겠다고 생각했다. 전철 안에 자기 외에도 프랑스말을 모르는 사람이 있다는 생각에 그는 위안을 얻었다. 그리고 쓸데없는 걱정인지 몰라도 저 사람이 문을 여닫는 방법을 아는 걸까 걱정이 되었다.

정차하기 전까지는 움직이면 안 될 것 같았다. 어느새 몸의 위치가 바뀌어 그는 이제 문과 마주하고 서 있다. 속도가 줄어들고 창밖의 시커먼 벽이 끊기고 역의 불빛이 들어오자 사람들이 움직이기 시작했다. #7-9는 무심코 손잡이에 눈길을 주었다. 열차가 멈추고 문이 열리자 그의 주위에 서 있던 네 사람은 마치 당연하다는 듯 그곳에 자신의 손만 남긴 채 전철에서 내렸다. 네 개의 팔이 각자의 손목에서 획 하고 떨어져나가는 순간을 그는 두 눈으로 보았다. 맥박이 빨라졌다. 그는 순간적으로 자신의 손을 보았다. 아직 붙어 있다. 그러나 자신도 남들과 똑같이 여기에 손을 떼어놓고 가야 하는 걸까?

그는 바로 옆의 접는 의자에 앉아 있는 새빨간 옷을 입은 중년의 백인 여자 쪽을 보았다. 여자는 곧 얼굴을 들었다. #7-9는 손잡이에 남아 있는 네 개의 손을 가리키고 이어서 자신의 오른손을 가리키며 간신히 "Il faut(~하지 않으면 안 된다)······Il······ main? main?(손을? 손을?)"라고, 수업시간 조정을 위해 어제 외운 '의무' 구문과 주방에서 쓰던 '손'이라는 단어를 무턱대고 나열했다. 여자는 눈썹 가운데를 쓱 추켜올리며, "Oui" 하고 짤막하게, 뭘 주저하느냐는 듯한 표정으로 대답했다. 승객들이 모두 내리고 홈에 있던 사람들이 올라탔다. 문이 닫히는 부저가 울렸다. 초조함 때문에 판단력과 행동이 한꺼번에 마비되고 말았다. 발을 내딛자 그의 손 역시 자연스럽게 팔에서 떨어져나가 손잡이에 남았다. 밀치듯이 사람들을 헤치고 나가 닫히기 시작한 문 틈 사이로 돌진했다. 혀를 차는 소리가 몇 번이나 귀를 찔렀다. 홈에 내려서자마자 좌우의 문이 등뒤에서 세차게 부딪혔다. 모든 게 한순간의 일이었다.

돌아보자 그에게 떠밀린 승객이 일행과 얼굴을 마주하면서 그를 노려보고 있었다. 무슨 일인가 싶어 그를 쳐다보는 사람도 있다. "Pardon(실례합니다)"라는 사과의 말은 알고 있었다. 하지만 그런 말을 할 수 있는 상황이 아니었다. 눈이 마주치자 그는 애매하게 얼굴을 돌려 전철이 출발하기를 기다렸다. 창문으로부터 무수한 시선이 자신에게 쏟아지는 것 같았다. 순간적으로 말이 나오지 않은 것이 그에게 커다란 상처가 되었다.

홈에는 이미 사람들의 모습이 뜸해졌다. 앞서 걸어가는 승객 옆쪽으로 벤치에서 술취한 부랑자가 천천히 일어나더니, 순간 중심을 잃고 앞으로 기울면서 몸의 중심을 잡으려다 엉덩방아를 찧고 벤치 옆으로 굴러떨어졌다. 그러자 그 옆에 있던 부랑자가 똑같이 비틀거리면서 그를 일으켜 세워주려 했다.

#7-9는 걸으면서 오른손을 보았다. 손은 지저분한 지면을 배경으로 시야 속에 어색하게 자리 잡고 있었다. 정말로 손목에서 손가락 끝까지 사라지고 없다. 떨어져나간 단면은 찢겨진 모양이 아니라 둥글게 반질거린다. 피도 나지 않는다.

그제야 겨우 그는 어떻게 할지 생각하기 시작했다. 잘 생각해보니 그렇게 허겁지겁 내릴 필요가 없었다. 역 하나 지나치는 게 그렇게 큰일도 아니지 않는가. 더 신중하게 생각했어야 하는데.……

차표에 생각이 미쳤다. 오른쪽 주머니에 집어넣었기 때문에 왼손으로 꺼내는 데 힘이 들었다. 걸으면서 꺼내기가 힘들어 할 수 없이 멈춰 서서 몸을 비틀고는 겨우 끄집어냈다. 그 바람에 흰 주머니 안감이 빠져나와 실밥을 매단 채 얼굴을 내밀었다.

플랫폼 끝의 출구에 다다르자 문만 있고 차표를 넣는 곳이 없었다. 다시 조금 돌아와 옆의 게이트를 보았지만 거긴 입구 전용인 듯했다. 맞은편 홈에서 황록색 폴로셔츠를 입은 남자가 의심스러운 눈초리로 이쪽을 보고 있다. 어떻게 하지? 잠시 그 자리에서 왔다 갔다 하고 있는데 다음 열차가 도착하고 출구를 향해 사람들의 무리가 밀어닥쳐왔다. #7-9는 순간적으로 오른쪽 손목이 보이지 않게 주머니 속에다 찔러넣고 왼손으로 뭔가를 찾는 듯 숄더백 속을 열심히 뒤지는 시늉을 했다. 서 있는 자리가 좋지 않아 다들 방해가 된다는 듯 "Pardon!" 하면서 그를 피해간다. 잘 보니, 나갈 때는 차표가 필요 없는 모양이다. 묵직해 보이는 도어를 밀면서 계속해서 사람들이 빠져나간다. 보니까 자신처럼 손이 없는 사람도 있고 양손이 다 있는 사람도 있다. 왜 그런 걸까? 두고 오지 않아도 괜찮았던 걸까?

그는 인파에 섞여 출구 쪽으로 향했다. 앞 사람이 문을 밀어주어서 이번에는 잊지 않고 "메르시"라고 말했다. 그리고 자기도 다음 사람을 위해 문을 잡아주려다가 그만 무심코 끝이 떨어져나간 오른손으로 허공을 휘젓고 말았다. 그 바람에 문은 뒤에 오던 젊은 여자를 맹렬하게 덮쳤다. 여자는 필사적으로 그것을 밀면서 "Non! Mais C'est incroyable!(이봐! 뭐 하는 짓이에요!)" 하며 눈을 동그랗게 뜨고 그를 노려보았다. #7-9는 도망치듯이 계단을 뛰어올라갔다.

거리로 나오자 아침 해가 전철을 타기 전보다 확실히 어색하게 느껴졌다. 공기와 그의 사이에만 남들에게는 보이지 않는 어떤 틈새가 생겨난 듯했다.

손잡이를 잡은 사람들만 손을 놓고 와야 했던 걸까, 그는 생각했다. 정신이 없어서 오른손을 놓고 왔지만, 왼손이어도 되지 않았을까? 다른 사람들은 그러고 나면 어떻게 할까? 나중에 역에 신고를 하면 돌려주려나? 부동산회사 여직원한테 물어봐야겠다. 아니면 앞으로 계속 이 상태로 살아야 하는 걸까? ……

걸어가면서 그는 또다시 끝이 떨어져나간 손 쪽으로 눈길을 돌렸다. 그리고 어학원 위치를 확인하기 위해 숄더백에 왼손을 쑤셔 넣어 지도를 끄집어냈다. 몇 번이나 지도와 거리를 비교하며 지금의 위치를 확인하려 했다.

문득 오늘 어학원에서 이 일에 대해 물으면 어떻게 설명해야 할까 하는 생각이 들었다. 어제 본 면접관의 냉담한 태도를 떠올리며 가방에서 사전을 꺼내 오른팔과 배로 받쳐가면서 왼손으로 '잃다' 라는 단어를 찾았다. 'perdre' 라고 씌어 있다. "Je perdre main. Je perdre main(나, 잃다, 손. 나, 잃다, 손……)" 그렇게 혼잣말을 하면서 그는 다시 걷기 시작했다. 그래도 프랑스인이라면 누구나 사정을 금세 이해할지도 모른다.

어제 사온 노트와 펜이 쓸모없게 되어버렸다. 그때는 설마 이런 일이 일어나리라고는 꿈에도 생각 못 했다. 아니, 그런 것보다 앞으로 내 일은 어떻게 되는 걸까? 마치 지금까지 일부러 피해온 양, #7-9는 이때 처음으로 그 생각을 떠올렸다. 왼손만으로는 아무것도 못 한다. 칼자루 하나 쥐지 못하는데. ……

견딜 수 없을 만큼 불안해진 그는 이유도 없이 주위를 둘러보았다. 회사인지 학교인지 다들 앞을 향해 바쁘게 걸어간다. 이렇게 될 바에야 역시 안 오는 게 좋았다. 어째서 그때 분명하게 거절하지 않았을까. 돌이킬 수 없는 심각한 사태에 몸이 타들어가는 듯 후회를 느꼈다. 그러나 동시에, 스스로도 정말 뜻밖이었지만, 마음속 어딘가에서는 이미 '어쩔 수 없다'는 체념이 싹트는 것이 느껴졌다.

모노크롬 거리와
네 명의 여자

도시가 모노크롬이 된 후로 77시간하고도 23분이 경과했다.

뭔가 또 일어날 거라는 예감이 들고도 이미 한참이나 지나, 다들 슬슬 설마 이게 끝인 걸까 하고 의아해하기 시작했다.

그 순간의 증언은 제각기 내용이 다르지만 대충 정리하자면 이렇다.

처음에는 다들 눈을 깜박였다. 녹내장에 걸린 줄 알았다는 사람도 있었다. 시야 곳곳에 그림자가 졌고 물이 들 듯이 퍼져나가더니 마침내 다른 그림자와 겹쳐져서, 의식하게 되었을 때는 이미 어디를 봐도 색이라는 색은 모두 사라진 상태였다. 그렇게 되기까지 불과 몇 초밖에 걸리지 않았다.

그 일이 벌어진 것은 이미 해가 저물고 난 후였기 때문에, 바깥에 나가 있던 노인들 중에는 아예 그 사실을 몰랐다고 말하는 사람도 있었다.

도시의 주민들이 이 무서운 사태를 받아들이게 된 데는 일종의 무력감이 작용했다. 이렇게 말하면 화를 내는 사람도 있겠지만 그 소동의 규모는 사실 정전 정도였고, 게다가 정전만큼 불편한 것도 아니어서 다들 반쯤 포기한 채 익숙해지고 말았다. 하룻밤 자고 나면 원래대로 돌아와 있겠지. 그렇게 생각하고 이불 속으로 들어갔다가 아침을 맞이해 눈을 떴을 때 여전히 모노크롬인 천정을 올려다보고, 이것도 이것대로 나쁠 것 없겠다는 생각을 했다.

모두 당연하게 가족들과 이야기를 나누고 직장에 나가고 연인과 소파에서 장난을 쳤다. 의식의 어딘가에서는 여느 때와 다르다고 느꼈지만, 그렇다고 실제로 생활이 달라진 게 있을까?

이상한 듯이 주위를 둘러보는 사람들도 물론 있었지만, 그동안 사용하지 않은 뇌의 일부분이 활성화되기라도 한 듯 그들도 새로운 현실에 곧 어색함을 느끼지 않게 되었다. 달라진 게 있다면 기껏해야 피우는 담배 개수가 좀 늘어난 정도다.

그리고 주말 저녁이 되자 사람들로 활기를 띠는 대로에 언제나 그랬듯 네 명의 여자가 모습을 나타냈다.

서로 이름도 사는 곳도 몰랐지만, 자주 얼굴을 봐왔기 때문에 그날도 만나자마자 자연스럽게 대화가 시작되었다.

네 사람 다 키가 이 미터 가까이 되어, 나란히 서 있는 모습이 꽤

장관이었다. 모두 알몸에 소름 하나 돋지 않은 매끄러운 맨살 위로 코트만 걸치고 있다.

불룩 튀어나온 가슴은 모두 FRP로, 거울처럼 닦인 그 부드러운 곡선 위로 무수한 다이아몬드로 둘러싸인 보석 니플nipple이 거짓말 같은 광택을 발하고 있다.

가로등에 기대어 팔짱을 끼고 서 있는 제일 오른쪽의 여자는 네 명 중 가슴이 가장 크고 사파이어 니플을 지니고 있다. 황금으로 만든 풀페이스 헬멧에 긴 블론드 머리칼, 금목걸이, 금벨트, 금팔지에 금귀고리, 거기에 금부츠까지 신었고, 차분히 정돈된 머리카락은 물론 희미하게 빛을 발하는 체모까지 온통 금색이다. 코트는 빨간 에나멜인데 차가 지나갈 때마다 헤드라이트 불빛이 오일처럼 그 표면을 미끄러진다. 밤과 친밀하게 어울리는 향수 냄새는 '입노티크 푸아종 HYPNOTIC POISON'이다.

바로 곁에 선 여자는 검은 로프를 칭칭 감은 변형된 유방 위에 안달루사이트andalusite 니플을 드러내고 있다. 범죄현장을 봉쇄하는 '출입금지' 테이프로 입을 막은 그녀는 가죽목걸이, 가죽장갑, 가죽부츠를 신고 수갑을 채운 손이 은쇠고랑으로 목과 연결되어 있다. 어깨에는 양가죽 코트를 걸쳤고 머리카락은 그것과 같은 밤색이다. 행실 나쁜 여자 같은 인상을 주는 향수는 '엔비ENVY'다.

그레이하운드 세 마리를 데리고 있는 여자는 아담하고 탱탱한 가슴에 새빨간 루비 니플을 달았다. 검은 머리를 하나로 묶어 깃

털 달린 모자 속에 집어넣고, 검은 선글라스를 끼고, 커다란 모피가 달린 벨벳 코트를 입고, 목, 허리, 귀, 손끝까지 진주가 흔들린다. 무릎을 가릴 정도로 긴 부츠는 스웨이드로, 희미하게 혈관이 비치는 부드러운 살갗에 올이 엉성한 타이츠 그물이 무릎에서 허벅지에 걸쳐 박혀 있다. 음모가 진해서 그곳에만 이미 오래전부터 쭉 밤이 깃들어 있는 것 같다. 나른하게 피어오르는 향수의 냄새는 '알뤼르ALLURE'다.

제일 왼쪽의 여자는 진녹색 광택을 발하는 흑인인데, 블랙 다이아몬드 유륜 한가운데 호스테일 인클루전\*이 무척 아름다운 디맨토이드demantoid 니플이 오뚝하게 서 있다. 볼륨 있는 실버 폭스 코트를 입고, 열 손가락 전부에 색색의 보석을 달았으며, 목에는 커다란 파라이바 투어말린이 늘어뜨려져 있다. 담배연기를 뿜어낼 때마다 소매로 금시계가 엿보이는데 그 초침은 심장 고동에 맞춰 빨라지기도 하고 느려지기도 한다. 오른쪽 허벅지에서 다리 끝까지는 올해 가을-겨울 컬렉션에 나온 신상 의족을 붙였는데, 살바도르 달리의 코뿔소 뿔 곡선을 모티프로 한 우아하고 아름다운 라인이 가로등 불빛을 받아 두드러진다. 허벅지 안쪽에는 브랜드 로고가 문신처럼 프린트되어 있고, 정강이는 내부의 메커니즘을 희미하게 비쳐 보여주는 스켈러튼 구조다. 미광을 띤 강한 향수

---

\* 보석에 포함된 침 모양의 침전물.

냄새는 '블뤼 노트BLU NOTTE' 다.

  그런 네 여자가 지나가면, 평소에는 길을 가는 누구나 그녀들을 뒤돌아보았다. 그런데 지금은 그녀들 역시 모노크롬이기 때문에 가끔 가다 특이한 간판 따위를 들여다보는 표정으로 흘끗 시선을 돌리는 사람들뿐이다. 그녀들의 니플은 어느 것이나 제각기 명도만 다른 검은 빛으로 가라앉아 있다.

  네 명 다 그것이 못 견디게 불만스러웠다.

  납작한 돌을 깐 지저분한 길바닥 위에는 가로등 불에 비친 그녀들의 그림자가 벗어던진 옷들처럼 애매하게 깔려 있다.

  "왜들 저래? 다들 죽을상들을 해가지고!"

  디맨토이드가 긴 담배연기를 뿜으면서 말했다.

  "얼굴을 내놓고 있으니까 그렇지. 바보들이야, 니들 다."

  헬멧의 미러실드 안에서 사파이어가 시치미 뗀 얼굴로 말했다.

  "하하하, 하긴 너희는 몸 생각 하면 안 보여주는 편이 낫겠어."

  세 마리의 개들에게 끌려가는 상황에서도 루비는 당당하게 말했다.

  "……으으으, ……으으음, ……"

  안달루사이트는 눈으로 웃고 신음 소리를 내면서 고개를 끄덕여 보였다.

  "너 오늘도 말을 못 하는구나. 불쌍하게도."

  디맨토이드는 이럴 때 가끔 보이는 부드러운 표정으로 "그거,

뒤에서 혀로 조금씩 핥아봐. 그러다보면 불어서 떨어져"라고 말했다.

안달루사이트는 그 말에 몰랐던 사실을 깨달은 듯한 표정을 지었다. 그리고 딱 붙어 있는 입술 틈새로 얼른 혀를 내밀고 디맨토이드가 말한 대로 테이프의 끈끈한 면을 핥기 시작했다.

다른 두 사람은 그 모습을 보고 피식 웃음을 터뜨렸다.

"그건 그렇고," 디맨토이드가 사파이어 쪽을 돌아보았다. "너, 그림자가 달아나겠어. 꼭 밟고 있어야 할걸."

"뭐?"

사파이어는 헬멧 때문에 말을 잘 못 알아듣곤 했다.

"그림자가 도망간다니까. 저것 봐!"

디맨토이드는 실소하면서 큰 소리로 되풀이했다.

"설마. 어머, 진짜네."

힘겹게 발밑을 내려다본 그녀는 등 뒤로 몰래 도망치려던 작은 그림자를 벌레라도 죽이듯이 힘껏 밟아서 제자리로 끌어왔다.

"잠시라도 한눈을 팔면 큰일난다고, 정말로. 하긴 너희도 마찬가지야."

"뭐? 어머, 정말. 아하하, 다들 똑같네!"

디맨토이드가 그렇게 말하자 루비와 안달루사이트도 당장 발밑을 보고 놀란 듯 각자 그림자를 힘껏 밟았다.

"움직이면 또 도망갈 거야."

사파이어가 말했다.

"어쩔 수 없지, 뭐. 꼼짝 말고 있어야지."

디맨토이드는 그렇게 말하면서 은근히 코트 자락을 펄럭이며 그림자를 밟지 않은 쪽 다리를 밖으로 내밀었다. 그녀는 아까부터 새로 장만한 의족을 남들이 봐주길 기대하고 있었다.

안달루사이트는 눈치 빠르게 그걸 알아차렸지만 아직 테이프가 떨어지지 않아서 여전히 신음 소리밖에 낼 수 없었다.

사파이어와 루비는 자기 그림자를 밟는 데 열중해서 전혀 알아차리지 못했다.

디맨토이드는 안타까운 듯 "너네 가을-겨울 컬렉션 안 봤어? 한심하긴. 난 벌써 의족을 세 개나 사들였다고"라고 하며 다시 의족을 조금 앞으로 내밀었다.

정강이 안쪽으로 금색으로 도장된 금속제 뼈가 움직이는 것이 보였다.

사파이어야말로 자기 헬멧을 자랑하고 싶어 계속 안달이 나 있었기 때문에 얼굴을 들고는, "물론 봤지. 못 봤을 리 없잖아. 너야말로 뭐 보이는 거 없어?" 하며 가로등 불빛에서 조금 물러나 헬멧을 내밀었다.

발밑에 있던 그림자가 갑자기 커지더니, 도망치려는 힘도 그만큼 세졌다.

"이 그림자, 정말 맘에 안 들어!"

그렇게 말하고 그녀는 다시 한번 그림자를 혼내주려는 듯 힘껏 짓밟았다. 그것이 우연히도 누군가 씹다 뱉은 껌 위였기 때문에 발뒤꿈치에 이상하게 생생한 감촉이 느껴졌다.

디맨토이드는 세 마리의 개들 위로 몸을 내밀었다. 평범한 헬멧인 줄 알았는데 자세히 보니 측두부에서 후두부로 이어지는 라인이 무척 우아했고 실드 가장자리의 의장도 고급스러웠다.

공연히 기분이 상한 그녀는 흥, 하고 코웃음을 치고는 루비 쪽으로 눈길을 돌렸다.

"저것 봐, 네 멍청한 그림자가 또 도망치려고 하잖아. 어둠에 섞여버리면 영영 못 찾게 돼."

"하지만 개들이 어디 얌전하게 있어줘야지."

"네 개들도 꽤나 멍청하네. 영 버릇이 없어."

사파이어는 디맨토이드의 반응이 못마땅한지 이번에는 대신 루비를 보고 한마디 했다.

"수놈이니까 어쩔 수 없잖아. 버릇 운운 말고 기운이 좋다고 말해주지그래?"

"바보 같긴. 수놈일수록 버릇을 제대로 들여야지!"

디맨토이드가 말했다.

"어떻게 하면 돼?"

루비가 고개를 약간 갸웃했다.

"야단을 쳐야지."

"회초리로 때려."

— 잘 들리지는 않았지만, 안달루사이트는 불어서 조금 여유가 생긴 테이프 사이로 그렇게 말하려 한 모양이다. 수갑이 채워진 양손을 팔꿈치 앞부분만 움직여 쇠고랑을 짤랑거리며 회초리 휘두르는 시늉을 냈다.

"그 정도 가지곤 안 돼. 거세를 시켜버려!"

사파이어는 거의 명령조로 말했다.

"뭐야, 무서워."

루비는 저도 모르게 손으로 입 주위를 가렸다.

"어머, 그게 아직 붙어 있단 말이야?"

디맨토이드는 눈을 반짝이며 개의 사타구니를 들여다보았다.

개들은 무슨 말들이 오가는 줄도 모르고 체인과 검은 가죽을 잇는 리드를 세 방향으로 팽팽하게 잡아당기며, 이틀 전 오후 리터치로 지워진 도둑고양이를 향해 자꾸 짖어대고 있다.

크게 벌린 세 개의 입 안에서 새로이 일곱번째로 돋아난 혀가 벗겨진 밤의 뒷모습을 선명하게 비추어낸다.

차도에는 정체중인 차들이 클랙슨을 누르면서 불면증에 걸린 남자의 눈처럼 찬란하게 라이트를 쏘아대고 있다.

가로등 불이 조금씩 무너지기 시작해, 아래로 떨어지는 빛은 용접공이 흩뜨리는 불똥처럼 지면에서 잠시 반짝이다 꺼져갔다.

길거리에 의자를 늘어놓은 술집에서는 가스히터 주위에 모인 사람들이 서로 어깨를 맞대고 와인 잔을 기울이고 있다. 알코올이 뺨과 입 언저리의 근육을 풀어주지만 웃는 얼굴은 어딘지 모르게 유영遺影 같다.

앞에서 일어난 사고 처리가 일단락되고 차들이 움직이기 시작하자 갑자기 개들이 짖기를 멈추었다. 그리고 때때로 트이는 시야 저편을 잠자코 응시한 채 그 자리에서 꼼짝도 않았다.

네 명 여자는 누가 먼저랄 것 없이 그쪽으로 눈길을 돌렸다.

차도 반대편 보도를 한 남자가 남의 눈을 피하듯 조심조심 걷고 있다. 이미 지나쳐 가서 등 뒤밖에 보이지 않았지만, 그래도 남자의 모습이 한낮의 난폭한 몽타주라는 것, 그리고 서툴게 덧그려진 머리카락이며 손가락 끝에 오후의 햇살이 흔적처럼 감겨 있다는 것은 확실히 보였다.

밤의 거리에서 이 남자만 태양빛을 받고 있었다.

네 명의 여자는 하나같이 눈을 동그랗게 떴다. 그리고 서로 얼굴을 마주 보면서 어떻게 이런 일이 있냐며 고개를 저었다.

"잠깐, 저게 뭐야?"

디맨토이드가 말문을 텄다.

"말도 안 돼. 대체 뭐가 어떻게 된 거야? 응?"

사파이어가 화가 난 듯 헬멧 속에서 미간을 찌푸렸다.

루비가 입을 열기 직전, 세 마리의 그레이하운드가 그제야 겨우 짖어대기 시작했다.

"수상해, 정말 수상하다니까!"

개 짖는 소리를 통역이라도 하듯 그녀는 계속 소리를 질러댔다.

"……으으으! ……으으으!"

뭔가 말하고 싶어 다급해진 안달루사이트가 테이프 뒷면을 더욱 세게 핥아댔다.

마침내 사파이어가 말을 걸었다.

"이봐! 잠깐!"

남자는 무시하고 계속 걸어갔다.

"잠깐 기다려!"

사람들은 남자보다 오히려 소리를 지르는 여자들 쪽을 돌아보고 의심하는 눈길을 보내고는 이어서 길 맞은편의 남자를 보았다. 그리고 일제히 흠칫 놀라는 표정을 지었다.

"기다려! 기다리라니까! 거기 당신!"

사파이어와 디맨토이드가 거의 동시에 히스테릭하게 소리를 질렀다.

남자는 우뚝 멈춰 서서 그녀들 쪽을 돌아보았다.

놀랍게도 그에게는 색깔이 있었다!

"앗!"

네 명의 여자들은 놀라서 뒤로 물러났다.

다음 순간 도시에는 색채가 돌아왔다. 그러나 그 변화를 알아채지 못하고 다들 제멋대로 움직여버렸기 때문에 색깔이 흔들리고 서로 뒤섞였고, 도시의 사람들은 영원한 혼탁함 속에서 자신의 모습을 잃게 되었다.

자선

2004년 3월 11일 오전 7시 30분(현지시간) 스페인 마드리드에서 동시 열차폭파 테러가 일어났을 때, 마사나오正直는 회사에서 돌아오는 길에 들른 가전제품점의 텔레비전을 통해 무심코 사건을 보고는, 그 자리에 멈춰 서서 그 끔찍한 광경에 넋을 잃었다.

그는 현재 마흔여섯 살이다. 도쿄 시내에 위치한, 사무용품을 취급하는 작은 회사의 상품관리부 과장이다. 팔 년 전 도요초東陽町에 지은 지 이십 년이 넘은 낡은 맨션을 구입해 가족 다섯 명이 생활하고 있다. 아내는 네 살 아래인 마흔두 살이고, 딸 셋은 올 4월에 각각 중학교 2학년, 초등학교 6학년, 유치원 졸업반이 된다.

마사나오는 정치에 전혀 관심이 없다. 특히 국제정치에 관해서는 거의 아는 바가 없다. 예전에 큰딸이 백지 유럽 지도에 나라 이름을 써넣는 문제를 물어왔을 때 거의 대답을 못 해 창피를 당한 적이 있었으니 정치에 대해선 말할 것도 없는 셈이다. 해외여행은 딱 한 번 신혼여행으로 괌에 갔던 게 전부다. 그때 외국어를 제대로 못 해서 아내에게 **그럴싸한** 모습을 보여주지 못한 게 나중까지 두고두고 마음에 걸렸다. 그래서 별로 고집이 센 편이 아님에도 그후로는 가족들이 아무리 졸라도 여행은 꼭 국내를 고집했다.

그는 이날, 전부터 사야겠다고 생각했던 연장 코드를 사러 별 생각 없이 이곳에 들렀다.

매장 벽을 가득 채운 채 진열되어 있는 갖가지 크기의 '최신 슬림 텔레비전' 모니터는 삼분의 이 정도는 노래 프로에, 군데군데 다른 것들은 국영방송 뉴스에 맞춰져 있었는데, 화면에는 무참하게 동강 난 시커먼 열차 안에서 피투성이가 된 승객들이 잇따라 들것에 실려나오는 모습이 비춰지고 있었다.

"무슨 일이 일어난 건지 전혀 몰랐어요! 엄청난 폭발음이 나더니 사람들의 비명이 들려오고 주변이 캄캄해졌어요! ……"

구출된 남자는 그을음으로 더러워지고 유혈이 흐르는 얼굴로 인터뷰에 답하고 있다. 마사나오처럼 화면 앞을 지나던 손님이 엉겁결에 "으아, ……" 하고 소리를 질렀다. '더욱 선명하게, 더욱 박진감 있게, 압도적으로 리얼하게!'라는 선전문구 그대로, 모니터에 비친 피가 너무 생생해서 차마 눈뜨고 볼 수 없을 정도였다.

'불쌍하게도. 대체 누가 저런 짓을 했을까. ……'

마사나오는 묘하게 가슴이 미어지는 듯한 심정으로 뉴스 화면을 열심히 바라보았다. 사건이 일어난 것이 아침이었기 때문에 피해를 입은 것은 대부분 출근하는 회사원들이었다.

그러고 보니 구 년 전 옴진리교의 '지하철 사린 사건'도 아마 3월이었지, 하고 마사나오는 떠올렸다. 그는 늘 도자이東西 선으로 이다바시飯田橋까지 와서 유라쿠초有樂町 선으로 갈아타고 히가시이케부쿠로東池袋에 있는 회사까지 출근한다. 사건을 안 것은 회사에 도착하고 좀 지나서였는데, 처음에는 무슨 일인지 제대로 이해할 수가 없었다. 그러다가 진상을 알고는 이상한 불안감에 휩싸였던 것을 기억하고 있다. 회사의 다른 부서에 사건에 휘말린 사람이 있는 것 같다고도 했고, 그날은 거의 일을 제대로 하지 못했다. 사원들의 가족으로부터 온 연락 때문에 회사 전화기가 하루 종일 울려댔다. 당시엔 아직 휴대전화가 지금처럼 보급되어 있지 않았던 것도 떠올랐다.

'아, 끔찍하다, 끔찍해. 대체 뭣 때문에 저런 짓을 하는 거지?'

그는 지금 자신이 죽으면 가족들이 어떻게 될지 생각해보았다. 그리고 구 년 전에도 자신보다 가족 생각을 먼저 했던 기억이 났다. 물론 자신이 죽는 것도 두렵다. 그러나 아내와 딸들이 길바닥에 나앉는 건 정말로 불쌍하다. 그는 진심으로 그렇게 생각했다. 젊을 때는 상상도 못 한 생각이다. 그리고 가족을 가진 뒤부터 자신이 변함없이 이런 마음을 가지고 있다는 사실이 기쁘게 느껴졌다.

나중에 '결사중대/알카에다'라 자칭하는 조직의 범행성명이 발표되었는데, 이 시점에서 수사당국은 '바스크 조국과 자유 ETA'가 저지른 범행이라는 견해를 밝히고 있었다. 그러나 그런 것에 대해 잘 알지 못하는 마사나오는 영상이 스튜디오로 바뀌자 자연히 텔레비전 속의 사건에서 텔레비전 그 자체로 관심을 돌렸다. 그리고 새삼 감탄하면서 생각했다.

'그건 그렇고, 화면 하나는 정말 좋구나. 이렇게 얇은데도 말이야. 우리집 것도 이제 새로 살 때가 됐지. ……하지만 보너스가, ……'

마사나오는 자조하듯 얼굴을 찌푸리고는 모니터들을 비교하면서, 이쪽이 색이 좋은데, 아니 그래도 화면은 저쪽이 더 밝구나, 하고 혼자 고개를 끄덕여가면서 가격과 기능이 적힌 표에 시선을 돌렸다.

천장에 설치된 스피커에서는 가게의 판촉곡이 끊임없이 목금과 브라스밴드 반주에 맞춰 요란하게 흘러나왔다. 점원도 질세라 확성기를 입에 대고 '오늘의 특가품'을 알리고 있다. 그 시끄러운 소리들이 그대로 색이 되고 형태가 된 듯, 매장에는 눈을 다른 데로 돌려도 잔상이 남을 정도로 강렬한 빨간색과 노란색의 가격표가 넘쳐났고, 그 위를 현란한 선전문구와 숫자들이 뛰어다니고 있다.

"텔레비전을 바꾸시려고요?"

잠시 왔다 갔다 하는데 점원이 기회를 놓칠세라 다가와 어깨 너머로 말을 걸어왔다.

"이쪽 상품들도 다 일 인치당 만 엔 이하가 됐으니까, 구입하시기에 부담이 덜할 것 같은데요. ……"

점원은 삼십대 후반가량의 남자다. 딱히 이유는 없지만 마사나오는 그가 유부남이며, 나아가 아이도 있다는 것을 금방 알 수 있었다. 머리 스타일을 비롯해 외모 전체에 무심한 구석이 보였다. 그래도 여자와 인연이 없는 독신남의 초라함과 달리, 돈은 없어 보여도 어딘가 만족스러운 듯한 분위기가 감돈다. 느닷없이 말을 걸어왔지만 말투에 강요하는 느낌은 없었고, '……하실 것 같은데요'라는 혼잣말 같은 어미는 틀에 박힌 직업적 문구에 개인적인 감정이 무의식중에 배어나온 듯한 여운을 담고 있었다.

"……보통 어떤 게 잘 팔립니까?"

살 생각도 없으면서 마사나오는 뒤를 돌아보고 물었다.

"글쎄요, 지금 사신다면 여기 있는 30인치 이상 대형도 싸게 사실 수 있습니다만, ……이쪽 32인치형도 298,500엔이라 삼십만 엔 아래고요. 여름 보너스 일시불도 이용하실 수 있습니다. 영상에 관해서는 직접 보시고 비교하시는 게 제일 빠르시겠지만, ……뭐, 고객님의 취향도 있으실 테고요. ……기능적으로는 별 차이 없습니다. 이 상품은 '선명한 음성기능'이 추가되어 있는데, 리모컨으로 조작하시면 소리 윤곽이 한층 더 선명하게 들립니다. 연세 많은 어르신이 계시는 가정에서는 제법 인기가 있죠. ……그외에는, ……대부분 여기 있는 것들은 BS/지상파 디지털 방송 튜너가 내장돼 있고요, ……그외의 기능은 솔직히 말씀드려 그렇게는, ……아참, 컴퓨터를 연결하실 생각이시면 이쪽과 이쪽 상품만 가능합니다. ……"

"음……" 하고 고개는 끄덕였지만, 마사나오는 점원의 말을 반 정도밖에 이해하지 못했다. 갑자기 눈앞의 텔레비전 화면이 자신에게서 멀어져가는 느낌이었다. 그렇게 어려운 얘기도 아닐 텐데, 애초에 살 생각이 없어서 귀에 잘 안 들어오는 걸까? 그렇지만 그는 어릴 때부터 설명을 들은 후, 질문을 하면 왠지 상대방 이야기를 열심히 듣고 있었다는 인상을 줄 거라는 생각이 있어서, 지금도 역시 "이거하고 이것 말인데, ……" 하고 손가락으로 가리키면서 "……크기도 같고 메이커도 같은데 왜 이렇게 가격 차이가 나죠?" 하며 무심코 머릿속에 떠오른 것을 물어보았다.

"아, 그건요, 오른쪽 게 한 시즌 전 상품입니다. 성능은 크게 차이는 없습니다만 일단 신형이 나왔기 때문에 싸게 해드리고 있습니다."

점원은 몸짓을 곁들여가며 정중하게 대답했다.

"흠. 그렇군요."

그렇게 말하고 마사나오는 좀 과장돼 보일 정도로 몇 번이나 고개를 끄덕였다. 그러고 나서 점원에게서 시선을 돌린 채 조금씩 은근히 자리를 벗어나며 텔레비전 화면과 가격표들을 비교해보기 시작했다.

　점원은 그 태도의 의미를 바코드를 읽어내는 기계처럼, 삑 소리가 날 정도로 정확히, 그리고 극히 자연스럽게 읽어내고는 "그럼 천천히 둘러보십시오" 하고 그의 곁을 떠났다가, 옆에서 은연중에 차례를 기다리던 다음 손님에게 "뭐 찾으십니까?" 하고 넌지시 물으며 다가갔다.

　마사나오는 조금 긴장이 풀려 다시 텔레비전 화면으로 눈길을 돌렸다. 테러 보도는 끝났지만 그 여파로 전 세계의 주가가 급락하고 있다는 경제 뉴스가 흘러나오고 있었다. 그 옆에는 여전히 노래 프로가 이어졌다. 이제는 그다지 놀랍지도 않지만, 그의 딸과 비슷한 또래의 여자아이들이 방방 뛰면서 묘하게 요염한 가사의 노래를 부르고 있었다. 딸들의 영향으로 이름은 꽤 외웠는데 얼굴은 아무리 봐도 누가 누구인지 분간이 안 갔다.

　아무래도 30인치 이상의 텔레비전은 필요 없을 것 같았다. 그렇지만 26인치 정도는 이번 보너스로 어떻게 살 수 있을 것도 같다. 큰딸은 예전부터 액정 텔레비전과 HDD일체형 DVD플레이어를 사달라고 졸라대고 있었다. 아직 브라운관 텔레비전에 비디오데크밖에 없는 집은 우리밖에 없다, 친구들이랑 소프트웨어를 주고받지 못해서 따돌림 당한다는 말을 몇 번이나 들었는지 모른다.

　아내는 벌써 이번 보너스를 어디다 쓸 건지 생각해놨을 것이다. 텔레비전 같은 걸 살 여유가 있을까? DVD까지 포함하면 삼십만 정도는 잡아야 할 텐데. 그러고 보니 딸들은 공부에 필요하다며 컴퓨터도 사달라고 한다. 시대가 시대이니 안 된다는 말은 차마 할 수 없다. 컴퓨터를 먼저 사야 할까? ……

마사나오는 유명 메이커 팸플릿 두서너 부를 대강 골라 들고 한숨을 쉬면서 그 자리를 떴다. 그리고 연장 코드를 찾을 겸 가게 안을 여기저기 둘러보았다.

평일인데도 매장은 구석구석 사람들로 넘쳐났다. 그냥 아이쇼핑인 줄 알았는데 계산대도 장사진을 이루고 있었다. 경기가 조금씩 좋아지고 있다지만 도대체 이 열기는 뭘까? 돈이란 있는 데는 있는 모양이다. ……

요즘은 전구나 건전지 정도는 편의점에서도 충분히 해결할 수 있으니 전자제품점을 찾을 일이 없었는데, 오랜만에 와보니 자꾸만 욕심이 생겨서 아예 안 보는 게 낫겠다는 생각이 들었다. 어디를 봐도 욕심나는 물건들이 가득하다. 결혼한 지 딱 십오 년이 되다 보니 결혼 당시에 구입한 가전제품들도 이제 새것으로 바꿀 때가 되었다. 냉장고, 세탁기, 오븐 토스터, 전기밥솥, 체중계, 전기면도기, ……새삼스레 자기들만 시대에 뒤처진 느낌이 들었다. 보는 물건마다 놀라울 정도로 진화했다. 물욕이란 묘한 것이다. 관심 밖일 때는 그런 게 있는지도 잊어버린 채 사는데, 구체적인 상품을 눈앞에 두자 구멍에 숨어 있던 동물처럼 이렇게 약삭빠르게 얼굴을 내민다.

한꺼번에 모든 걸 새로 살 수는 없다. 그러나 이번 보너스로 텔레비전 정도는 어떻게 살 수 있지 않을까? 그는 집과 자동차 대출부터 시작해 평소 아이들 양육비와 생활비 등, 평상시에 그다지 관여하지 않는지라 대략적으로만 파악하고 있는 숫자로 대충 계산을 시작했다. 그러다가 어디서 잘못되었는지 계산은 터무니없는 숫자가 되어버렸고, 그는 잊지 않고 연장 코드를 구입한 뒤, 슬슬 머리카락이 빠지기 시작한 앞이마에 구슬땀을 흘리면서 가게의 소음을 뒤로하고 나섰다.

그리하여 그해 12월의 일이었다.

저녁식사를 끝내자 딸 셋은 늘 그랬듯이 부랴부랴 큰딸 방에 들어박혀 묵묵히 컴퓨터를 만지기 시작했다. 여름 보너스 태반은 결국 셋이서 같이 쓴다는 조건으로 사준 노트북 값으로 날렸다. 물론 데스크톱이 더 쌌지만 안방에 있는 유선LAN케이블로 인터넷을 쓰기로 약속했기 때문에 굳이 노트북으로 산 것이다. 마사나오는 무선LAN으로 딸들이 자기 방에서 이상한 사이트에 들어갈까봐 매우 걱정이었다. 학교 수업에서까지 사용하는 컴퓨터를 오랫동안 아이들에게 사주길 꺼려온 데는 경제적인 이유도 있었지만, 그보다 그런 의심이 더 컸다.

아내 가즈미利美는 무슨 일인지 오늘따라 몹시 기분이 좋아 보였다. 식사중에도 보통 때보다 말수가 많았고, 메뉴도 스키야키에 생선회까지 나왔다.

그녀는 식탁 위를 치우고 침실에 들어가더니, 아직 물기가 남아 있는 손에 하얀 봉투를 들고 나왔다. 마사나오는 소파에 반쯤 누워서 국어 능력을 시험하는 퀴즈 프로그램에 열중하던 중이었다. 먼지가 엷게 낀 둥근 브라운관 화면에 실내복을 입은 그의 모습이 비친다.

"여보, 얘기 좀 해도 돼요?"

가즈미는 마사나오의 얼굴을 살피며 가까이 다가왔다. 시야가 가리는 바람에 그는 길게 목을 빼고 마침 사회자가 말하려던 정답을 확인하고는 이해했다는 표정으로 "어?" 하고 얼굴을 들었다.

"왜?"

"잠깐만요."

아무리 자제해도 눌러지지 않는 듯 그녀의 얼굴에서는 계속 웃음이 배어나왔다. 마사나오는 소파에서 몸을 일으켜 아내가 이끄는 대로 식탁 앞에 앉았다. 낡은 목제 식탁에는 행주로 닦은 흔적이 남아 있고, 손으로 짚자 끈적거리며 달라붙었다.

아이들 방에서 갑자기 떠드는 소리가 났다. 게임이라도 하는 모양이다.

"말이죠," 관심을 자기 쪽으로 돌리려는 듯 가즈미는 팔꿈치를 기댄 채 양손으로 얼굴 앞에서 두 번 가볍게 손뼉을 치고 말했다. "우리집도 이제 텔레비전 좀 바꾸지 않을래요?"

마사나오는 얼굴을 살짝 찡그렸다.

"바꾸고야 싶지만, ……좀 힘들지 않겠어? 막내가 초등학교 들어가는데 책상도 사줘야 되고, 가방도 그렇고, 아무리 그래도 큰애가 쓰던 걸 물려줄 수는 없잖아? 그런 데다 쓰다보면 겨울 보너스도 금방 바닥나. 당신이 더 잘 알 텐데."

"그런데, 이런 게 있거든요."

그녀는 의기양양한 얼굴로 무릎 위에 놓여 있던 봉투를 남편 앞으로 내밀었다. 식탁의 물기 때문에 봉투는 미끄러지다가 중간에서 멈추었다.

"이게 뭐야?"

그는 의아스러운 얼굴로 물었다.

"얼른 열어봐요."

그는 재촉을 받고 손을 뻗쳤다. 봉투 아랫부분에 은행 이름이 찍혀 있다. 속에 든 것은, 지폐 뭉치였다.

마사나오는 미간을 깊이 찡그린 채 아내의 얼굴을 바라보았다. 그리고 다시 한번 속을 확인했다. 어림잡아 삼십만 엔 정도는 되는 것 같다.

"돈이잖아?"

"맞아요."

가즈미는 그의 의아스러워하는 표정을 오히려 즐기는 듯한 눈치로 대답했다.

그는 지폐 뭉치를 꺼내 엄지손가락으로 훌훌 세어보았다.

"이게 웬 돈이야?"

아내는 그저 미소만 짓고 있다.

"웬 돈이냐니까?"

"마술 좀 부렸죠."

가즈미는 재미있어하며 대답했지만, 이런 식으로 얼버무리는 것을 싫어하는 마사나오는 표정이 더욱 굳어졌다.

"당신도 보너스 있어?"

아내는 집에서 걸어서 오 분쯤 걸리는 '백엔숍'에서 계약직으로 일하고 있다. 물론 보너스 같은 건 없지만, 그 '당신도'라는 말이 그녀의 심기를 건드렸다.

"보너스 같은 게 있을 리 있겠어요?"

"그럼 이 돈은 뭐냐고?"

남편 표정이 점점 이상하게 변해가자 그녀는 가볍게 한숨을 쉬면서 "그렇게 수상한 돈 아니에요"라고 말했다.

기분이 좋아서 장난을 조금 쳐볼 생각으로 뜸을 들인 것뿐인데 생각 외로 남편 얼굴이 심각해지는 것을 보고 그녀는 완전히 흥이 식었다. 그리고 식사 후에 마시다 만 찻잔에 손을 뻗어 식어빠진 녹차를 마셨다.

어디서부터 다시 설명해야 할지 생각하면서, 그녀는 조금 무뚝뚝하게 "외환예금이에요" 하고 말했다.

"뭐?"

"은행 외환예금이요. 유로가 많이 올라서 오늘 찾아온 거예요."

"뭐? 그게 무슨 소리야?"

때마침 텔레비전에서 한 코미디언의 황당한 대답에 웃고 떠드는 소리가 들려와, 마사나오는 시끄러운 듯이 뒤를 돌아보고 리모컨으로 전원을 껐다.

"외환예금 같은 걸 들었단 말이야?"

이 말에 이번에는 가즈미가 약간 목소리를 높였다.

"말했잖아요!"

"못 들었어."

"말했어요, 분명히. 적금 해약해서 외환예금을 들겠다고요."

"잠깐만. 그럼 당신, 적금을 해약했단 말이야?"

"그러니까, 말했잖아요."

"언제?"

"반년쯤 전에요."

"못 들었어."

"말, 했, 습, 니, 다! 당신이 얼마나 내 말을 건성으로 듣는지 그 증거예요. 당신, 한손에 맥주잔을 들고 야구 보면서 "그래, 그러지 뭐" 하고 넘어갔었잖아요. 기억 안 나요?"

듣고 보니 확실히 그런 말을 들은 것 같기도 했다. 하지만 적금을 해약해서 외환예금 자금으로 썼다는 건 몰랐다. 이건 작은 일이 아니다.

　마사나오는 돈 관리가 서툴렀다. 벌어서 가져다주기만 하지 나머지는 죄다 아내에게 맡기고 있었다. 귀찮아서 그런 게 아니냐고 하면 그런 셈이지만, 동시에 아내를 믿기 때문이기도 했다. 아내의 말을 업신여겨서 건성으로 듣고 수긍한 것은 아니다. 이상한 논리지만, 오히려 그것이야말로 그녀의 판단을 존중하는 증거다. 그는 반사적으로 머릿속에 그런 생각을 떠올렸다. 그러나 아무래도 변명 같고, 그보다 일단 눈앞에 있는 돈이 무슨 돈인지 알고 싶은 마음에 굳이 입 밖에 내지는 않았다.

　"······그래서, 외환예금이 어떻게 됐다는 거야?"

　"어떻게 되긴요. 유로 가격이 내렸을 때 넣어놨다가 올랐을 때 찾은 것뿐이에요."

　일부러 퉁명스럽게 말해놓고 아무래도 좀 지나치다 싶어 그녀는 입을 다물고 있는 남편을 위해 다시 설명을 덧붙였다.

　"예전부터 옆집 아주머니한테서 외환예금이 괜찮다는 말을 들었거든요. 그랬는데 그게, 초봄에 스페인에서 테러가 있었잖아요? 그때 유로가 대폭 내려갔어요. 140엔 정도에서 갑자기 126엔 정도까지요. 그래서 그때 큰마음 먹고 적금을 해약해서 외환예금으로 돌려놓은 거예요. 이자도 연리 2퍼센트나 붙고. 그냥 일본 계좌에 예금해봤자 이자가 0.001퍼센트 정도잖아요. 비교도 안 되죠. 그것도 ATM 몇 번 쓰면 수수료로 금방 날아가고. 그래서 126

엔 조금 넘었을 때 사둔 거예요. 그게 140엔까지 올라서 오늘 다 찾은 거고요. 그 이익이 이거예요. 그러니까, 수상한 돈이 아니란 말이에요."

가즈미는 말이 끝난 뒤에야 표정을 조금 풀었다. 가슴속에는 아직 불쾌한 감정이 남아 있었지만, 그래도 그녀는 남편이 기뻐하리라고 벌써 예측하고 있었다.

그런데 마사나오는 예측과 달리 여전히 굳은 표정 그대로였다.

"얼마 맡겼어?"

"삼백만 엔이요."

마사나오는 허어, 하고 놀란 표정을 지었다. 솔직히 말해 아내가 그 정도로 건실하게 저축을 하는 줄은 몰랐다. 그러나 그는 아무 말도 않고 가만히 있었다.

가즈미는 남편이 외환예금의 구조를 제대로 이해하지 못한 걸로 여기고 설명을 계속했다.

"수수료로 왕복 3엔을 떼거든요, 유로의 경우는요. 그러니까 14엔 올랐어도 11엔으로 계산하는 거예요. 그밖에 세금도 공제되고 이러저러해서 이자까지 합친 게 이 정도면 괜찮지 않아요? 그냥 '맡겨놓기만' 한 건데 반년 조금 넘는 동안 삼십만 엔을 번 거라고요! 대단하죠?"

그는 실은 그 구조를 잘 모르기도 했지만 아내가 지레 그럴 거라 짐작하고 설명하는 게 신경에 거슬렸다. 그러나 그것보다도 더

분개한 것은 아내의 무신경함이었다.

"당신, 그런 걸로 돈을 번 게 기뻐?"

"네?"

"그건 애들을 위해서 나랑 당신이 꾸준히 모아놓은 돈이잖아."

"그렇죠."

"당신 정말 아무렇지도 않아?"

"뭐가요? 아니, 괜찮다니까요. 정말로 제일 내렸을 때 산 거예요. 주식 같은 게 아니라고요. 예금이라 그렇게 큰돈을 벌 수는 없지만 크게 손해 보는 일도 없어요. 내려도 그냥 내버려두면 또다시 오르니까요."

"그걸 어떻게 알아?"

"알아요! 실제로도 이렇게 벌었잖아요. 나도 손해 보기 싫고, 백 퍼센트 괜찮다고 생각했기 때문에 한 거예요."

"백 퍼센트라고 어떻게 말할 수 있어? 아마추어 주제에 뭘 안다고."

가즈미의 표정이 다시 험상궂게 변했다.

"아마추어지만, 알아요. 공부도 좀 했다고요. 당신도 매일 환시세 그래프를 보다보면 이해가 갈 거예요."

마사나오는 짜증스럽게 말을 막았다.

"내가 말하고 싶은 건 그런 게 아니야."

"그럼 뭔데요?"

"당신 부끄럽지도 않아?"

"뭐가요?"

"몰라서 물어?"

"그러니까 뭐가요? 편안히 앉아서 돈 번 게요?"

"아냐."

"그럼 뭐요?" 그녀도 점점 화가 나서 말했다. "아까부터 뭐예요? 솔직히 말해요. 내가 당신보다 돈을 잘 번 게 마음에 안 들어요? 그런 거예요?"

"이 바보 같은!"

드디어 그는 거칠게 소리쳤다. 아내도 지지 않았다.

"바보는 당신이죠! 우린 부부잖아요! 둘이서 번 거라고요! 그래서 이 돈 죄다 당신 앞에 내놓고 가족을 위해서 텔레비전 사자고 하는 거잖아요. 난 1엔도 몰래 숨겨놓은 돈 없다고요!"

그러면서 싸울 때마다 항상 그랬듯 제풀에 점점 더 흥분했다.

"그런 게 아니라니까! 이봐, 잘 생각해봐! 당신은 남의 불행을 이용해서 돈을 번 거야!"

남편의 말에 그녀는 순간 이해가 안 간다는 표정을 지었다. 그리고 여전히 굳은 얼굴로 말했다.

"뭐? 무슨 소릴 하는 거예요?"

"이 돈은 사람들이 죽은 덕에 번 거라고!"

"뭐라고요? 무슨 소린지 도통 알 수가 없네."

그녀는 정말로 그렇게 생각하는 듯 되물었다.

"내가 뭘 어쨌다는 거예요? 남의 불행이라니, 누구 불행을 말하는 건데요?"

마사나오는 무섭도록 진지한 얼굴로 대답했다.

"스페인 사람들!"

"뭐? 당신, 무슨 소릴 하는 거예요?"

가즈미는 엉겁결에 쓴웃음을 지으면서 고개를 갸웃했다.

"못 알아들어? 스페인 사람 말이야! 당신이 아까 당신 입으로, 테러 때문에 유로가 떨어졌다고 했잖아!"

"했어요. 그래서요?"

"테러 때문에 유로 가치가 떨어지고, 당신은 그걸 이용해서 돈을 번 거 아냐. 그런 더러운 일에 소중한 딸들을 위해 모은 돈을 쓰다니, 대체 무슨 생각을 하는 거야!"

'더러운 일'이라는 말이 가즈미의 신경을 거슬렀다.

"무슨 소리예요! 당신 미쳤어요? 내가 테러를 일으킨 게 아니잖아요!"

"당연하지!"

"그럼 뭐가요?"

"당신, 그 비참한 테러 영상 안 봤어?"

"봤어요. 그게 어떻다는 거예요?"

"봤다는 사람이 어떻게 돈벌이 같은 생각을 할 수 있어?"

가즈미는 어처구니없다는 듯이 눈을 동그랗게 떴다. 그러더니 어머머…… 하고는, 제대로 된 말 대신 찌그러진 실소의 덩어리를 기침처럼 하나 뱉어냈다.

"당신 대체 왜 그래요? 정말 미쳤어요?"

"당신이야말로 미친 거 아냐?"

"테러 일어난 걸 보고 좋다고 달려가서 유로를 산 게 아니에요! 그 뒤에 우연히 유로가 내린 걸 알고 산 것뿐이잖아요!"

"한번 그랬으면 다음번에 테러가 일어났을 때 좋다고 달려가게 될 거란 말이야! 안 그래? 다음에 또 유럽에서 테러가 일어나. 그럴 가능성이 있다고 텔레비전에 나와. 그럼 그때 당신 머릿속에서는 틀림없이, 아, 또 유로가 내려가겠다, 샀다가 한밑천 잡아야지, 그런 생각이 스칠 게 분명해! 그렇게 차츰 맛을 들이다보면 두서너 번 더 테러가 일어났으면 하는 생각을 하게 된단 말이야!"

"너무 극단적이에요! 당신 정말, 내가 돈 이삼십만 엔 벌려고 사람이 죽기를 원한다고 생각하는 거예요?"

가즈미는 기가 막혀 소리를 질렀다.

"내가라고 할 게 아니라, 당신이 아니더라도 인간은 누구든 다 그런 거야. 그래서 그런 일에 손을 대지 말라고 하는 거야!"

"그럼 어쩌라고요? 내가 아무것도 안 하고 가만히 있으면 뭐가 달라져요?"

"달라지고 안 달라지고 하는 문제가 아니야. 마음의 문제라고."

"그렇지만 남들도 다 하잖아요!"

"남은 남이고, 나는 나잖아?"

가즈미는 이런 아이 같은 반론 방식을 더이상 참을 수 없었다.

"아무래도 당신 이상해요. 왜 그렇게 흥분해요? 누구 아는 분이라도 돌아가셨어요? 그 테러 때문에? 아니잖아요!"

"아는 사람이 아니면 괜찮은 거야?"

"그런 뜻이 아니에요! 아, 정말!"

그녀의 얼굴이 새빨개졌다.

"그러면, 당신 방식대로 말하면 당신 생활방식도 전부 전 세계 누군가의 불행 덕분인 거예요! 당신이 세 켤레 천 엔짜리 양말을 신을 수 있는 것도, 가난한 나라에서 싼 급료에도 불만 없이 일하는 사람들이 있으니까 가능한 거 아니에요?"

마사나오는 그 순간 허를 찔린 듯한 표정을 지었다. 그러나 곧 "그건 다른 얘기잖아?" 하고 말을 이었다.

"다르긴 뭐가 달라요! 그러니까, 그런 건 하나하나 생각하기 시작하면 끝이 없다고요. 테러로 사람이 죽으면 나도 슬퍼요. 당연하잖아요! 그렇지만 그건 그거라고요. 그걸로 돈이 좀 생겼다고 왜 그렇게 흥분하고 화를 내야 하는 거예요?"

듣고 보니 마사나오 역시 자신이 왜 이렇게 흥분하는지 알 수 없었다. 이건 대체 무슨 싸움일까? 이 낡은 맨션의 한 방에서 세계의 정치와 경제를 둘러싸고 아무 영향력 없는 부부가 소리 지르며 싸우고 있다.

 마사나오는 아내 입에서 '테러'라는 말이 나왔을 때, 순간적으로 전자제품점에서 본 그 광경이 연상되었고, 그때 거기서 했던 생각을 떠올린 것이었다. 그래서 아내의 행동이 아주 불성실하게 느껴졌다. 보통 그런 걸 보면 안됐다고 마음 아파하지 않는가? 그런 와중에 돈벌이를 생각하다니 얼마나 야비한 짓이냔 말이다! 하지만 그렇다고 이렇게까지 큰 소동을 일으킬 필요가 있었을까? 게다가 나도 마찬가지라는 소리까지 듣다니. 하지만 그건 내가 일부러 선택한 건 아니지 않은가. ······

 아내는 남편이 말을 잇지 못하는 걸 보고 홧김에 또 한마디 덧붙였다.

 나도 이런 쩨쩨한 짓까지 해가면서 돈을 벌고 싶지 않아요! 당신이 벌어다주는 게 **충분하면** 테러가 일어나도 불쌍하다고 눈물만 흘리면 될 거고, 양말이고 뭐고 이탈리아제로 더 좋은 걸 사다줄 거고요! 그렇지만 안 그렇잖아요? 우리집에는 그럴 여유 없다고요!"

 마사나오는 아내의 이 말에 심히 마음이 상했다. 하지만 더더욱 반론할 말이 없어서 고작 "시끄러워, 바보 같으니라고!"라고만 소리쳤다.

 어느새 조용해진 아이들 방 문이 살며시 열리더니, 안에서 세 딸들이 걱정스러운 표정으로 얼굴을 내밀었다. 막내딸이 "아빠

엄마 싸우지 마!" 하면서 달려왔다.

부부는 순간 당황스러운 표정을 보였다. 그리고 가즈미가 "안 싸워. 그냥 의논한 거야. 이리 와. 언니들이랑 목욕해야지" 하면서 딸들을 데리고 욕실로 향했다.

잠시 후에 돌아온 그녀는 아무 말 없이 물을 끓이러 싱크대에 섰다. 마사나오 앞에는 현금이 아까 그대로 지루하게 놓여 있다.

그는 곁눈으로 아내의 등을 바라보았다. 아내의 표정을 짐작할 수가 없다. 하지만 주전자에서 물이 끓는 소리가 그녀의 피가 끓는 소리처럼 느껴져 좀 무서워졌다. 이윽고 그녀의 등이 떨리기 시작했다. 그제야 그는 아내가 울고 있다는 것을 알아차렸다.

아내는 불을 끄고 손으로 눈물을 닦고 뒤돌아보더니, "여보, 왜 그렇게 나한테 화를 낸 거죠?" 라고 물었다.

서로 소리 높여 싸운 뒤의 열기가 아직 온몸에 남아 있었다. 이렇게 야단스럽게 싸운 것이 얼마 만일까? 그리고 싸운 이유는 결국 뭐였을까?

"물론 보통예금으로 바로 이체할 수도 있었지만 당신을 놀라게 해주고 싶어서 일부러 현금으로 가져온 거예요! 큰돈 들고 길거리 다니는 것도 무서웠지만, 당신을 놀라게 하고 싶어서, ······기뻐 할 줄 알았는데. ······내가 한 게 그렇게도 잘못된 일이에요? 나 그렇게, 누가 죽었다고 좋아하는 그런 사람 아니에요······"

말하는데 또 눈물이 났다. 그리고 남편 수입이 적다고 불평한 것도 후회가 되었다. 결혼한 후로 그녀는 단 한 번도 그런 푸념을 한 적이 없었다. 농담 삼아 말한 적은 있지만, 결코 이런 직선적인 표현을 쓴 적은 없었다.

마사나오는 의자에서 일어나더니 "잘못했어. 내가 좀 지나쳤어. 미안해" 하고 사과했다.

가즈미는 여전히 고개를 숙이고 있었다. 잠시 후에 흘끗 남편을 쳐다보고 나서 여전히 식탁 위에 놓여 있는, 봉투에서 빼낸 삼십만 엔에 시선을 돌렸다.

"저거, …… 어떻게 할 거예요? 텔레비전은 꼭 필요한 거 아니니까 당신이 좋을 대로 써요."

천장에 매달린 전깃불 아래, 지폐 뭉치는 왠지 부부나 그들의 생활과는 완전히 이질적인 것처럼 두드러졌다.

"아니, 텔레비전 사자. 모처럼 당신이 해준 거니까. 주말에 다같이 보러 나가자고. 괜찮지?"

가즈미는 가볍게 고개를 끄덕였다. 그리고 등을 돌리더니 다시 주전자 물을 데웠다.

그날 밤 부부는 반년 만에 잠자리를 같이했다. 조금 엉뚱하게도 재촉한 것은 남편 쪽이었지만, 아내는 그것을 거절하지 않았다.

다음날 아침 그들은, 걱정하던 아이들이 맥이 빠질 정도로 **보통 때와 다름없는** 대화를 나누고 아침식사를 했다. 주말에 가족들이 다같이 도심에 있는 대형가전제품점에 가기로 했다. 물론 텔레비전을 사기 위해서였다. 삼십만 엔은 일단 붙박이장 깊숙이 있는 금고에 넣어두었다. 아이들에게는 어제 일에 대해서는 더는 말하지 않았다.

그 다음주 마사나오의 집에는 24인치 액정텔레비전과 HDD일체형 DVD플레이어가 배달되었다. 속된 말로 '기쁜 오산'인 셈인지, 연말 판매 경쟁 덕에 전반적으로 가격이 내린데다가, 여름에 같은 가게에서 컴퓨터를 샀을 때 점원이 권해 귀찮음을 무릅쓰고 만들어뒀던 '포인트 카드'에 이만 엔어치나 포인트가 쌓여 있어서, DVD플레이어를 같이 구입했는데도 예산보다 삼만 엔이나 적게 들었다.

가즈미의 제안으로 만 엔은 아이들 크리스마스 선물을 위해 남겨두고, 나머지 이만 엔은 부부가 반씩 나눠 가지기로 했다. 그녀는 자기 스커트를 살 생각이었다. 마사나오는 어디에 쓸 건지 아직 생각하지 않았다.

그는 마음이 개운치 못했다. 새 텔레비전을 보다가도 가끔 그날 테러의 영상이 뇌리를 스칠 때가 있다. 아내에게는 더이상 말하지 않았지만 실은 전자제품점에 갔을 때도 그랬다. 왠지 떳떳하지 못한 느낌이 들어 마음속으로 몇 번이나 가족을 위한 거니까, 하고 마음을 고쳐먹었다. 그리고 실제로도 그의 가족들은 모두 다 기뻐했다.

연말이 다가온 어느 날, 마사나오는 회사에서 돌아오는 길에 역 앞에서 들려오는 목소리에 문득 걸음을 멈추었다. 돌아보자 바쁘게 오가는 인파 너머로 모금함을 들고 유니폼을 입은 아이들 네다섯 명이 서 있었다. 키나 몸집으로 보아 아마 중학생인 것 같다. 이른바 '연말 불우이웃돕기' 모금이다.

"'시에라리온의 어린이들을 구제하기 위한 모금에 협조해주십시오!"

선생님인지, 감독 역할로 나온 듯 보이는 남자가 하얀 깃발을 들고 함께 지원을 호소하고 있다. 모금함을 든 한 남자아이가 멈춰 선 마사나오의 모습을 재빨리 발견하고, "시에라리온의 어린이들을 구제하기 위한 모금에 협조해주십시오!" 하고는 정해진 문구 그대로 말을 걸었다.

마사나오는 기분이 조금 밝아져서 회색 트렌치코트 앞을 펴고는 가슴 주머니를 뒤져 지갑을 꺼냈다. '시에라리온'이 어디 있는 나라인지도 몰랐지만 아마 아프리카 어디쯤에 있는 빈곤에 시달리는 나라려니 생각했다. 그리고 걸어가면서 어둠 속에서 지갑 안을 확인하고, 그날 이후 계속 따로 넣어두었던 예의 만 엔을 꺼냈다.

꺼내보니 심장이 거세게 두근거렸다. 그걸 뿌리치려는 듯 지갑을 주머니에다 집어넣고는 급히 지폐를 네 번 접었다. 그리하여 마치 사람들에게 책망당할 것을 두려워하듯 살금살금 모금함에

다가가 작은 구멍에 어색하게 그것을 밀어넣었다.

모금함을 든 남자아이는 그 액수에 순간 앗, 하고 놀란 표정을 지었다. 잇따라 주위에 있던 아이들도 "와, 대단하다!" 하고 소리를 치며 모두 신이 나 떠들면서 "감사합니다!" 하고 머리를 숙였다.

마사나오는 그들의 얼굴을 흘끗 보고는 눈을 내리깔고 도망치듯이 자리를 떴다. 그때 발밑에 놓인 손글씨 간판이 그의 시야를 스쳤다. 거기에는 모금의 취지 설명과 함께 아이다운 글씨로 'GIZEN BOKIN'*이라고 씌어 있었다.

마사나오는 "어?" 하고 걸음을 멈추었다. 그리고 뒤를 돌아보았다. 아이들은 멀어지는 그의 등을 말끄러미 바라보고 있다가, 눈을 맞추고는 다시 한번 "감사합니다!" 하며 천진난만하게 웃는 얼굴로 머리를 숙였다. 그는 그런 아이들에게 굳은 얼굴로 억지로 웃어 보였다. 그리고 한시라도 빨리 인파 속으로 섞이고 싶어 등을 돌리자마자 서둘러 지하철 계단을 내려갔다.

'잘못 쓴 걸 거야. 분명히. ……하지만 좀 큰 문제가 아닌가.'

조금 숨이 좀 찼다. 귀가를 서두르는 이들의 흐름은 한 번도 멈추지 않고 개찰구를 지나 전철 안으로 곧장 그를 밀어넣었다.

빈자리가 하나도 없어서 앉을 수가 없었다.

손잡이에 매달려 간신히 숨을 돌리고, 그는 차창에 비친 자신의

---

\* '자선 모금'이라는 뜻의 일본어. 'GIZEN'을 '기젠'으로 읽으면 '위선'이라는 뜻이 된다.

얼굴과 마주했다. 그러고는 거기에 뭔가 금세라도 치밀어오를 듯한 웃음이 숨어 있는 것을 알아차렸다.

'원래는 'JIZEN'으로 쓰려고 했겠지. ……아냐, 잠깐. 진토닉의 진은 'GIN'이라고 쓰지. 그럼 그렇게 써도 되는 건가. ……아니, 아니, 긴자銀座는 또 'GINZA' 잖아. 역시 잘못 쓴 거야. ……'

그렇게 간판의 글자를 생각하다보니, 밤의 어둠 속에서 웃는 얼굴로 그에게 머리를 숙이던 아이들의 모습이 묘하게도 선명하게 떠올랐다. 그리고 이상하게도 그에게는 그것이 조금 꺼림칙하게 느껴졌다.

집에 도착해 현관에 발을 들여놓자마자 안에서 아이들의 환성이 들려왔다. 마사나오는 왠지 모르게 마음이 설레 급히 구두를 벗었다.

문을 열자 아내와 아이들이 새 텔레비전 앞에서 마구 웃고 있었다. 그가 돌아온 것을 아무도 알아차리지 못한 듯했다.

## 옮긴이의 말

지난 2월 문학동네에서 출간된 『방울져 떨어지는 시계들의 파문』에 이어 이번에 소설집 『당신이, 없었다, 당신』을 번역하면서 새삼 느낀 것은, 한마디로 히라노 게이치로는 정말 '젊은 작가'라는 것이었다. '젊은'이라는 수식어는 결코 연령 자체를 의미하는 것은 아니다. 이십대 초반에 아쿠타가와 상을 수상하면서 주목을 받기 시작한 지 어언 십 년, 그 동안 그가 보여준 다채로운 문학세계는 가히 젊음이 뒷받침된 실험적 정신의 표상 그 자체라고 해도 과언이 아니다. 히라노는 『당신이, 없었다, 당신』의 간행에 부쳐서 자신의 문학에 대해 다음과 같이 밝히고 있다.

나의 시도에 어떤 새로운 무언가가 있다고 한다면 그것은 현대

세계와 현대의 인간이 직접 요구한 새로움이다. 누구나 변화를 실감하고 있는 지금 이 시대에 소설만이 언제까지나 2세기 이전의 스타일로 그것을 좇을 수는 없는 일이다. 그러한 창작상의 변화에 거부반응을 보이는 보수적인 독자와는 아예 깨끗이 '작별할' 생각이었다. (『파도波』, 2007년 2월호)

작가가 작품을 통해 독자에게 다가갈 때 작가 자신이 독자를 선택한다는 것이 과연 얼마만큼 가능한 일일까. 이러한 의문은 히라노의 경우, 순수문학인가 대중문학인가 하는 진부한 논의와는 거리가 먼, 문학의 표현방식이라는 형식적이면서도 보다 근원적인 문제로 수렴된다. 문학이라는 것이 작가 자신의 언어와, 활자와, 그것을 담는 매체인 종이로 이루어진다는 것은 자명한 사실이다. 그리고 많은 한계를 짊어지는 번역이라는 행위가 그나마 가능한 것도 이러한 기본적인 요소에 대한 당연한 신뢰가 있기 때문일 것이다. 그러나 『당신이, 없었다, 당신』에 수록된 열한 편의 작품 중에는 이러한 당연한 신뢰조차 그대로 인정해주지 않는 난해한 작품이 포함되어 있다. 그중 하나가 「여자의 방」이다. 편집 단계에서 지면 한가운데를 반듯하게 도려내고, 또 도려낸 부분을 단어 하나하나 잘게 조각내어 흩뿌려놓은 듯한 작품이다. 우선 번역을 시작하기 전에 퍼즐놀이부터 해야 했다.

이 퍼즐 끼워 맞추기는 꼼꼼한 성격의 공역자 홍순애 선생님이 맡아주셨다. 단어 하나가 부족하다는 말을 들었지만 나 자신이 확인해볼 엄두는 나지 않았다. 작가의 의도라 해도 할 수 없다. 출판사의 판단에 맡기기로 했다. 이러한 과정에서 내 자신의 보수성(!)이 일종의 초조함과 짜증스러움을 불러일으킨 것도 사실이다. 그러나 번역을 맡은 이상, 일개의 '보수적인 독자'로 있을 수는 없는 일이다. 물리적으로 읽기 불가능한 문학이 과연 문학일 수 있을까, 이런 생각은 일단 접어두기로 했다.

표현방식이라는 말을 꺼낸 김에 몇 가지 덧붙이자.

『당신이, 없었다, 당신』에는 한 줄, 한 문장으로만 구성된 소설도 있고, 「어머니와 아들」처럼 똑같은 문장이 독립된 이야기의 각각 다른 장면에 그대로 반복해 쓰인 작품도 있다. 연작 형식의 이 작품은 한 페이지를 상하 두 단으로 나눈데다 이야기의 순서를 뒤죽박죽 바꿔놓았다. 일련번호가 매겨져 있지만 내용을 따라가며 읽기란 여간 번거로운 게 아니다. 작품 내용과는 무관하게 각각의 페이지 하단에 별도의 문장을 써 넣은 작품도 있다. 이러한 다채로운 형식을 선보이는 작가의 의도를 한국의 독자들이 과연 얼마나 이해하고 평가할 것인가 하는 불안감이 번역 과정에서 끊임없이 일었던 것도 사실이다. 나 자신이 '보수적인 독자'가 아닐까 하는 의문과 함께.

그렇다고 '보수적인 독자'를 만족시킬 만한 고전적인 작품이 없는 것은 아니다. 오히려 이 단편집의 대표작이라 할 수 있는

「「페캉에서」」는 작가 자신으로 보이는 주인공인 소설가 오노(大野)가 자신의 전 작품인 『장송』의 집필 과정에서 구상한 채 그대로 잠재워두었던 작품 「페캉에서」를 떠올리며 취재 여행을 하는 내용이다. 일본문학의 공통된 특징이라 할 수 있는 디테일한 묘사가 읽는 맛을 자아낸다. 작가와 작품의 관계, 그 거리를 의식적으로 확인해가는 이른바 작가의 창작과정 자체를 작품화한 것이라 할 수 있다.

인터뷰하러 온 작가를 상대로 두 여자가 각자 자신의 죽은 애인에 대해 이야기하는 형식을 취한 작품 「크로니클」은, '아버지'와 '아들'이라는 소제목이 이어주는 관계의 확실성이 실은 거의 와해된 독립적인 상태로, 전혀 무관한 두 여자의 처절한 사랑 이야기로 담담하게 풀어나간다. 입심 좋은 여자의 말투가 그대로 드러난 문체는 독자를 이야기 속으로 끌고 들어가는 강한 흡인력을 지니고 있다. 번역에서는 원작의 문체가 가지는 흡인력을 되살리는 데 중점을 두었다.

그러고 보면 이 단편집에 수록된 열한 편의 단편들은, 독자들의 선호를 문제 삼지 않는다면, 각각의 소재와 주제와 내용에 따라 문체는 물론 형식, 레이아웃에 이르기까지 작가의 의도에 의해 철저하게 준비되고 관리된, 가장 적절한 표현방식으로 표현된 예술작품이라 평가할 수 있겠다. 읽기 자체를 거부하는 작품, 또는 읽어가는 데 번거로움을 요구하는 작품이 결과적으로 읽는 맛을 부추기고 있음을 실감하고 끈기 있게 함께할 수 있다면, 그러한 독자 한 사람 한 사람은 작가가 보여주는 『당신이, 없었다, 당신』이라는 부재(不在)의 시공간의 세계를 간접적으로 체험함으로써 바로 그때 그곳에 있었던 '존재하는 당신'으로 개개의 작품과 함께 탈바꿈하게 될 것이다. 이것이 바로 이 소설집의 문학적 매력이 아닐까.

흔히들 말하는 '문학하기 어려운 시대'의 문학이니만큼, 문학 읽기 또한 그 자체가 곤란함을 내포하고 있는지도 모른다. 이러한 이 시대의 시대성을 누구보다도 첨예하게 의식하는 표현자의 한 사람인 히라노 게이치로. 『당신이, 없었다, 당신』이 한국의 독자에게 그의 다양한 문학세계의 일면을 다시 한번 확인하고 공감하는 계기가 되기를 번역자의 한 사람으로서 기대하며, 공역자인 홍순애 선생님, 교정과 편집에 애써주신 문학동네 여러분께 감사드린다.

2008년 9월
신은주

지은이 **히라노 게이치로**
1975년 6월 22일 아이치 현 출생. 명문 교토 대학 법학부에 재학중이던 1998년 문예지 『신조』에 권두소설로 전재된 장편 『일식』으로 제120회 아쿠타가와 상을 수상하며 데뷔했다. 소설집 『센티멘털』 『방울져 떨어지는 시계들의 파문』 『당신이, 없었다, 당신』, 장편소설 『달』 『장송』 『얼굴 없는 나체들』 『결괴』, 산문집 『문명의 우울』 등이 있다.

옮긴이 **신은주**
한국외국어대학교 일본어과와 동대학원을 졸업하고 일본 오차노미즈 여자대학 대학원 인간문화연구과에서 비교문화학으로 박사학위를 받았다. 일본 학술진흥회 외국인 특별연구원을 거쳐 현재 니가타 국제정보대학 정보문화학과 교수로 재직중이다. 『어두운 그림』, 『곰의 포석』(공역) 『방울져 떨어지는 시계들의 파문』(공역)등을 우리말로 옮겼다.

**홍순애**
일본 나고야 출생. 성균관대학교 사학과를 졸업하고 현재 나고야 대학 국제언어학부 및 기후대학 지역과학부 강사로 재직중이다. 번역 서클 '꿈 2001' 회원. 『곰의 포석』(공역) 『방울져 떨어지는 시계들의 파문』(공역) 등을 우리말로 옮겼다.

문학동네 세계문학
# 당신이, 없었다, 당신

초판인쇄 2008년 9월 18일 | 초판발행 2008년 9월 25일

지은이 히라노 게이치로 | 옮긴이 신은주 · 홍순애 | 펴낸이 강병선

**책임편집** 양수현 박여영 | **디자인** 김리영 유현아
**마케팅** 장으뜸 방미연 정민호 신정민 | **제작** 안정숙 차동현 김정후

**펴낸곳** (주)문학동네 | **출판등록** 1993년 10월 22일 제406-2003-000045호
주소 413-756 경기도 파주시 교하읍 문발리 파주출판도시 513-8
전자우편 editor@munhak.com | 전화번호 031) 955-8888 | 팩스 031) 955-8855

ISBN 978-89-546-0671-4 03830

# www.munhak.com